DR. MED. BAD BOY

(Ärzte zum Verlieben 1)

von

VIRNA DEPAUL

Dr. med. Bad Boy
Copyright © 2018 by Virna DePaul

EINLEITUNG

Es hatte nicht mehr sein sollen als eine schnelle Dating-App Nummer. Doch HeartBreaker531 ist kein anonymer Medizinstudent – er ist mein neuer Assistenzarzt.

Als einer der führenden Herzchirurgen in den USA kennt Dr. Lauren Decker keine Angst im OP, doch ihr Privatleben ist eine andere Geschichte. Nachdem ihr Ex-Mann sie mit einer Krankenschwester betrogen hat, die halb so alt war wie er selbst, hat Lauren allen Männern – und ganz besonders Ärzten – abgeschworen. Nie wieder.

Doch eines Tages taucht der unverschämt sexy und großspurige Ryan Castle auf. Er bewirbt sich um die Position eines Assistenzarztes und stellt Laurens Entschlossenheit, ihr Herz zu beschützen auf die Probe. Er ist umwerfend, zehn Jahre jünger als sie, ein Besserwisser in Bestform – und bald kämpft Lauren gegen Fantasien über nächtliche Rendezvous in der Kardiologie an.

Wie Lauren hat sich auch Ryan in der Liebe die Finger verbrannt, doch was als unwiderstehliche Herausforderung beginnt, Lauren ins Bett zu bekommen, wird bald zu mehr. Sie wehrt sich gegen ihre Gefühle, indem sie ihm die kalte Schulter zeigt, doch eines wird schnell klar:

Es wird heiß in der Notaufnahme.

KAPITEL EINS

Lauren

Es hatte so einfach sein sollen: ich nehme mir einen wohlverdienten Urlaub von meinem stressigen Job als Kardiologin, checke in meinem Hotel im Paradies ein, trinke mein Gewicht in Mai Tais und gehe mit jemandem ins Bett, der mir nicht nur multiple Orgasmen beschert, sondern mich auch meinen untreuen Ex vergessen lässt, eben den Grund, weswegen ich seit über einem Jahr überhaupt *keine* Orgasmen hatte – zumindest nicht von der Sorte mit Partner. Ich habe meinen Urlaub mit Schlafen verbracht, Schwimmen und halbherzigem Flirten mit Männern am Pool, doch am Ende habe ich mit nicht einem von denen schlafen können.

Ich hab's versucht.

Ich war ganz nah dran.

Ich habe mir selbst gesagt, dass ich nichts anderes brauchte, um diese merkwürdige Rastlosigkeit los zu werden, die sich in letzter Zeit immer häufiger zu Wort meldete, die, bei der ich schon befürchtete, ich verlöre langsam meinen Verstand.

Doch sobald ich einen Typen küsste und seine Berührung genoss, war das nächste, an das ich dachte, Samuels Betrug, und mein Kopf und mein Körper machten dicht. Dann musste ich so schnell wie möglich wegkommen.

Der Urlaub war ein Reinfall.

Und jetzt war ich zurück zu Hause und sollte in zwei Tagen wieder zur Arbeit, dabei fühlte ich mich wie ein erbärmlicher, notgeiler Loser. Ein Loser, der nicht einmal ein Jahr, nachdem Samuel mich betrogen hatte, einen Rachefick hinbekam. Natürlich bedeutete das nicht, dass ich es nicht morgen wieder probieren konnte, oder nächste Woche oder nächsten Monat, doch allein bei dem Gedanken daran, in eine Bar zu gehen, einen Club oder, verdammt, selbst in ein Studio, um es in nächster Zeit wieder zu probieren, hätte ich heulen können.

Und genau deshalb starrte ich gerade auf die App, die meine Freundin Bonnie auf meinem Handy installiert hatte, nachdem sie mich am Flughafen abgeholt und ich ihr gestanden hatte, dass ich mit niemandem in der Dominikanischen Republik den horizontalen Mambo getanzt hatte. Online Dating hatte ich noch nie gemacht. Samuel habe ich kennengelernt, während wir beide an der medizinischen Hochschule waren, und als wir unseren Abschluss machten, waren wir verlobt. Zu schade, dass zehn Jahre Ehe ihn nicht davon abgehalten hatten, mich zu betrügen.

Ich war eine verdammte Ärztin. Eine verdammte Ärztin, die beinahe vierzig Jahre alt war. Ich hatte die App löschen wollen, doch jetzt...

Ich starrte auf das rosafarbene Herzlogo der App.

Was machte es schon, dass ich im Urlaub nicht zum Schuss gekommen war? Ich war eine moderne, starke, unabhängige Frau. Ich hatte eine tolle Karriere, von der die meisten Leute nur träumen können, und ich war schon etwas durchgedreht, war nicht ganz ich selbst, aber was, wenn Bonnie recht hatte? Was, wenn ich nur *eine* Nacht brauchte – eine Nacht mit heißem, den Verstand rauspustenden, Fick-mein-Hirn-raus-Sex mit einem beliebigen Fremden – um wieder auf die Spur zu kommen?

Mit einem aufmunternden Atemzug ordnete ich die Kissen meines Bettes, schnappte mir mein Glas Pinot Grigio, nahm einen großen Schluck und öffnete die App.

Ein paar Minuten später hatte ich mein Profil und meine Vorlieben eingegeben. Der Name meiner Wahl? Lana, weil es wie Lauren mit einem L begann, und, mal ehrlich, es klingt einfach zehnmal erotischer. Ich nahm ein Foto, das Bonnie von mir in Shorts und Tanktop aufgenommen hatte, auf dem ich eine Baseballkappe trage, sodass nur die untere Hälfte meines Gesichts sichtbar war. Das Foto verlieh mir eine flirtwillige, mysteriöse Aura. Ich gab ein, wonach ich suchte: männlich, 25-45 Jahre alt, Entfernung: fünfzehn Meilen.

Was sollte ich hier lange um den heißen Brei

herumreden? Ich hatte zwar nie daran gedacht, mit einem Kerl zu schlafen, der jünger war als ich, aber in diesem Fall – je mehr Energie desto besser. Wenn ich schon eine Nacht mal die Kontrolle aufgeben wollte, dann konnte ich schon ruhig das Maximum aus ihr herausholen.

Fotos passender Kandidaten wurden auf mein Handy gefiltert. Manche Typen sahen ganz passabel aus, andere waren so Muskelprotze, die Badezimmerfotos von ihren Brustmuskeln gemacht hatten. Weiter. Die Profile anderer Typen schrien verbittert – „Ich will eine Frau, die ehrlich ist und nicht auf Drama steht.''

Ich klickte einige der passablen Kerle an, meine anfängliche Nervosität wich schnell der Erschöpfung. Dann Langeweile. Dann stellte ich traurig fest, dass meine Auswahl sehr begrenzt war. Wo waren denn all die heißen Typen, wenn ein Mädchen mit einem schlafen wollte?

Eine Nachricht ploppte auf, was mich so sehr überraschte, dass ich beinahe mein Handy fallen ließ. Ich öffnete die Nachricht und las: *Hey!* Sonst nichts. Ich verdrehte die Augen, löschte die Nachricht und wischte weiter, goss mir von Zeit zu Zeit Wein nach (ich hatte die Flasche mit ans Bett gebracht).

Ein paar weitere Nachrichten.

Hey du, bist heiß.

Igitt, ich weiß, es geht nur um Sex, aber er sollte schon wissen, wie man heiß schreibt.

Wollen wir was trinken gehen?

Magst du Erdnussbutter? Ich würde gerne Erdnussbutter mit dir vernaschen. ☺

Okay, das reicht.

Doch gerade, als ich mein Handy ausschalten wollte, ploppte *sein* Gesicht auf.

Wie etwas aus einer Mischung aus heißem Liebesroman und griechischen Göttersagen, allein sein Foto ließ meinen Puls rasen. Er trug kein Hemd, doch man konnte nur den oberen Bereich seiner Brustmuskeln sehen – nasse Brustmuskeln, von denen das Wasser tropfte – während er aus kristallklarem Wasser stieg, ähnlich dem im tropischen Paradies mit seiner Sonne, dem Sand und den Wellen, das ich gerade verlassen hatte. Das hier war kein Muskelprotz, der Fotos von sich selbst machte, in einem winzigen, deprimierend schummrig beleuchteten Bad. Dieser Typ hier hatte das Zeug zum Model. Tatsächlich sah er zu perfekt aus, dass ich mich schon fragte, ob er ein falsches Bild benutzt hatte. Und sein Bild wurde noch besser, als ich mich hocharbeitete, von dieser himmlischen, muskulösen Brust, die mit einem leichten Flaum bedeckt war und in einen wunderbaren Hals überging.

Doch als ich zu seinem Gesicht kam, war die Sache geritzt.

Ich seufzte vor Bewunderung. Sein Kinn war klassisch und kantig, die perfekte Form und Größe zu seinen wie gemeißelten Wangenknochen. Seine Haut war gerade so dunkel, dass man sich fragte, ob das Sonnenbräune war oder seine natürliche Hautfarbe. Er hatte zerzaustes braunes Haar, das seidenglatt wirkte. Doch der eigentliche Fokus waren seine stechend grünen

Augen, vielleicht täuschte es auch nur durch das besondere Licht und das Wasser. Wie er so direkt in die Kamera blickte, wünschte ich mir fast, ich wäre Fotografin, Rettungsschwimmer, ach, verdammt, ein Einsiedlerkrebs, egal. Ich würde mich über den Sand schieben, nur um ihm einmal in den großen Zeh zu zwicken. Alles, nur um einmal Objekt dieses intensiven Blickes zu sein.

Ich musste laut auflachen. Musste ich verzweifelt sein! Ein Foto eines Zwanzig-irgendwas-Jährigen, und ich sabberte ihm hinterher wie ein Hund nach einem Knochen. Ich musste wirklich unbedingt flachgelegt werden, sonst würde ich möglicherweise noch den nächsten Typen überfallen, der mir über den Weg lief, selbst wenn das der Erdnussbutterkerl aus der letzten Nachricht war.

Nutzername: Herzensbrecher 531

Über mich: Ich heile Herzen lieber, als dass ich sie breche, deswegen bin ich an der medizinischen Hochschule (Du kannst mich Doktor nennen). Ich mag Surfen, thailändisches Essen und Hunde. Eigentlich mache ich nichts anderes als zur Uni gehen und schlafen, aber wenn du etwas Schnelles, Ungezwungenes suchst, dann melde dich.

Sowohl vage, als auch ganz konkret, er nannte die Parameter, nach denen er suchte, ohne als das totale Arschloch rüberzukommen. Mir gefiel seine Ehrlichkeit, warum er diese App benutzte, und die Tatsache, dass er zur medizinischen Hochschule ging und sich dafür interessierte, „Herzen zu heilen" (oder zumindest so kreativ und mutig war, das zu behaupten), brachten ihm bei mir noch ein paar Extrapunkte ein.

Ich wischte sofort nach rechts und wartete. Und wartete. Ich stand auf, um zu pinkeln, kam zurück und wartete, um zu sehen, ob auch er nach rechts wischte. Zu meiner Enttäuschung tat er das nicht, und das änderte sich auch in der nächsten halben Stunde nicht. *Mann, ich bin echt armselig,* dachte ich. Ich wollte schon für die Nacht ausschalten, als ich eine Nachricht erhielt: *Herzensbrecher 531 hat dich geliked.*

Armselig oder nicht, mein Puls wurde wieder schneller. Ich ging zu meinen Nachrichten.

Mit zum Zerreißen gespannten Nerven entschied ich mich, flirtfreudig zu wirken, aber knapp angebunden. *Ich war gerade erst am Meer. Schade, dass ich dich da nicht getroffen habe. Wäre mal eine nette Abwechslung gewesen.*

Ich wartete voller Vorfreude, starrte beinahe eine Minute auf den Bildschirm, bevor ich über mich selbst lachte. Als würde er so schnell antworten! Ich verdrehte die Augen und warf mein Handy beiseite. Ich musste jetzt schlafen. Morgen war auch noch ein Tag, und ein klarer Kopf war sicherlich nicht verkehrt, wenn man sich ins One-Night-Stand-Gebiet vorwagte.

Als ich gerade meine Augen schloss, pingte mein Handy mit einer weiteren Nachricht. Ich zog mein Handy zu mir, entsperrte es und fand eine Nachricht von Herzensbrecher 531 selbst.

Hallo, Hübsche. Ich hätte dich auch gern am Strand gesehen. Abwechslung?

Ich zögerte. Sagte mir, dass es jetzt zu spät war, zu flirten, zu viel. Das war eine schlechte Idee gewesen. Ich hatte ja keine Ahnung, wer er war. Er konnte irgend so ein Hirni sein, der bei seiner Mutter im Keller hauste, die Finger von Chips ganz fettig.

Doch irgendwie konnte ich nicht widerstehen, denn was, wenn er echt war? Was, wenn dieser Wahnsinnstyp wirklich an mir interessiert war und meinem Zweck dienlich? Meinem schlichten, oberflächlichen, eigennützigen Zweck, aber dennoch einem Zweck?

Ich nutzte die Chance, und meine Finger bewegten sich, während ich mich in meine viel zu fluffigen Kissen zurücklehnte.

Selber hallo

OH GOTT!, was hatte ich getan?!

Selber hallo? Was Besseres fiel mir nicht ein?

Was war ich? Sechzehn? Ich war eine erwachsene Frau um Himmels willen. Nicht so ein verdrehter Teenager, der mit seinem ersten Schwarm sprach.

„Ganz ruhig, Lauren, ganz ruhig", murmelte ich mir selbst zu. Ich beeilte mich, noch eine Zeile hinzuzufügen, bevor mein geheimnisvoller Mann das Weite suchte.

Ganz genau, Abwechslung, schrieb ich. *Dich kennenzulernen hätte meine Reise abwechslungsreicher gemacht. Und ich hätte ganz sicher nicht allein geschlafen.*

Heilige Scheiße, hatte ich das wirklich gesagt? Ich war ja schon heftig am Flirten mit Herzensbrecher 531. Meine Finger kribbelten vor Aufregung. Wie würde er antworten?

Genau genommen hättest du gar nicht geschlafen. ☺

Mein Herz raste. Ich lächelte. Ist nicht so, als hätte ich nie zuvor geflirtet, aber es war schon lange her. Ich hatte ganz vergessen, wie viel Spaß das machte. Ich musste weiter machen.

Ich würde mich ja dafür entschuldigen, dass ich Dich um diese Uhrzeit aufhalte, aber die Bilder in meinem Kopf von Dir dabei sind einfach zu gut. Ich bin gnadenlos.

Ich wurde langsam besser. Sexy Wortspiele waren ein guter Zug, und ich hatte es sogar hinbekommen, Wörter mit mehreren Silben zu formulieren.

Das Handy summte zurückhaltend, um mich auf seine Antwort hinzuweisen.

Wenn ich AUF bin, was bist dann Du? ;)

Bereit. ;)

Einen Moment lang bekam ich keine Antwort. Hatte ich ihn mit meiner Direktheit vergrault? Übertrieb ich es mit der selbstbewussten Frau-Nummer? Doch dann kam seine Antwort:

Das gefällt mir. Was trägst Du gerade, Lana?

Einen Augenblick fragte ich mich, wer zum Teufel Lana war. Dann fiel mir ein, dass es mein Chatname war! Offensichtlich waren die Dinge irgendwie eskaliert, und wir waren kurz vor Chatsex.

Jetzt oder nie. Wollte ich ein bedeutungsloses Stelldichein oder nicht?

Ich kippte noch einen Schluck Wein hinunter und sah auf meine erikagraue Pyjamahose und das eingetragene, marineblaue T-Shirt, in dem ich mit am liebsten schlief. Nicht gerade der Gipfel der Erotik.

Plötzlich wusste ich, dass, egal wie gut er aussah und wie sexy er war, egal wie wagemutig ich gerade tat, ich würde ihn niemals irgendwo treffen. Weiter als Chatsex würde ich nicht gehen.

Genau genommen wäre das perfekt. *Harmlos. Keine Verpflichtungen, kein Foul. Alles in Ordnung, Lauren, du nervöses kleines Luder.*

Ich legte das Handy aufs Bett, schlüpfte schnell aus der Pyjamahose und entledigte mich genau so schnell meines Oberteils, sodass ich beinahe nackt da saß und über eine Dating-App Nachrichten mit einem Fremden austauschte. Ich musste beinahe über die Absurdität lachen.

Ich nahm mein Handy wieder in die Hand, tippte meine Nachricht hinein und drückte mit Spannung auf Senden.

Warum sollte ich Dir das erzählen?, neckte ich ihn.

Dieses Mal kam seine Antwort schneller.

Ich verspreche, es wird sich für Dich lohnen.

Ich hob die Brauen. Arrogant, das war klar, aber das machte ihn nur noch attraktiver.

Ich trage ein schwarzes Höschen ...sonst nichts.

Hübsch. Aus welchem Stoff?

Seide mit Spitze am Rand und am Hintern.

Fass dich an, Lana.

Ich zögerte. Er hatte wieder meinen Chatnamen verwendet, und plötzlich wurde mir bewusst, was ich hier gerade tat. Machte ich das wirklich? Herzensbrecher 531 konnte irgendein verrückter Freak sein. Oder ein Stalker, oder verheiratet oder…

„Hör schon auf, Lauren. Werde erwachsen und sei mal etwas locker", sagte ich mir.

Ich würde diesen Typen ja ohnehin nie persönlich kennenlernen. Wahrscheinlich benutzte er ein falsches Bild, also was soll's? Es ging doch eh nur um Spaß und Fantasie. Das war kein Weltuntergang. Wahrscheinlich hielt er auch mein Foto für unecht. Wenn ich so drüber nachdachte, hätte ich wahrscheinlich besser das Bikinibild irgendeines Supermodels genommen mit weniger Hüfte und längeren Beinen.

Scheiß drauf.

Was hatte ich schon zu verlieren? Ich habe ein Scheißjahr hinter mir, und bald wäre ich schon wieder mein professionelles, schwerarbeitendes, lebensrettendes Ich. Das besiegelte es – ich war dabei.

Ich hielt mein Handy mit einer Hand, während ich mit der anderen langsam über meinen Torso streichelte, über meinen Bauch und das schmale Bündchen meines tief sitzenden Höschens. Schon gut, dass ich viel Übung darin hatte, mit einer Hand zu schreiben, während ich mit der anderen Patientenakten durchblätterte.

Berührst Du Dich jetzt?, fragte er.

Ja.

Erzähl mir, wie es sich anfühlt.

Ich stellte mir vor, seine Stimme wäre ein wenig rau, wahrscheinlich ein Bariton, ja, definitiv ein Bariton, und die Frage wäre wie Whiskey von seiner Zunge gerollt, anfangs glatt an meinem Ohr, doch mit einem anschließenden Schauer, wenn sie seine Wirkung zeigte.

Weich, glatt, warm ... feucht.

Hey, mutig. Innerlich klopfte ich mir auf die Schulter dafür.

Fass dich an, wie ich dich anfassen würde.

Guter Gott. Das schickte einen Stromstoß durch mich hindurch. Die Hemmungen schmolzen in der relativen Sicherheit meiner wahrgenommenen Anonymität dahin, und ich ließ meine Hand tiefer sinken, erzeugte nur den geringst möglichen Druck. Der Stoff war feucht, die Haut darunter wurde von Sekunde zu Sekunde feuchter.

Kannst du durch dein Höschen schon spüren, wie heiß du auf mich bist?, schrieb er.

Meine Berührung fühlte sich elektrisch an, und langsam, entspannt fuhr ich mit meiner Hand auf und ab über den Stoff, sodass er prickelnd eng anlag. Das fühlte sich bei weitem besser an als Masturbieren.

Ich schloss meine Augen, während ich meine Hand entspannt weiter wandern ließ, hin und her, vor und zurück. War er davon genauso angetörnt wie ich? Streichelte er sich durch seine Jeans? Er trug definitiv Jeans und sonst nichts, hatte ich entschieden. Eine aufgeknöpfte Jeans, die etwas hinuntergeschoben war, um sein hartes, dickes Ding zu präsentieren.

Ermutigt tippte ich mit meiner freien Hand eine weitere Frage. *Berührst du dich gerade selbst?*

Ich stellte mir vor, wie er sich auf die Lippe biss. In

meinem Kopf biss er sich definitiv auf die Lippe.

Hatte ich nicht vor, aber jetzt tue ich es.

Mein geheimnisvoller Adonis hatte Humor. Mein Inneres verkrampfte sich ein wenig mehr.

Wie fühlt es sich an?

Hart, sehr hart. Und heiß. Es fühlt sich gut an, aber nicht so gut, wie wenn du mich streicheln würdest.

Oh Mann. Ich steckte schon wirklich tief in dieser Sache. Ich stellte mir vor, wie er allein in einem Hotelzimmer saß, sein göttlicher Körper voller Muskeln, und seinen steinharten Schwanz streichelte, während er an mich in meinem schwarzen Seidenhöschen dachte. Bei der Vorstellung wäre ich beinahe schon gekommen.

Schieb deine Hand in dein Höschen, Lana. Reibe dich für mich.

Fordernd. Damit könnte ich leben.

Ich setzte mich etwas anders hin, um einen besseren Winkel zu haben und schob meine Hand unter mein Bündchen, fuhr mit meinen Fingern langsam über meinen Hügel, hielt dann kurz am Spalt inne, in der Nähe meiner Klitoris und arbeitete mich dann hinunter. Ich schwebte über meiner Öffnung.

Noch eine Nachricht von ihm: *Tu es!*

Es war, als wäre er im Raum und beobachtete mich. Der Gedanke daran, dass dieses sexy Tier von einem Mann mich dabei beobachtete, wie ich mich auf seinen Befehl hin selbst berührte, ließ ein hörbares Stöhnen über meine Lippen kommen. Ich tauchte meine Finger nur ganz wenig ein und merkte, wie feucht ich von diesem kleinen verbalen Hin und Her schon war. Ich hätte alles verwettet, dass sein Stöhnen so sexy war, wie ich es mir vorstellte. Mit geschlossenen Augen, tief und kehlig.

Sag mir, wie sehr du dir wünschst, ich wäre jetzt bei dir.

Das tue ich. Ich wünschte, du könntest das jetzt fühlen, tippte ich.

Ich könnte dich die ganze Nacht über necken, Lana. Das Gefühl, wie mein Daumen über die Kuppe meines Schwanzes reibt würde sich nicht so gut anfühlen, wie ihn gegen deine Klitoris zu reiben.

Er würde mich noch umbringen, und das allein mit ein paar schmutzigen Worten. Ich schob meine Finger ein wenig weiter hinein und begann nun, mich heftiger zu befingern, fühlte, wie glitschig mich diese unwahrscheinliche Begegnung machte. Mit meiner anderen Hand schrieb ich ihm eine weitere neckende Nachricht.

Ich fühle deinen harten Schwanz in mir.

Gut so. Stell dir vor, wie ich in dir bin, dich ausfülle.

Wie er mich ausfüllt. JA. Unmöglich, sogar krank, aber ich kam immer näher. Dieses kitzelnde, krampfende Gefühl tief in meinem Unterleib verwandelte sich in ein rasendes Inferno. Streichelte er sich gleichzeitig mit mir? Wollte er, dass seine Finger in meiner Pussy waren, schloss er die Augen, um es sich vorzustellen?

Genau so, Hübsche, schieb die Finger rein und wieder raus, jetzt schneller, etwas fester. Diese schmalen Finger können dich nicht so ausfüllen, wie ich es täte. Ist nur eine

Ahnung davon.

Jetzt glitten meine Finger schneller hinein und hinaus, glitschiger als je zuvor. Die Hitze umfasste mich immer enger, ich war bereit. Ich brauchte die Erlösung. Musste ihn tief in mir fühlen, wie er seine harte Brust an meinem weichen Busen rieb und mit jeder Bewegung dieser Wahnsinnshüften tiefer in mich hineinstieß.

Oh, mein Gott!

Ja, tu es, Lana.

Jetzt sah ich seinen schönen Körper, diese stechenden Augen, das widerspenstige Haar, das ihm ein wenig ins Gesicht fiel. Es war zu viel und reichte doch nicht.

Mein Innerstes verkrampfte sich, als ich mit meinen Fingern über die empfindlichste Stelle rieb und mich in einen explosiven, atemraubenden Orgasmus streichelte. Mein Rücken bog sich, als jeder Muskel sich zugleich verkrampfte und diese warmen, elektrischen Gefühle durch mich strömen ließ. In einem Zustand unerklärlichen Glücks sackte ich auf dem Bett zusammen, entspannte meine Sinne und meinen Körper, während ich versuchte, zu Atem zu kommen. Die Ausläufer meines Orgasmus' pulsierten noch in meinem Körper, als ich mein Handy neben mir pingen hörte, wo ich es mitten in der Ekstase hatte fallen lassen. Ich nahm es auf, meine Augen fielen mir schon fast zu, so entspannt war ich plötzlich.

Ich möchte dich sehen.

Mein benebeltes, postorgasmisch seliges Hirn arbeitete gleich wieder auf Hochtouren. Ein paar sexy Nachrichten mit einem Fremden war eine Sache, aber ein

Treffen nach dem? Jemanden persönlich treffen, nach dem, was er … ich … getan hatte? Was hatte ich mir dabei gedacht? Nein, niemals. Einfach nein.

Ich hatte eine Karriere, einen Ruf. Was, wenn es jemand herausfand? Was wenn er wirklich so ein Freak im Keller seiner Mutter war? Was, wenn er genauso umwerfend aussah wie sein Avatar und ein passendes Ego hatte?

Wieder pingte mein Handy.

Wie wär's mit morgen Abend?

Ich zögerte, wieder schwebten meine Finger. Das hier war nicht mein Spiel. Ich war älter, vernünftiger, ein großes Mädchen mit den Verantwortlichkeiten eines großen Mädchens, nicht irgendeine Zwanzigjährige, die sich einfach so für ein bisschen Spaß am Wochenende mit wildfremden Männern einlassen konnte. Ich hatte zu hart für das, was ich jetzt war, arbeiten müssen, war aus diesem Höllenschlund hervorgekrochen, hatte mir meinen Platz unter den Besten der Besten gesichert.

Mit einem entschiedenen Wischen ging ich zu den Einstellungen, und das verdammte Ding fragte mich auch noch, ob ich wirklich, wirklich sicher war, dass ich alle meine Informationen, Kontakte, Bilder und Gespräche usw. löschen wollte. Ja, ich war mir sicher! Ich löschte auf der Stelle, und das Icon der App verschwand, zusammen mit Herzensbrecher 531.

Einen Moment lang spürte ich Bedauern, doch wirklich nur einen Moment. Wie gewonnen, so zerronnen.

Ich legte mein Handy auf die Ladestation und legte

mich zum zweiten Mal heute Abend ins Bett. Als mein Kopf das Kissen berührte und die giftige Mischung aus Alkohol und sexueller Erfüllung meine Augen zugehen ließ, tauchte ein letztes Mal das Bild des sexy Herzensbrechers, meines Adonis' in meinen Gedanken auf. Als ich mich dem Schlaf ergab, waren meine letzten Gedanken ein wirres Zureden – *nein, er war nicht der erste Mann seit über einem Jahr, bei dem ich gekommen war ... Schließlich hab ich's mir selbst gemacht, mit nur wenig Unterstützung. Ich brauchte ihn nicht. Wollte ihn nicht. Wir hatten unseren Spaß, aber jetzt begann wieder das wahre Leben.*

Mach's gut, Lana, Frau-die-es-offensichtlich-gebraucht-hatte-und-sich-deshalb-mit-'nem-heißen-Typen-einließ-und-wenn-es-über-eine-Dating-App-war.

Hallo, Dr. Lauren Decker, Frau-die-etwas-neben-sich-steht-und-jetzt-bereit-ist-sich-wieder-auf-ihre-Karriere-zu-konzentrieren-und-nie-wieder-zulässt-dass-ein-Mann-sie-verarscht.

KAPITEL ZWEI

Lauren

Auf der Intensivstation wurde es nie langweilig. Gleich als ich am Montagmorgen meine Schicht antrat, wusste ich, der Tag würde hektisch werden.

Eine der Schwestern der Intensivstation, Cassidy, sah erleichtert auf, als ich das Schwesternzimmer betrat. Sie wandte ihren krausen Kopf zu mir um. Obwohl sie noch jung war, hatte Cassidy schnell den Ruf einer besonders engagierten Mitarbeiterin im Graton's Gift Hospital bekommen, einer, die, wenn nötig, auch mal ihre Meinung sagte.

„Mr. Hart ist der absolute Horror", flüsterte sie mir über den letzten Patienten zu und sah kurz genervt aus. „Hat sich die ganze Nacht über alles beschwert. Ich konnte ihm nichts recht machen."

„Er hat halt Schmerzen", erklärte ich überflüssigerweise, denn Cassidy war mittlerweile ein alter

Hase. Sie wusste, warum Patienten oft schnippisch oder richtig gemein waren. Wahrscheinlich hatte ich das mehr zu mir gesagt, als zu ihr, als Erinnerung, warum wir das hier alles taten. „Du bist ein leichtes Ziel. Aber wenn er wirklich zum Problem wird, lass es mich wissen."

„Wenn er mich noch einmal an sein Bett ruft, damit ich ihm sein Kissen ausschüttle, kannst du ihn haben", sagte sie mit einem verschlagenen Lächeln. „Ich habe nur seine Werte überprüft. Es geht ihm langsam gut genug, dass wir ihn in den dritten Stock verlegen können."

„Ich sehe ihn mir an, dann werde ich das veranlassen", sagte ich.

„Gut." Cassidy kritzelte etwas in eine Patientenakte. Plötzlich sah sie auf. „Marcus sucht dich übrigens. Er war vor zehn Minuten hier, um zu sehen, ob du zurück bist."

Marcus Pierre war der Chefarzt, allerdings nicht mehr lange. Er wollte an seinem fünfzigsten Geburtstag in Ruhestand gehen und mit seiner Frau um die Welt reisen. Die Bewerbungsgespräche sollten bald stattfinden.

Glücklicher Bastard, dachte ich, doch dann runzelte ich gleich die Stirn.

Nein, das stimmte nicht. Marcus war nicht glücklich. Er war ein Narr, das war er. Warf einfach den renommierten Posten eines Chefarztes in einer der besten Lehrkrankenhäuser von Denver weg … um was zu tun? Auf den Eiffelturm zu steigen? Sich an einem Strand in Hawaii zu sonnen? Die Polarlichter zu sehen?

Sich auf neue Dinge einlassen, neue Leute, neue Erfahrungen, bei denen es mal nicht um Leben oder Tod ging, um OP-Säle?

Genau genommen hörte sich das gar nicht schlecht an. Schließlich, auch wenn ich mich selbst für ehrgeizig hielt, ich hätte Marcus' Job nicht haben wollen. Und ich hatte meine Woche in der Dominikanischen Republik auf jeden Fall genossen, auch wenn ich es nicht geschafft hatte, mit jemandem etwas anzufangen. Manchmal, wenn ich von der tropischen Brise und dem Abschalten eingelullt war, hatte ich mir vorgestellt, wie es wäre, nicht an das Graton's Gift Hospital zurückzukehren und meinen erfüllenden aber fordernden Job zu machen. Stattdessen stellte ich mir vor, wie es wäre, eine viel längere Pause zu machen, eine Zeit lang etwas anderes in meinem Leben kennenzulernen. Zur Abwechslung mich mal um meine Bedürfnisse kümmern, anstatt um die meiner Patienten.

Ich schnaubte. Na ja, bei meiner Rückkehr hatte ich mich schon um meine Bedürfnisse gekümmert, und wenn es nur für eine Nacht gewesen war. Junge, ich hatte mich ziemlich *heftig* um meine eigenen Bedürfnisse gekümmert. Und natürlich ließ mich das an *ihn* denken und seinen schmutzigen Sextalk, der mich so *heftig* hatte kommen lassen. Wie oft in den letzten beiden Tagen war ich versucht gewesen, ihn bei dieser verdammten App ausfindig zu machen und um eine Wiederholung zu bitten.

Aber nein, auf keinen Fall, Herzensbrecher 531.

Nicht hier. Nicht jetzt. Niemals.

Du warst ein Ausrutscher. Eine Anomalie. Dich zu kontaktieren wäre dumm – wie auch diese vorübergehende Rastlosigkeit zu fühlen und die Idee, mal jemand anders als Dr. Lauren Decker sein zu wollen, dumm gewesen waren.

Ich liebte meinen Job, und ich war verdammt gut darin. Mehr brauchte ich nicht. Und ganz sicher keinen Mann.

Selbst einen, der so heiß war wie Herzensbrecher 531.

Ich räusperte mich. „Hat Marcus gesagt, warum er mich sucht?"

„Nein." Cassidy zuckte die Schultern. „Tut mir leid."

Als mein Boss wollte ich Marcus ganz sicher nicht ignorieren. Aber ich hatte auch Patienten, um die ich mich kümmern musste, er würde es sicher verstehen, wenn ich erst später zu ihm ging.

Ich zog meinen weißen Kittel über und ging in Fred Hart's Zimmer. Obwohl er in den Sechzigern war, sah Mr. Hart zwanzig Jahre älter aus. Er war Kettenraucher und hatte bereits drei Herzinfarkte hinter sich und litt unter Emphysemen und anderen Beschwerden. Das, worüber er sich jedoch am meisten beklagte, war, dass er seinen geliebten Bacon-Cheeseburger nicht mehr regelmäßig essen durfte.

„Da sind Sie ja", knurrte Fred, als ich in sein Zimmer kam. „Diese verdammten Schwestern haben keine Ahnung von dem, was sie tun. Wo haben Sie diese Mädchen aufgetrieben? Sie pieksen und zerren an einem Mann, bis der kein Blut mehr in seinem Körper hat."

„Sprechen Sie nicht so über meine Schwestern", sagte ich, mein Tonfall scheinbar gelassen, doch meine Miene ganz und gar nicht. „Sie machen nur ihre Arbeit."

Sein Gesicht verzog sich zu einer Grimasse. „Ich wollte gestern Abend bloß eine Zigarette."

„Sie hatten gestern Abend einen Herzinfarkt, Mr. Hart", sagte ich, so ruhig wie möglich. „Wir werden Ihnen ganz sicher keine Zigarette erlauben. Ich kann Sie nicht davon abhalten, zu Hause zu rauchen, aber das Krankenhaus ist auf jeden Fall tabu. Empfehlen würde ich es Ihnen allerdings nirgends, wenn man bedenkt, dass Sie auf einen Sauerstofftank angewiesen sind, um überhaupt zu atmen."

Er grunzte. „Ihr Frauen seid doch alle gleich, lasst einen Mann nicht einmal die einfachsten Freuden. Was ist das für ein Leben, frage ich Sie? Gar kein Leben. Das ist, zu ängstlich sein, um zu leben."

Die meisten Patienten kamen in der schlimmsten Nacht ihres Lebens her, meist waren sie nur knapp dem Tod entkommen. Manche hörten auf das, was wir sagten. Andere, wie Mr. Hart, waren zu alt und zu weit, um sich zu sorgen.

„Ich habe keine Angst zu leben", sagte ich ihm. „Ich habe bloß Angst, dass Sie nicht mehr lange leben werden." Ich klemmte seine Akte vorne an das Bett. „Sie werden heute in die dritte Etage verlegt. In ein paar Tagen können Sie hoffentlich entlassen werden, solange Sie die Regeln befolgen."

„Gut. Ich will nämlich raus hier."

„Sie werden entlassen, sobald Sie geheilt sind", sagte ich. „Treiben Sie die Schwestern auf der dritten Etage nicht in den Wahnsinn. Sie sind da, um Ihnen zu helfen."

Ich überließ Mr. Hart seinem Grummeln. Ich schloss gerade die Tür und drehte mich um, da sah ich, dass Marcus im Flur auf mich wartete. Ich unterdrückte ein ungeduldiges Seufzen.

Ich mochte Marcus – er war fair und ließ mich meine Arbeit machen, ohne, dass er sich einmischte. Aber ich hatte heute einige Patienten, um die ich mich kümmern musste: Ich hatte keine Zeit für irgendwelchen Verwaltungskram. Manchmal fragte ich mich, ob wir eher zur medizinischen Fakultät gegangen waren, um mit den höchstkomplizierten Regeln und Regulierungen des Krankenhauses klar zu kommen, als um zu lernen, wie man die Leute am Herzen operiert.

„Ich habe nicht sehr viel Zeit", sagte ich. Ich ging weiter, und er folgte mir. „Was ist los? Cassidy sagte mir, dass Sie mich suchen."

„Wir haben alle viel zu tun, Decker. Ryan Castle kommt morgen an. Haben Sie das vergessen?" Er sah mich von der Seite an.

Wie hätte ich das vergessen können, so wie das Krankenhaus sich darauf vorbereitete, den roten Teppich für ihn auszurollen. Ryan Castle war ein Oberarzt am New York Metro. Er war außerdem der Sohn einer medizinischen Hoheit. Seine Eltern waren in der Topliga der Operateure gewesen, Neurologie und Anästhesie um genau zu sein, hatten Geld wie Dreck und wären sicherlich bereit, dem Graton's eine stolze Summe Geldes zu spenden, wenn es einen guten Grund gäbe.

Ihrem Sohn war ich noch nicht begegnet, doch ich

wusste, dass er Helen Lewis ersetzen sollte, eine der beiden Oberärzte des Graton's, die geheiratet hatte und nach Australien gezogen war. Sobald er Wind davon bekommen hatte, dass Castle nach Denver zurückziehen wollte, hatte Jacob Randall, der Verwalter des Graton's Hospitals, lange um Castle gebuhlt, und offensichtlich hatte er Fortschritte gemacht, denn Castle hatte angedeutet, dass er geneigt wäre, das Angebot des Graton's anzunehmen. Sein Besuch diesen Monat war die letzte Hürde, die überwunden werden musste. Ryan hatte darum gebeten, einen Monat lang einem Chirurgen über die Schulter schauen zu dürfen, um sicher zu gehen, dass er und das Hospital wirklich gut zusammen passten, bevor er die Position offiziell annehmen wollte.

Mit anderen Worten, *er* würde entscheiden, ob die Kardiologie des Graton's, die Mitarbeiter, die Regeln, die Räumlichkeiten usw. *seinen* Standards entspräche. Während er natürlich keine Wochenendschichten übernehmen müsste, versteht sich.

Verwöhntes Gör.

Für die meisten Ärzte wäre es ein Glückstreffer gewesen, überhaupt im Grafton's Gift Hospital hospitieren zu dürfen. Wie kam es nur, dass Castle bereits wie ein Gott behandelt wurde, bevor er sich seinen ersten Gehaltsscheck verdient hatte?

Ärzte, ich selbst eingeschlossen, hatten ein großes Ego, doch meiner Erfahrung nach meinten männliche Ärzte ohne Ausnahme, ihr Penis verleihe ihnen mehr Wissen und Befähigung als ihre weiblichen Kollegen jemals besitzen könnten. Aber eine, mit der sie sich auf ein Fingerschnipsen hin das Hospitieren auf Oberarztebene verdienten?

Gott sei Dank würde er nicht *mir* zugeteilt werden.

Woraufhin ich mich fragte, weswegen Marcus das Thema dann überhaupt zur Sprache gebracht hatte.

„Ich habe nicht vergessen, dass Dr. Castle uns einen Monat lang besuchen wird, Marcus." Es war mehr als ein Besuch. In Wahrheit würde er nur so tun als sei er ein Besucher, dabei aber Untersuchungen durchführen, Beobachtungen anstellen und sogar mitoperieren. Auch das bislang unerhört, aber so sehr wollte das Krankenhaus Castle eben, oder, genauer gesagt, so sehr wollte es den Einfluss seiner Familie und die damit verbundene Chance auf deren Geld. „Aber warum sprechen wir überhaupt über besagten Besuch?", fragte ich und schob meine eiskalten Finger in die Kitteltaschen.

Marcus räusperte sich und kratzte sich an der Schläfe, was mich direkt meinen Blick verengen ließ.

„Na ja, wissen Sie, Lauren … Ich weiß, wir haben darüber gesprochen, dass er Darvin über die Schulter schauen soll, aber jetzt steht Darvins Frau ja nun mal kurz vor der Entbindung und ist ans Bett gefesselt, deswegen übernimmt er keine Schichten mehr und ist vielleicht eine ganze Weile gar nicht mehr einsatzfähig. Sie werden Castle für den Monat übernehmen müssen … und wenn er einverstanden ist und die Stelle annimmt, dann werden Sie auch dauerhaft im Team arbeiten."

Eine Vorahnung machte sich in meinem Bauch breit.

Ich hatte schon mit genug arroganten jungen Männern zu tun gehabt, um zu wissen, wie man mit denen umging, aber irgend etwas – ein Selbstschutzinstinkt – weigerte sich, mit dem hier zu tun zu bekommen. Ich öffnete bereits meinen Mund, um mich mit Marcus zu streiten. Was war mit Valle? Oder Lee oder Hanson? Doch als ich meinen Boss so ansah, wusste ich, ich würde ihn von seiner Meinung nicht abbringen, und wenn ich mich auf einen Streit einließe, würde ich nur einen schwächlichen Eindruck machen.

„Ich schätze, es ist bereits alles in die Wege geleitet?", fragte ich.

„Allerdings."

„Na, danke, dass Sie mir wenigstens vorher Bescheid gegeben haben." Ich würde mich anpassen, aber Marcus sollte schon wissen, dass es mir ganz und gar nicht gefiel.

Marcus war so nett, zusammenzuzucken, jedoch kaum merklich. „Also gut. Tut mir leid, dass es so kurzfristig kommt, aber wir wollen, dass Castle diese Stelle annimmt. Er wird morgen früh um 8 hier eintreffen. Sorgen Sie dafür, dass er sich willkommen fühlt. Zeigen Sie ihm, warum es nichts Besseres gibt, als am Graton's zu arbeiten. Verstanden, Decker?" Er bedachte mich mit einem knappen Lächeln und verließ die Intensivstation.

„Verstanden", sagte ich, straffte meine Schultern dabei und hob das Kinn. Anscheinend war es also an mir, Dr. Castle davon zu überzeugen, dass das Graton's gut genug für ihn war. Das lag nicht in meiner Absicht. Meinetwegen sollte er mir einen Monat lang über die

Schulter schauen, aber ich würde ihn nicht umwerben. Der sollte schön mir beweisen, wie jeder andere Arzt vor ihm das auch hatte tun müssen, dass er hierher gehörte. „Keine Sorge, Lauren", sagte ich mir selbst. „Du kannst damit umgehen. Du kannst mit *ihm* umgehen."

Genau wie du mit Herzensbrecher 531 umgegangen bist.

Mach, was zu tun ist, und dann servier ihn ab.

Nichts leichter als das.

KAPITEL DREI

Ryan

Sie war toll. Das bemerkte ich gleich, als sie mit mir den Aufzug betrat. Sie trug einen Schwesternkittel, war außer Atem und offensichtlich in Eile, denn sie huschte gerade noch herein, als die Türen sich bereits schlossen. Wir wollten beide gleichzeitig den Knopf drücken. Sie wurde rot, lächelte und stammelte: „Ähm, die Drei bitte."

„Großartig", sagte ich. „Ich muss auf die Vier."

Ich drückte auf beide Knöpfe, trat dann zurück und betrachtete sie diskret. Goldblonde Haare, volle Lippe, große Titten – das fiel mir sogar unter ihrem blauen Kittel auf – und lange, wohlgeformte Beine. Mitte zwanzig vielleicht. Auch sie sah mich verstohlen an und wippte ein wenig auf ihren Sneakers.

„Besuchen Sie jemanden?", fragte sie.

„Dr. Marcus Pierre", antwortete ich. Es war mir nie schwer gefallen, mich mit Frauen zu unterhalten, und meine Stimme klang warm und selbstbewusst. „Den Chefarzt der Chirurgie. Ich hospitiere hier ab heute. Sozusagen. Ryan Castle."

„Mein Name ist Amy Meadows." Wieder lächelte sie. „Ich bin in der Neurologie."

„Schön. Ich bin auf der Intensivstation der Kardiologie."

„Sozusagen?"

„Für einen Monat. Vielleicht länger."

Der Aufzug rumpelte langsam an der zweiten Etage vorbei. Wieder warf sie mir einen Blick zu, dieses Mal etwas direkter.

„Vielleicht sieht man sich ja mal in der Kantine. Obwohl, das, ähm, Essen ist grausam."

Ich lachte. „Gut. Ich versuche, dem Essen aus dem Weg zu gehen. Aber nicht Ihnen." Der Aufzug hielt im dritten Stock. Amy drehte sich zu mir um und neigte ihren Kopf Richtung der sich öffnenden Türen.

„Zu schade, dass Sie nicht hier aussteigen", sagte sie.

Ich war gerade erst am Meer. Schade, dass ich dich da nicht getroffen habe. Wäre mal eine nette Abwechslung gewesen.

Ganz plötzlich konnte ich mich gar nicht mehr auf die hübsche Blondine vor mir konzentrieren, sondern mein Hirn und mein Körper schossen sich voll auf die hyperattraktive Frau ein, mit der ich bei einer Dating-App gesextet hatte. Sie tauchte wie ein Geist plötzlich vor mir auf.

Als ich dennoch herausbrachte „Ja, ich wünschte

auch, ich müsste hier aussteigen", wusste ich, dass ich mich nicht verraten hatte. Flirten war meine zweite Natur. Ganz egal, wie maßlos müde ich war oder wie schlecht gelaunt, ich schaffte es immer, mit einer Frau zu flirten, ohne dass sie meine Stimmung erahnte.

Amy zwinkerte mir zu und ging dann langsam vom Aufzug weg. Gerade, als die Türen sich langsam schlossen, drehte sie sich noch einmal um und winkte mir charmant zu. Ich grinste, dann waren die Türen zu.

Für einen kurzen Moment überlegte ich, ob ich mittags in die Kantine gehen und nachsehen sollte, ob sie dort auftauchte oder auf mich wartete. Wahrscheinlich keine so gute Idee. Möglicherweise gab es einen Haufen gutaussehender Frauen – Schwestern, Ärztinnen, MTAs, Verwaltungsangestellte – im Graton's Gift, und ich hatte nicht vor, mit einer von denen was anzufangen.

Nachdem Callie und ich uns getrennt hatten, die ebenfalls im New York Metro gearbeitet hatte, war das Letzte, das ich jetzt gebrauchen konnte, dass ich mich mit jemandem in diesem Krankenhaus einließ. Ich hatte eigentlich gedacht, dass unsere Trennung gar nicht so schlecht gelaufen war – bis sie anfing, bei der Arbeit die Verhängnisvolle Affäre Nummer abzuziehen. Ich hatte mir vorgenommen, es auszusitzen. Schließlich mochte ich das hektische New York. Die Tage und Nächte waren nie langweilig. Es passierte immer etwas Neues. Ich liebte es, jede Sekunde dort.

Dann erfuhr ich, dass bei meiner Mutter Krebs diagnostiziert worden war. Meine arme Mutter, die sich noch gar nicht davon erholt hatte, dass mein Vater sie betrogen hatte und nach dreißig Jahren Ehe mit seiner Sekretärin durchgebrannt war. Ja, wirklich originell, Dad.

Am Ende war es dann doch nicht so schwierig gewesen, New York zu verlassen.

Heute würde ich, so zumindest meine Absicht, einen neuen Job antreten. Okay, man hatte mir offiziell noch keinen Job angeboten, aber dieses Angebot würde kommen. Das Graton's Gift wollte mich, und mir war schon klar, dass das der richtige Ort für mich war – der nächste Monat war bloß eine Formalität, weil ich wieder mal unfähig war, der Welt zu vertrauen. Ich zog nach Denver, um meiner Mutter näher zu sein, während sie in Behandlung war, doch es war überdies ein Neuanfang für mich, und das hieß, dass ich dafür sorgen musste, dass ich die Leute, mit denen ich zusammenarbeitete, mochte und respektierte. Ich wäre nicht nur mehr in der Nähe meiner Mutter, sondern ich könnte auch ohne eine psychopathische Exfreundin neu durchstarten. Deshalb würde ich mein Liebesleben – und das, seien wir ehrlich, hieß, mein Sexleben – von jedem fernhalten, der hier einen Gehaltsscheck erhielt. Verdammt, ich würde es von jedem fernhalten, der in einem Fünfzehn-Meilen-Radius von diesem blöden Ort lebte.

Was glaubst du, wo Lana wohnt?

Scheiße, nicht das schon wieder.

Gott, ich sollte mal meinen Kopf untersuchen lassen. Ich hatte schon viel zu oft an sie denken müssen, nachdem sie einfach so mir nichts dir nichts den Kontakt abgebrochen hatte.

Konzentriere dich auf deine Karriere. Denk nicht an diese höllisch attraktive und geheimnisvolle Lana und überhaupt nicht ans Daten. Nur Gelegenheitssex, von dem ich gedacht hatte, der läge hinter mir, als ich mit Callie zusammen gewesen war. Wir hatten uns vor zwei Monaten getrennt, und seitdem hatte ich keinen gehabt, also wurde es mehr als Zeit, dass ich mich wieder aufs Pferd schwang. Deswegen hatte ich in jener Nacht, als ich nach Denver geflogen war, durch mein Handy gescrollt und war auf diese alte Dating-App gestoßen, die ich damals bei meinem Medizinstudium benutzt hatte.

Amüsiert hatte ich sie geöffnet und mein altes Profil gefunden. Warum nicht, zum Teufel? Ich war halbgelangweilt, halbgeil, und früher hatte die App mich nie darin enttäuscht, ein heißes Mädchen für mich zu finden, dass genauso sehr an einer festen Beziehung interessiert war wie ich: nämlich gar nicht.

Ich war kaum wieder angemeldet gewesen, als Lana mir schrieb. Ich wäre eine Abwechslung für sie hatte sie gesagt, doch in jener Nacht war sie das für mich.

Seitdem hatte ich sie nicht aus dem Kopf bekommen – ihr schwarzes Seidenhöschen, ihre langen Beine vor ihr auf dem Bett ausgestreckt. Wie sie sich selbst berührte. Sich selbst befingerte.

Oh yeah …

Doch wieder wurde meine Erinnerung überschattet. Lana hatte nicht nur meine Bitte ignoriert, sie persönlich kennenzulernen, sondern hatte sogar direkt nachdem wir einander gesextet hatten, ihr Profil gelöscht. Ich hatte mich bemüht, das nicht persönlich zu nehmen. Also, ich war es einfach nicht gewöhnt, dass eine Frau mich ignorierte, aber sie war eben schon reifer, Ende dreißig hieß es in ihrem Profil, und wer weiß, vielleicht hatte sie sich hinter dem Rücken ihres Mannes eingeloggt oder so. Shit happens.

Wir hatten uns eben nicht begegnen sollen. Ich würde es vergessen, versuchen, es nicht an mich rankommen zu lassen, doch ganz klar musste ich immer noch an sie denken.

Von jetzt an würde ich meine Partnerinnen wieder persönlich kontaktieren. Kein gesichtsloses Texten mit mysteriösen Frauen mehr, die mich dann nicht mehr losließen. Das war ohnehin der einzige Grund, warum ich noch an sie dachte, sagte ich mir, als die Aufzugstüren sich zur vierten Etage hin öffneten.

Neugierde.

Nachdem ich ein wenig umhergeirrt war, fand ich das richtige Büro. Man konnte es kaum verfehlen, da es das größte und schönste ganz in der Nähe der Intensivstation war. Ich klopfte an die Tür und wurde gleich hineingerufen.

„Herzlich willkommen am Graton's Gift Hospital!"

Dr. Marcus Pierre ergriff meine Hand mit erstaunlicher Kraft. Der Mann war kleiner als ich und um einiges älter, doch er sah überarbeitet aus. Er hatte dunkle Ringe unter den Augen, was mich kaum überraschte, wenn man an unseren Beruf dachte.

„Freut mich, Sie kennenzulernen", sagte ich. „Danke, dass ich kommen durfte. Ich freue mich auf die Zusammenarbeit."

„Kommt ja nicht jeden Tag vor, dass wir so tolle Dinge über einen Bewerber hören oder einen Transfer aus New York erhalten", sagte Dr. Pierre. „Es kommt häufiger vor, dass die Leute *nach* New York gehen. Aber ich bin schwer beeindruckt von dem, was ich von Ihnen gehört habe, und ich hoffe, auch wir bieten Ihnen einiges, das beeindrucken kann."

„Ich habe schon ein wenig nachgeforscht und kann das bereits bestätigen, Dr. Pierre."

„Gut, gut. Kommen Sie. Ich werde Ihnen alles zeigen."

Dr. Pierre führte mich am Empfang vorbei, wo uns einige Frauen hinter ihrem Computer grüßten, an ihrem Kaffee nippten und uns neugierig beäugten. Ich schenkte ihnen ein verführerisches Grinsen und hätte beinahe gelacht, als einige kicherten und eine sogar rot anlief.

Japp. Hab's noch drauf. Mehr denn je.

Aber noch einmal: das hieß nicht, dass ich es einsetzen würde. Wie bei Amy im Aufzug, ich konnte flirten und meinen Spaß haben, aber nicht so viel Spaß.

„Sicherlich wissen Sie, wie alles allgemein abläuft", sagte Dr. Pierre, während wir so gingen, „aber wie es konkret hier im Graton's abläuft werden Sie erst noch kennenlernen müssen." Er öffnete die Tür zur Kardiologie. „Ich habe den Eindruck, dass wir mit einigen Dingen hinter einem Krankenhaus im Herzen New Yorks hinterherhinken, aber wir tun unser Bestes."

„Solange Sie eine Keurigmaschine, haben ist alles in Ordnung. Fortschrittliche Kaffeetechnologie hat oberste Priorität, Sir." Ich lächelte.

Dr. Pierre lachte. „Eine unserer Chirurginnen hat eine in ihrem Büro. Sonst müssen Sie sich leider mit dem Kaffee aus der Cafeteria begnügen wie auch wir anderen Hinterwäldler."

„In Ordnung."

Meine Augen wanderten zu einer heißen Blondine mit sexy Augenbrauen, die an ihrem Computer arbeitete. Einen Moment lang folgte mir ihr Blick, dann wandte sie sich mit einem verräterischen Lächeln wieder ab. Ein Stück weiter blieb eine vollbusige Rothaarige tatsächlich abrupt stehen, um mich anzustarren, bevor sie ihre Fassung wiedererlangte. Als wir an einem Schwesternzimmer vorbeikamen, lächelte ich die Frauen und Männer drinnen an. Manche Frauen lächelten zurück.

Marcus warf mir einen warnenden Blick zu. Er musste gar nichts dazu sagen: Ich wusste, was er meinte. *Mach ja nichts Dummes. Und behalte deine Hose an.*

Ich sah ihn daraufhin halb unschuldig, halb verschlagen an. *Pflichtschuldigst gespeichert.*

Wir gingen um eine Ecke, weg von den Patientenzimmern und der Verwaltung. Dieser Flur war voller Büros. Hier war es viel ruhiger, geschäftsmäßiger. Ich sah mir im Vorbeigehen die Namen an den Türen an.

Darvin. Valle. Lee. Hanson. Alles Chirurgen.

Wir gelangten an eine Tür ganz am Ende des Flurs, in

der Ecke. Während Marcus seinen Kopf hineinsteckte las ich draußen den Namen auf dem Schild: Lauren Decker, MD, kardiologische Chirurgie.

Marcus öffnete die Tür und bat mich herein. Ich trat ein und hörte seinem weltmännischem Gruß gar nicht zu, sondern starrte auf die Frau am Schreibtisch.

„Ach, Dr. Decker", sagte Marcus. „Schön, dass Sie schon hier sind. Darf ich Ihnen Dr. Ryan Castle vorstellen."

Sie sah ziemlich gut aus, wahrscheinlich Anfang dreißig. Sie hatte tolle Haut und dunkle Haare, die ihr bis fast zur Schulter reichten. Ihre Augen waren leuchtend blau, und sie sah mich aufmerksam an. Als sie aufstand, bemerkte ich, dass sie klein und schlank war, und sie hatte schöne Beine, die ich direkt ansah, als sie um den Schreibtisch herum kam und meine Hand schüttelte. Auch sie war selbstbewusst. Das sah ich an ihrer geraden Haltung und der Art, wie sie mich direkt ansah. Ihr Büro war groß und mit ihren Zeugnissen und Ehrungen geschmückt.

Sie streckte mir ihre Hand entgegen, sie hatte einen festen Handschlag. Weich und fest. Mir gefiel, wie sich ihre Haut an meiner anfühlte, und ich fragte mich gleich, ob der Rest ihrer Haut sich wohl auch so anfühlte. „Castle, schön Sie kennenzulernen", sagte sie mit angenehmer, ein wenig rauer Stimme. „Ich freue mich auf die Zusammenarbeit."

Plötzlich neigte sie ihren Kopf, und ihr Ausdruck wandelte sich. Sie runzelte die Stirn. Ihr Rücken wurde steif. Ihre Augen weiteten sich, und auf einmal sah sie mich unverwandt und von Kopf bis Fuß an. In ihrem Blick flackerte ein Wiedererkennen auf.

Moment ... Waren wir einander schon einmal begegnet?

Ich räusperte mich. „Danke, dass Sie mich empfangen. Ich freue mich, Sie kennenzulernen."

Sie schluckte schwer und sah beiseite. Dann sah sie mich wieder an, aber wich meinem Blick aus.

Shit, wir *waren* uns schon einmal irgendwo begegnet. Aber wo?

Marcus unterbrach das angespannte Schweigen, das sich zwischen uns aufgebaut hatte.

„Wenn Sie Zeit haben, Dr. Decker, dann sollten Sie mit Dr. Castle die allgemeinen Richtlinien durchgehen, bevor er uns über die Schulter sehen kann. Die Papiere hat er bereits ausgefüllt und uns postalisch zukommen lassen." Marcus schien überhaupt nicht mitzubekommen, was zwischen Dr. Decker und mir gerade passierte.

„Haben Sie schon Ihren Ausweis?", fragte Dr. Decker mich und sah aus, als müsste sie sich zwingen, mir in die Augen zu sehen.

„Nein, noch nicht."

„Dann müssen Sie sich an die Dienststelle wenden und sich einen holen. Dr. Pierre, könnten Sie Dr. Castle zeigen, wo das ist, oder hätte vielleicht jemand von der Verwaltung Zeit dafür? Ich muss diesen Bericht noch zu Ende schreiben."

Sie ging an ihren Tisch zurück, ich war damit

offensichtlich entlassen. Ihre anfängliche Freundlichkeit war verschwunden. Jetzt schien sich mich nicht in ihrer Nähe haben wollen. Als hätte ich Lepra.

Die Angelegenheit wurde immer unangenehmer. Vielleicht **hatte** ich an einem meiner betrunkenen Collegetage mit ihr geschlafen, und das hier war einfach Schicksal, ein guter Scherz auf meine Kosten. Als ich Marcus ansah zuckte der bloß die Schultern.

„Geht klar, Dr. Decker. Danke!"

„Mmhmm", murmelte sie und würdigte uns keines Blickes mehr.

Im Flur drehte sich Marcus mit einem entnervten Blick zu mir um.

„Tut mir leid. Sie wird schon noch auftauen. Sie hat erst heute Morgen erfahren, dass Sie beide zusammenarbeiten werden. Ich werde Lacey bitten, Ihnen zu zeigen, wo Sie Ihren Ausweis bekommen. Den brauchen Sie, um sich uneingeschränkt im Krankenhaus bewegen zu können. Dann können Sie zurück zu Dr. Decker gehen." Marcus streckte mir erneut seine Hand entgegen. „Schön, Sie kennengelernt zu haben."

„Ganz meinerseits, Dr. Pierre. Ich freue mich darauf, hier zu arbeiten."

„Ach, Sanchez, Sie habe ich gesucht …" Er wandte sich um, um mit einer hübschen Schwester im Flur zu sprechen.

Ich konnte nicht anders. Ich nutzte den Moment, um einen Blick zurück in Dr. Deckers Büro zu werfen. Lauren, erinnerte ich mich. Ihr Name war Lauren. Meine

Neugier war geweckt worden, plus, wenn ich ganz ehrlich war, war sie ziemlich heiß, und ich wollte einen zweiten Blick auf sie werfen.

Als Lauren sich auf ihrem Stuhl bewegte, rutschte ihr Rock ein Stück hoch, und ich sah etwas an ihrem Knie. Es sah aus wie ein Muttermal in Halbmondform.

Plötzlich zuckte mir ein Kribbeln die Wirbelsäule empor, und ich konnte mich nicht mehr rühren. Ich hätte beinahe angefangen zu lachen, doch ich schluckte einmal kräftig und beherrschte mich, nicht hier im Flur zu explodieren.

Ich kannte dieses Muttermal.

Es war genau das, das Lana auf ihrem Profilfoto hatte. Ich hatte es ganz deutlich unterhalb ihrer knappen Shorts gesehen.

Plötzlich sah Lauren zu mir auf. Unsere Blicke begegneten sich, und wir erstarrten beide, als wären wir Schauspieler in irgendeiner Schnulze. Ich ging einen halben Schritt auf die Tür zu und steckte meinen Kopf hinein. Mit leiser Stimme und außer Hörweite von Marcus, der sich immer noch in meiner Nähe unterhielt, wagte ich leise zu fragen:

„Lana?"

Ich weiß nicht, was ich erwartet hatte, doch sie reagierte mit einem Erschauern. Als wollte sie sich bei meiner Anwesenheit lieber zusammenrollen.

„Wer?", fragte sie, doch ihre Stimme war höher als zuvor, und das verriet sie.

Ich hob neckisch eine Braue, obwohl mein Herz wie

wild in meiner Brust schlug. Ich konnte es nicht fassen, dass meine geheimnisvolle Frau hier war. Jetzt. Sie war sogar noch umwerfender als in meiner Vorstellung, und ihre Stimme war über alle Maßen sexy. Augenblicklich überrollten mich die Erinnerungen an jene Nacht. Plötzlich konnte ich nur noch daran denken, ihr die Klamotten vom Leib zu reißen, und alles Wort für Wort zu wiederholen, doch sie dieses Mal dabei auch anfassen zu können. Jedes bisschen, das wir über diese Dating-App geschrieben hatten, würden wir miteinander machen.

Meine Finger verkrampften sich, als ich daran dachte, was das alles war.

Als konnte sie meine Gedanken lesen wurde sie rot und benetzte ihre Lippen. Dann änderte sich ihr Ausdruck ebenso schnell und wurde hart. „Wenn ich bitten dürfte, Dr. Castle. Ich muss wie gesagt, diesen Bericht zu Ende schreiben. Sie werden mich bald von Ihren Qualitäten überzeugen können. Ich habe einiges Gutes gehört, aber mir ist auch bekannt, dass hohe Erwartungen nicht selten enttäuscht werden."

Autsch. Ihre Worte waren eindeutig zweideutig.

Sie wandte ihre Augen wieder ihren Papieren zu, und das war's dann. Kein Lächeln, keine weitere Aufmerksamkeit. Sie hatte mich einfach so abserviert – schon wieder.

Ich wollte ihre Aufmerksamkeit einfordern. Fragen, warum sie mich so abserviert hatte. Ihr hundert weitere Fragen stellen. Ich sah sie einige lange, angespannte Sekunden lang an, dann tat ich etwas für mich völlig

Ungewöhnliches – ich gab klein bei. Ohne ein Geräusch drehte ich mich um, schloss leise die Tür und ging den Flur hinunter zur Personaldienststelle.

Sie war ganz offensichtlich nicht in der Stimmung, Frau Doktor am Tag und Bettgespielin bei Nacht zu sein, und ich verstand auch wieso. Wie es aussah, bei ihrem Job und dem, was sie erreicht hatte, schien sie brillant und ehrgeizig zu sein. Unser Techtelmechtel war scheinbar eine Flucht gewesen. Und plötzlich tauche ich als neuer Kollege auf? Sie konnte mir das Leben schwer machen oder zu einem Traum.

Ich war mir ziemlich sicher, in welche Richtung sie gerade tendierte.

Sie hatte mir bereits einen winzigen Ausblick darauf gewährt, doch es würde mich nicht überraschen, wenn sie sich ab morgen mir gegenüber wie eine verdammte Eisprinzessin verhalten würde, entschlossen, nicht nur zu ignorieren, was zwischen uns vorgefallen war, sondern den Monat für mich zu einer Qual zu machen, in der Hoffnung, ich würde die Flucht ergreifen.

Egal. Ich hatte hier ziemlich gut die Zügel in der Hand, und zwar nicht nur, weil ich wusste, dass Dr. Decker Dirty Talk mochte. Ich würde unser Abenteuer niemals gegen sie gebrauchen, weder beruflich noch privat. Das hatte ich schließlich nicht nötig.

Ich war ja nicht irgend so ein armer Wicht, der hier versuchte, irgendwelche Ärzte zu beeindrucken, um einen überirdisch guten Job an Land zu ziehen. Graton's Gift wollte mich bereits. Zum Teil wegen meiner Eltern und der Tatsache, dass sie wohl geneigter wären, dem Krankenhaus etwas zu spenden, wenn ich hier meine Oberarztzeit beenden könnte, zum Teil aber auch, weil ich ein verdammt guter Arzt war. Ich hatte mich entschlossen, nach Denver zurückzukehren, um Callie am New York Metro zu entkommen, doch viel mehr, um in der Nähe meiner Mutter zu sein. Bislang gefiel mir alles am Graton's. Ich glaubte, dass ich hier gut her passte. Und wenn der kommende Monat mir das bestätigte, wäre es mir ganz egal, wie sehr Lauren sich wegen der Sache, die zwischen uns passiert war, schämte – ich *würde* ein neuer Oberarzt am Graton's werden.

Die Tatsache, dass ich mit Lauren zusammen arbeiten musste?

Ließ mich plötzlich grinsen.

Na ja, ich war mir nicht sicher, wohin das führen würde.

Aber es war so sicher wie das Amen in der Kirche, dass ich mich darauf freute, es herauszufinden.

KAPITEL VIER

Lauren

Während Ryan Castle *mich* ansah, schaffte *ich* es kaum, auf die Papiere auf meinem Schreibtisch zu sehen. Ich starrte einfach so vor mich hin, natürlich, weil ich nichts als Panik empfand, und, ja, einen unangenehmen Anflug körperlicher Anziehung.

Das war er – mein Sextingtyp? Sobald ich das bemerkt hatte, war ich innerlich durchgedreht, doch irgendwie hatte ich es geschafft, mich zusammenzureißen. Na ja, schließlich hatte er mich ja nicht erkannt. Mein Gesicht war in meinem Profilfoto überschattet gewesen, und ich hatte einen falschen Namen benutzt.

Und trotzdem hatte er mich irgendwie erkannt! Das argwöhnte ich, als er mich anstarrte und ich ihn anstarrte, doch als er mich dann auch noch Lana nannte und es bestätigte, setzte mein Herz aus.

Jetzt würde ich mein eigenes Herz massieren müssen,

dachte ich.

Was sollte das denn für ein verquerer Scherz sein? Womit hatte ich das verdient?

Und natürlich hatte er sich nicht wie ein Gentleman verhalten und es übergehen können. Nein. Oh nein, er würde nicht mitmachen und so tun, als wüsste er es nicht. Welcher Arzt würde das? Er war ja gerade auf die sprichwörtliche Goldader gestoßen. Er saß am längeren Hebel. Im Grunde war ich den nächsten Monat, vielleicht länger, sein Boss.

Ich hatte mich gerade überwinden und ihn noch einmal ansehen können, da drehte er sich zu meiner Überraschung um und ging leise aus meinem Büro. Erleichterung überkam mich, bis mir klar wurde, dass das nur ein vorübergehender Zustand war. Er würde ja nicht verschwinden, diese Tatsache wurde nur bestätigt, als ich endlich eine Stunde später mein Büro verließ und ihn am Empfang der Intensivstation lehnen sah. Er sprach gerade mit Sheila Barnes, und das Licht über ihm beleuchtete sein strubbeliges dunkles Haar, und seine grünen Augen funkelten.

Ich weiß nicht, wie das überhaupt möglich war, wenn man bedachte, welch schiere männliche Schönheit er schon auf seinem Profilfoto ausgestrahlt hatte, doch einen Moment war ich geblendet davon, wie gut er in Hosen aussah, seinem Anzugshemd, seiner Krawatte. In jener Nacht hatte ich ihn für einen Medizinstudenten gehalten, doch jetzt wusste ich, dass er nicht nur bereits einen Abschluss, sondern sich auch schon einen Namen als brillanter Fachmann gemacht hatte. Er war klug und sexy. Gut aussehend. Warmes Fleisch und Blut.

Er hatte einen starken Kiefer, sein Körper war jung und fest, und meine Brust hob und senkte sich, als ich daran dachte, was er in unserem Chat geschrieben hatte.

Berühr dich selbst, Lana. Tu es.

Nein! Ich schob diesen undisziplinierten Gedanken von mir. *Himmel, Lauren, reiß dich gefälligst zusammen!*

Als hätte er meine Gedanken gehört, als wäre er entschlossen, sie auf die Probe zu stellen, sah er mich an. Er hob eine Braue und grinste mich an.

Mein Blut kochte. Ich war genervt und wusste nicht weshalb. Vielleicht weil er so unbeeindruckt wirkte, während ich dagegen sprachlos in dieser Situation war und viel zu sehr dessen bewusst, wie groß und lachhaft sexy er aussah. Besonders aber auch bei diesem wissenden Lächeln, das er jedem Satz hinzufügte. Genauso gut hätte er es herausbrüllen können: „Diese Frau ist allein von meinen Worten gekommen!"

In meinem Kopf ging ich die Möglichkeiten durch. Mir mit ihm zu schreiben war eine Sache gewesen, aber das hier? Ihn persönlich kennenzulernen war etwas völlig anderes. Ich wollte mich auf ihn stürzen, ihm die Hose runterreißen und an seinem Schwanz lutschen, während ich mich wieder selbst befingerte. Und wieder. Bis ich heftig käme nur dadurch, dass ich ihn verwöhnte.

Heilige Scheiße, solche Gedanken hatte ich bei der Arbeit noch nie gehabt.

Ich brauchte eine kalte Dusche, einen Schlag ins

Gesicht, ein Valium, irgendwas. Nicht einmal Samuel hatte es geschafft, so tief in die geilsten Regionen meines Hirns vorzudringen.

Plötzlich richtete Ryan sich auf und in fasziniertem Schrecken beobachtete ich, wie er langsam auf mich zu kam. Dabei schien der ganze Flur der Intensivstation zu schrumpfen, und ich konnte nichts anderes denken, als dass er mich jetzt wegen meines unhöflichen Verhaltens vorhin zurechtweisen würde. Dass er dem ganzen Flur verkünden würde, was für eine verzweifelte, kranke, notgeile Person ich doch war, die auf der Suche nach Sex mit Männern zwischen 25 und 45 gewesen war. Ich hatte gemeint, Samuels Betrug habe mich gedemütigt. Es hatte mich beinahe umgebracht zu wissen, dass im Krankenhaus alle über mich sprachen, mich bemitleideten, vielleicht sogar über mich lachten –

„Dr. Decker, man hat mir alles gezeigt. Und ich habe jetzt einen offiziellen Ausweis", sagte er und deutet mit seinem Kopf auf den Ausweis, den er sich an sein Hemd gesteckt hatte. „Ich hatte gehofft, Sie könnten mir jetzt mehr darüber sagen, was ich in meiner Zeit hier am Graton's tun würde."

Ich wartete, dass er weitersprach, dass irgendeine sexuelle Anspielung darauf käme, wie er mir zu Diensten sein könnte, privat oder wie auch immer, doch das kam nicht. Er sah mich nur an, seine Hände locker ineinander gelegt, sein Ausdruck freundlich und professionell. Da wurde mir klar, dass er mir etwas mitteilen wollte – dass ich mir keine Sorgen darüber machen sollte, dass er mich vor meinen Kollegen als sexuell abartig „outen" wollte. Ich nahm mir einen Moment, meine Optionen gegeneinander abzuwägen.

Vorhin hatte ich mich ihm gegenüber wie eine Zicke benommen, und ich wusste, dass mich das nur in eine schwache Position gebracht hatte. Einem Kollegen gegenüber – und noch dazu jemandem, der so arrogant war wie Ryan – einen Grund zu geben, an meiner Befähigung zu zweifeln, war der kürzeste Weg, hier einen Dolchstoß in den Rücken zu bekommen. Als Frau in einem männerdominierten Feld musste ich doppelt so hart für den Respekt arbeiten, den ich verdiente, und ich würde nicht zulassen, dass das alles den Bach hinunter ging, bloß weil irgend so ein umwerfender Kerl mit seinem Zwinkern meine Knie weich werden ließ, ganz egal wie talentiert er als Arzt war.

Ryan hatte mich nicht gezwungen, mir mit ihm zu sexten. Wir hatten beide aktive Parts übernommen, und die Tatsache, dass wir jetzt zusammen arbeiten mussten, passte ihm wahrscheinlich genauso wenig wie mir, auch wenn er sich das nicht anmerken ließ. Ich konnte den rettenden Zweig ignorieren, den er mir gerade hingehalten hatte und die Dinge zwischen uns in so einer merkwürdigen Schwebe belassen, oder ich konnte mein Mentorenamt für einen vielversprechenden jungen Arzt mit dem richtigen Fuß angehen. Letzteres hieß, dass ich meine eigene Scham und meine vorgefasste Meinung über ihn beiseite schieben und ihn behandeln musste, wie ich jeden anderen neuen Kollegen auch behandelt hätte.

„Um ehrlich zu sein, Dr. Castle", sagte ich langsam, „ich wurde erst heute Morgen von Dr. Pierre informiert, dass Sie mir zugewiesen werden. Deswegen denke ich, wäre es wohl das Beste, wir würden uns unterhalten und einander besser kennenlernen. Wir könnten uns zum Essen in der Kantine treffen–"

Er beugte sich ein wenig zu mir vor, als wollte er mir ein Geheimnis zuflüstern, und ich versteifte mich auf der Stelle, einerseits, weil ich befürchtete, er könnte mich plötzlich berühren, andererseits, weil mir auffiel, dass Ryan Castle nicht nur gut aussah, sondern auch noch gut roch. Frisch geduschter männlicher Duft überrollte mich. Ich musste mich zusammenreißen, damit er mir nicht anmerkte, welche Wirkung das auf mich hatte.

„Ich habe nun schon von mehreren Seiten gehört, wie schrecklich das Essen in der Kantine sein soll", sagte er leise.

Seine neckische Bemerkung überraschte mich so sehr, dass ich mir ein Lachen nicht verkneifen konnte. „Das ist es."

„Wäre es akzeptabel, wenn wir irgendwo in der Nähe essen gingen?"

Das war merkwürdig formuliert, aber ich vermutete, dass er sich wirklich bemühte, mir zu versichern, dass ich die Kontrolle darüber behielt, wie sich unsere Beziehung entwickelte. Ich nickte. „Natürlich. Es gibt ein tolles Lokal in der Nähe. Halb eins?"

„Hört sich gut an, Dr. Decker." Mit leichtem Lächeln ging er zum Empfang zurück und plauderte weiter mit

Sheila. Ich atmete erleichtert aus.

Für einen Außenstehenden wäre es nicht merkwürdig, wenn ich Dr. Ryan Castle, den Mann, den unser Krankenhausdirektor so unbedingt dazu bringen wollte, unser neuer Oberarzt zu werden, zum Mittagessen ausführte. Mich erinnerte es allerdings zu stark an ein Date. Wenn ich an sein Verhalten gerade eben dachte, fühlte ich mich nur noch mehr zu ihm hingezogen – und neugierig auf den Mann hinter dem Datingprofil und dem Ruf eines erstklassigen Arztes.

Bedachte man unsere Geschichte musste ich aufpassen.

Arbeit und Privatleben waren zwei vollkommen voneinander getrennte Dinge, und dabei *musste* ich es belassen. Auch wenn technisch gesehen eine Beziehung mit Ryan nicht gegen irgendwelche Krankenhausverordnungen verstieß, wollte er keine Beziehung. Er wollte Sex. Zumindest hatte er das gewollt. Ich hatte keine Ahnung, ob es noch so war; Ich wusste nur, dass ich da nicht mitziehen würde.

Und wenn es eben kein offizielles Verbot einer Beziehung zwischen Kollegen am Graton's gab, hatte ich doch ethische Bedenken mit einem Untergebenen zu schlafen. Darüber hinaus verkomplizierte es die Dinge, wenn man mit jemandem schlief, der einem am Operationstisch gegenüber stand. Das wusste ich ohne den Anflug eines Zweifels, wie die meisten in diesem Metier es früher oder später feststellten. Wenn ich doch daran zweifelte, musste ich nur daran denken, wie meine Ehe geendet hatte.

Einen Moment lang überkam mich erneut die Demütigung und das Gefühl des Verratenseins, nachdem ich von Samuels Untreue erfahren hatte. Ich durchlebte dies niederschmetternde Gefühl in meiner Brust, das ich erfahren hatte, als ich einen Schrank geöffnet hatte, um eine warme Decke für einen Patienten herauszuholen, und Samuel entdeckte, die Hose bis zu den Knien hinuntergelassen, sein Körper zwischen den sommersprossigen Beinen dieser Krankenschwester.

Noch Wochen danach hatte ich mit ihm und der Schwester, mit der er mich betrogen hatte, zusammenarbeiten müssen. Ich musste die mitleidigen Blicke meiner Kollegen ertragen und das Flüstern hinter meinem Rücken. Ich hätte vor Erleichterung beinahe geweint, als ich erfuhr, dass Samuel an ein anderes Krankenhaus wechselte (zusammen mit seiner Geliebten Christina, mit der er, so weit ich wusste, immer noch zusammen war), und es war mir egal gewesen, als er gemeint hatte, er tue das für mich. Ich hatte mich nur bedankt und ihn stehen gelassen.

Das war ja wohl das Mindeste, das er tun konnte.

Nun … ich habe daraus gelernt. Das war der Hauptgrund für mich, weswegen ich mich von Ryan in jeder anderen als der beruflichen Perspektive fernhalten wollte. Ich hatte nicht die Absicht, mich noch einmal zum Gespött zu machen. Samuel und ich waren gleich alt gewesen, und auch wenn er immer selbstbewusst, erfolgreich, smart und charmant gewesen war, schrie er doch nicht gerade Playboy, wie Ryan es tat. Wenn Samuel mich nach zehn Jahren Ehe betrogen und gedemütigt hatte, konnte man sich ja gut vorstellen, was Ryan, ein Mann, der zehn Jahre jünger war als ich, anstellen konnte.

* * *

Ein paar Stunden später klopfte Ryan an meine Tür, um mich zum Mittagessen abzuholen. Innerhalb von Sekunden war mir klar, dass ich in Schwierigkeiten steckte. Trotz meiner ganzen Erwägungen, weshalb die Dinge zwischen Ryan und mir strikt professionell bleiben mussten, mein Kopf und mein Körper waren nicht bereit, das zu akzeptieren.

Als ich auf sein blaues Anzugshemd sah, nahm ich nichts anderes wahr als die Brustmuskeln, die ich darunter wusste. Als er seine Finger an den Türrahmen legte, konnte ich an nichts anderes denken, als an eben diese Finger um seinen harten Schwanz gelegt. Meinetwegen hart. Als ich diesen scharfen, intelligenten Augen in die Falle ging, musste ich wohl akzeptieren, dass, wenn ich meine Augen schloss, ich nur noch sie sehen würde.

Nach zwanzig Minuten hatte sich die Lage nicht gebessert. Während ich ihm in einem meiner Lieblingsrestaurants gegenüber saß, stellte ich mir vor, wie es wäre, alle Vorsicht in den Wind zu schreiben und ihn zu küssen. Zu ficken.

Verdammt, verdammt und noch mal verdammt. Meine übersexualisierten Gedanken ergaben keinen Sinn. Ja, er war heiß, aber ich war gar nicht eine so sexgierige Person. Schon, nachdem ich ein Jahr lang keinen gehabt hatte, hatte ich vor ein paar Nächten etwas gebraucht, um mich abzureagieren, aber ich war eine reife Frau. Ich war Ärztin. Ich verhielt mich nicht so.

Als hätte er meinen inneren Kampf gespürt, wanderte Ryans Blick plötzlich über mein Gesicht, seine grünen Augen verdunkelten sich.

Ich schluckte und öffnete den Mund, wollte sagen, dass ich mir nicht sicher war, doch er kam mir zuvor und sprach ruhig. Intim.

„Weißt du, wir müssen nicht so tun, als sei es nie geschehen. Nicht, wenn es zwischen uns bleibt."

„Da bin ich anderer Meinung", sagte ich rasch, nahm dann mein Glas und trank einen Schluck Wasser, bevor ich fortfuhr. „Wir sollten es hinter uns bringen und uns dann auf die Arbeit konzentrieren. Auf deine Oberarztstelle."

„Wenn du es wirklich hinter dich bringen möchtest, müssen wir erst einmal darüber reden. Es erkennen. Es behandeln. Es herausschneiden. Du weißt besser als manch ein anderer, dass, wenn man etwas ignoriert, es am Ende wiederkommt und einen beißt, Lauren."

Ich räusperte mich. „Dr. Decker", erinnerte ich ihn. Als er nicht reagierte seufzte ich und legte meine Hände vor mir ineinander. Vielleicht hatte er recht. Ganz offensichtlich funktionierte es nicht zu ignorieren, was zwischen uns vorgefallen war. Vielleicht mussten wir die Dinge nur offen ansprechen, damit wir uns dann wieder wichtigeren Dingen zuwenden konnten. „Okay, na schön.

Worüber genau müssen wir sprechen, um es hinter uns zu bringen?"

„Warum hast du dein Profil gelöscht?"

„Also, das ist doch wohl klar. Ich habe bereut, was wir getan haben. Ich bin eigentlich zu schlau für so was."

„Du bist eine schöne Frau mit Bedürfnissen. Das ist doch nichts Dummes."

Ich neigte meinen Kopf. „Bist du dir da sicher, Ryan? Denn unsere gegenwärtige Situation sagt mir etwas anderes."

Er lächelte ein wenig, bevor er mich korrigierte mit: „Dr. Castle."

Grrr. Ich hätte ihn abknutschen können.

„Hattest du wirklich ein Seidenhöschen an oder eine alte Trainingshose und ein T-Shirt?"

Beinahe hätte mein Mund sich zu einem Lächeln verzogen, doch ich verkniff es mir. Ich durfte ihm weder die Genugtuung geben, dass ich ihn bezaubernd fand, noch, dass er mich so sehr angetörnt hatte. „Die Frage ist inakzeptabel", sagte ich, wobei mir gar nicht auffiel, dass ich in einen genauso formellen Tonfall gewechselt hatte wie er, als er mich nach dem Mittagessen gefragt hatte. Doch das war gut – wir mussten die Dinge zwischen uns schließlich formell belassen. Das hielt mich aber nicht davon ab, beinahe vorwurfsvoll zu sagen: „Deinem Profil zufolge hast du noch Medizin studiert."

Er zuckte die Schultern. „Scheinbar nicht auf dem neuesten Stand."

Innerlich zuckte ich zusammen. Genauso wenig auf

dem neuesten Stand wie ich, auch wenn er keine Andeutung gemacht hatte, dass unser Altersunterschied von zehn Jahren ihn irgendwie interessierte. „Woher hast du gewusst, dass ich Lana bin?"

„Du hast ein unverkennbares Muttermal am Knie. In den letzten Tagen habe ich es mir oft vorstellen müssen, denn ich konnte nicht aufhören daran zu denken, wie du deine Beine die ganze Nacht um mich schlingen würdest, während ich in dich hineinpumpe."

Mein Gesicht lief rot an, und ich kniff die Augen zusammen. „Dann habe ich mich wohl geirrt, als ich meinte, du wolltest mir entgegenkommen. Du willst *doch* das Arschloch geben."

„Wegen meiner Wortwahl oder weil ich einfach ehrlich sage, dass ich von dir geträumt habe?"

„Beides!", schaffte ich hervorzuspucken, und doch – wohin drifteten denn meine Gedanken ab? Jetzt konnte ich nur noch daran denken, wie er zwischen meinen Beinen war, mich ausfüllte, während ich mich an einer Wand festhielt.

„Würde Lana das auch sagen?"

„Wenn man bedenkt, dass ich Lana bin, dann ja."

Ryan hob bloß eine Braue. „Wenn du es sagst. Was mein Entgegenkommen angeht, ich habe nicht vor, mich bei der Arbeit unprofessionell zu verhalten."

„Das hier ist ein *Arbeits*essen."

„Noch nicht, nein. Im Moment diskutieren wir noch darüber, was zwischen uns passiert ist, *bevor* ich ans Graton's gekommen bin. Ich möchte, dass du das akzeptierst, Lauren. Ich möchte dass du weißt, dass vom ersten Moment an, als ich dich gesehen habe, ich wollte, dass es wieder passiert. Ich bin offen für Weiteres. Aber das wird es nicht geben. Nicht, wenn du es nicht willst."

„Ich will es nicht", sagte ich brüsk.

„Dann sollte es kein Problem geben. Ich würde mich nie einer Frau aufzwingen, egal, ob ich mit ihr zusammenarbeite oder nicht. Aber wenn du wirklich *nicht* möchtest, dass etwas zwischen uns passiert, dann darfst du mich nicht mehr so ansehen, als würdest du am liebsten den Reißverschluss meiner Hose öffnen, meinen Schwanz herausnehmen, dich darauf setzen und mich reiten, als gäbe es kein Morgen."

Mein Gott. Dann waren meine Gedanken also *doch* so offensichtlich gewesen, und er forderte mich nur heraus. Und doch, es war vielleicht nicht gerade die Art eines Gentlemans, aber er hatte recht, es war ehrlich.

„Ich werd's mir merken", sagte ich. „Du musst dir keine Sorgen mehr machen, dass ich dich weiterhin … so … ansehe. Denn ganz egal, welcher Sache gegenüber du *offen* bist – ob nur Sex oder auch mehr – es darf nicht passieren. Eine Beziehung zwischen Kollegen in einem Krankenhaus wäre zu kompliziert. Ich kann dir gar nicht sagen, wie oft ich schon mitbekommen habe, dass Ärzte und Schwestern etwas miteinander hatten, nur um dann zu sehen, was für ein Durcheinander das anrichtete, wenn das dann endete. Und selbst wenn alles gut läuft werden die anderen sich ihre Meinung bilden. Und wenn es schlecht läuft? Dann sind der Ruf und die Karriere ruiniert. Ich habe nicht vor, mich dem auszusetzen, vor allem, da du mir unterstellt bist, was auch noch ethische Bedenken mit sich bringt, so lange das der Fall ist."

„Ich möchte auch nicht, dass es zwischen uns zu Auseinandersetzungen kommt, Lauren. Insbesondere weil ich so ein Beziehungsdrama bereits hinter mir habe."

Allein die Erwähnung einer früheren Beziehung zwischen ihm und einer anderen Frau drückte mir aufs Herz. Ich bin so dumm. „So?"

„In New York war ich mit einer Kollegin zusammen. Sie wollte mehr als es war. Ich nicht. Nachdem wir uns getrennt hatten, fing Callie an, andere Ärzte gegen mich aufzubringen. Plötzlich bekam ich nur noch die dümmsten Aufgaben, oder die Unterlagen meiner Patienten wurden durcheinander gebracht, damit ich doof dastand."

Ich runzelte die Stirn. „Das ist ja furchtbar! Und deswegen bist du jetzt in Denver? Denn ich hatte gehört, dass du deiner Familie näher sein wolltest."

„Ich bin hier, weil ich in der Nähe meiner Familie sein wollte. Besonders meiner Mom. Doch ich bin auch erleichtert, dass ich von Callie weg bin. Deswegen verstehe ich genau, weswegen du zögerst, dich mit mir einzulassen. Nur dass du und ich anders sind."

Richtig, ich bin nicht Callie. Ich bin ein ganzes Stück älter, dachte ich. Dann legte ich wieder meine Hände vor mir ineinander und sah ihn mit meinem besten „verantwortlicher Chirurg maßregelt seinen undisziplinierten Assistenten"-Blick an. „Nichtsdestotrotz bleibt alles rein beruflich, Punkt. Da das ja wohl dann jetzt aus der Welt ist, könnten wir doch etwas bestellen und uns darüber unterhalten, was dich im kommenden Monat am Graton's erwartet", schlug ich atemlos vor.

Er starrte mich ein paar Sekunden lang an und nickte dann schließlich. „In Ordnung."

Und einfach so verhielt Ryan sich von da an die nächste Stunde über wie der perfekte Gentleman und professionell. Ich war erstaunt, wie schnell jegliche Spannung zwischen uns verschwunden war, und wie einfach es war, in einen professionellen Gesprächsmodus zu wechseln. Wir tauschten Geschichten aus, und ich erläuterte ihm die Abläufe im Graton's. Er erzählte mir von seiner Zeit im New Yorker Metro und von seiner Entscheidung, nach Denver zu gehen, um seiner Familie näher zu sein, insbesondere seiner Mutter. Sie und sein Vater hatten sich anscheinend vor Kurzem getrennt, und es nahm sie sehr mit.

Erst als wir wieder im Krankenhaus waren und den Aufzug zum vierten Stock nahmen, entschloss ich mich, noch einmal auf das Thema zurückzukommen, mit dem wir unser Mittagessen begonnen hatten.

„Du hast recht", sagte ich plötzlich und hätte meinen Blick am liebsten abgewendet, doch ich sah ihn direkt an. „Ich habe mich in jener Nacht zu dir hingezogen gefühlt, und ich fühle mich immer noch zu dir hingezogen, Ryan. Doch zwischen uns darf privat nichts mehr passieren. Und dabei bleibe ich."

Er schob seine Hände in die Taschen und irgendwie fand ich das erotischer, als wenn er mich berührt hätte, denn es sagte mir, dass er sich zwingen musste, mich *nicht* zu berühren, was er doch so verzweifelt wollte. „Ich werde diese Entscheidung respektieren, Dr. Decker", sagte er. „Wenn man an unseren Beruf denkt und die Art und Weise, wie wir uns kennengelernt haben, kann man wohl davon ausgehen, dass wir beide keine Komplikationen wollen. Aber falls du deine Meinung änderst, wenn du dir etwas Intensives und zugleich Unkompliziertes wünschst, und sei es nur für eine Nacht, wäre das für mich vollkommen akzeptabel. Wie ich dir gezeigt habe fällt es mir recht leicht, zwischen professionellem und privatem Gehabe zu wechseln. Du musst mich nur wissen lassen, was du von mir willst, und ich werde es dir geben."

Ich hatte das Gefühl, nicht atmen zu können, wollte ihn packen und ihn anflehen, mir *alles* zu geben, weich und hart, rau und zart, doch ich konnte ihn nur anstarren, bis der Aufzug dingte. Die Türen öffneten sich zäh wie Schleim an einem Glas, und hastig quetschte ich mich hindurch, sobald ich das Tageslicht sah. Als ich auf meiner Etage war, blickte ich über die Schulter. Ryan ging hinter mir her. Seine Hände immer noch in den Taschen, leichter, lockerer Gang. Er wusste genau, dass es mich zerriss.

Und das gefiel ihm.

KAPITEL FÜNF

Lauren

Ich bin ein Profi. Ryan Castle ist ein Schönling mit einem Körper wie Adonis, und das ist in Ordnung und schön. Aber es hat keine Auswirkungen auf meine Arbeit.

Ich hatte diese Worte in den letzten fünf Tagen schon so oft zu mir gesagt, und Gott sei Dank waren sie mehr als bloße Lippenbekenntnisse gewesen. Jetzt war Freitag, und nach einer anstrengenden Woche freute ich mich auf eine Auszeit vom Krankenhaus und einen sicher angehenden Kollegen. Besagtes Verlangen hatte jedoch nichts mit Ryans unangemessenem Verhalten zu tun, denn er hatte sich kein bisschen unangemessen verhalten.

Nach jener Fahrt im Aufzug nach dem Mittagessen hatte Ryan das getan, worum ich ihn gebeten hatte, und so getan, als wären wir uns nie zuvor begegnet, bevor er am Graton's Gift angekommen war. Ich stellte fest, dass er genauso ein talentierter Arzt war, wie der Ruf, der ihm vorausgeeilt war, behauptet hatte. Bald schon war er ein wichtiger Teil des Kollegiums und machte meinen Job als seine Vorgesetzte mehr als angenehm, und trotz anderer Umstände, die mich etwas unleidlich hätten stimmen müssen (das schnell näherrückende Jahresjubiläum meiner Scheidung in der Hauptsache), war meine eigene Leistung phänomenal. Ganz egal, wie sich meine Gefühle für Ryan widersprachen, egal wie traurig ich manchmal war, weil ich mehr als ein Jahrzehnt mit Samuel verschwendet hatte, einem Mann, der alles weggeworfen hatte, was wir uns gemeinsam aufgebaut hatten, wenn ich arbeitete, konzentrierte ich mich vollkommen darauf – das Leben eines Menschen zu retten.

Heute früh hatte Ryan mir zum ersten Mal bei einer OP assistiert. Als wir fertig waren, wusch ich meine Hände unter kaltem Wasser und trocknete sie mit einem Handtuch ab. Ich wollte mein Handtuch gerade in den dafür vorgesehenen Wäschekorb werfen, doch hielt überrascht inne, weil Ryan direkt hinter mir stand. Ungeschickt versuchten wir umeinander herumzukommen, wie zwei Kinder mitten auf dem Schulflur, wenige Zentimeter zwischen uns. Wir lachten beide, was mich locker werden ließ, und als ich zu ihm aufsah, wurde mir klar, dass ich in der Zeit unserer Zusammenarbeit nicht gerade großzügig mit Lob umgegangen war. Bei dem, was er geleistet hatte, hatte er sich das jedoch verdient.

„Das hast du gut gemacht heute", sagte ich, während wir unsere Kittel ablegten, um auch sie in einen großen Wäschekorb hinter dem OP zu werfen. „Die ganze Woche über warst du toll. Du hast deinen Ruf wirklich verdient, und jetzt verstehe ich, warum das Graton's so versessen darauf ist, dir hier eine Dauerstelle zu geben."

Hinter meinen Schläfen hatte sich ein Kopfschmerz gebildet. Ganz egal, wie oft ich den Brustkorb eines Patienten öffnete, ich war immer ein wenig aufgeregt, während wir darauf warteten, dass das Herz wieder zu schlagen begann. Ich vermutete, dass es daran lag, dass mir an meinen Patienten wirklich etwas lag, und das würde sich wohl nie ändern.

„Wenn das von dir kommt, fühle ich mich wirklich geehrt durch dieses Kompliment."

Das raue Timbre in Ryans Stimme schickte mir einen Schauer über den Rücken. *Nicht drauf eingehen.* Ich zwang mein Gesicht zu einem neutralen Ausdruck. *Er ist nur ein Assistenzarzt und Kollege. Hör endlich auf zu denken, es sei etwas anderes.*

„Ich habe am Wochenende frei – eine kleine Vergünstigung wohl für den Monat, den ich hier arbeite, schätze ich", fuhr er fort.

„Ich kenne deinen Dienstplan", sagte ich und wollte gar nicht so barsch klingen, doch genau so hörte es sich an. War es, weil auch ich am Wochenende frei hatte? Weil ich hoffte, dass er mich um ein Treffen bat? Weil ich enttäuscht war, dass er so aussah, als sei er drauf und dran den Raum zu verlassen, ohne mich eines weiteren Blickes zu würdigen? Für ihn schien alles so mühelos. Ließ er denn gar nichts an sich ran?

Doch er sah mich an. Sein Blick war nicht gewichen.

Und doch sagte er bloß: „Dann sehen wir uns am Montag, Dr. Decker."

„Bis dann, Dr. Castle", erwiderte ich.

Als ich ihn gehen sah, fühlte ich eine Leere in meiner Brust.

Du bist müde, du hast nicht gut geschlafen. Du solltest nach Hause gehen und einen halben Tag schlafen.

Doch ich wusste, ich könnte nicht schlafen, wenn ich zu Hause war.

Und tatsächlich, jetzt trug ich meinen Pyjama, lag im Bett und war nicht einmal nahe daran einzuschlafen.

Vielleicht sollte ich ausgehen. Bonnies Angebot annehmen, mit mir in den Club zu gehen, um meine „Befreiung" von Samuel zu feiern. Doch abgesehen von meiner kürzlichen Flucht in die DomRep war ich nicht wirklich aus gewesen, seit … verdammt, seitdem Samuel mir vor vier Jahren gesagt hatte, ich sollte mir was Schönes für meinen Geburtstag kaufen, und mich dann eine Stunde lang in einem Restaurant hat warten lassen. Nach drei Martinis bin ich gegangen, und als ich am nächsten Morgen aufwachte, fand ich eine hingekritzelte Nachricht auf dem Küchenschrank.

Sorry, die Arbeit. - S.

Wir haben keine neue Zeit vereinbart. Genau so lief es zwischen uns: die Arbeit war immer die perfekte Ausrede. Natürlich verstanden wir beide wie fordernd der Beruf war. Nun ja, bis ‚die Arbeit' hieß ‚die Schwester ficken.' Die Forderung verstand ich dann doch nicht.

Seufzend knuffte ich mein Kissen zurecht und drehte

mich auf die Seite, als mein Handy mit einer Nachricht vibrierte.

Von Samuel.

Ich hatte den Kontakt von meinem Handy gelöscht, schaffte es aber wohl nicht, seine Nummer aus meiner Erinnerung zu löschen.

Da biss ich mir auf die Lippe, und auch wenn ich wusste, dass es eine schlechte Idee war, tat ich es. Ich hörte die Nachricht ab und drückte das Handy an mein Ohr.

„Lauren, ich weiß, was du heute denkst. Ich weiß, du denkst, dass du einen großen Fehler gemacht hast. Du erinnerst dich an mich und fragst dich, warum du nicht deinen Stolz überwinden konntest, um diesen einen winzigen Fehler in unserer sonst so perfekten Ehe zu übergehen. Denn ich kenne dich, Lauren *Decker*. Und du weißt, dass ich dich kenne. Und hier ein Beweis dafür, wie gut ich dich kenne: Seit mir hattest du keinen Sex mehr. Und wir wissen beide warum. Du liebst mich noch. Du willst immer noch, dass ich dich ficke. Du weißt, dass das einzige Mal, dass du im letzten Jahr gekommen bist, der Moment war, als du diese verdammten Papiere unterschrieben hast. Ich–"

Ich nahm das Handy vom Ohr und starrte auf den Monitor als erwartete ich, dass mir ein Fehler angezeigt würde. Ich starrte es an und wartete darauf, dass ich in meinem eigenen Bett aufwachte und feststellte, dass ich das bloß geträumt hatte. Ich wartete, dass jemand in mein Schlafzimmer kam und lachte und mir sagte, das sei sein

Handy und wir hätten aus Versehen unsere Handys vertauscht.

Doch das hier war meine Wirklichkeit.

Ich spürte, wie ich vor Zorn bebte. „Dieser Bastard! Dieser Bastard!" Ich sprang aus dem Bett, wählte dann die Ziffern, die sich in mein Hirn gebrannt hatten, bevor ich darüber nachdenken konnte, was für eine schlechte Idee das war.

„Hallo, mein liebster *Ex*-Mann. Das war ja so lieb, dass du heute angerufen hast und so eine rührende Nachricht aufgesprochen hast", sagte ich mit ruhiger aber nachdrücklicher Stimme. Ich war so wütend, dass ich kaum wusste, was ich sagte.

„Du meinst also, dass du mich so gut kennst? Du, ausgerechnet *du* kennst mich also so gut? Nun, hat deine Kristallkugel dir denn auch verraten, dass ich gerade unterwegs bin, um den heißesten Typen zu ficken, den es gibt? Das ich schon einen Achtundzwanzigjährigen gefickt habe? Wusstest du, dass du gegen ihn aussiehst wie ein Michelinmännchen mit'nem Platten? Wusstest du ach, dass er intelligent und sexy und alles ist, das du nicht bist? Wenn du mich doch so gut kennst, wie konntest du dann nicht wissen, dass, wenn du eine junge Schwester ficken kannst, ich mir dann auch einen jungen Typen aussuchen kann. Einen Bankangestellten? Einen Supermarktverkäufer? Einen Stripper? Und, ja, vielleicht sogar einen jungen Assistenzarzt? Sie wollen mich alle, Samuel. Also, ich wollte dir nur für deinen Anruf danken, Arschloch. Wenn ich heute Nacht komme, dann solltest du wissen, dass du und dein schlapper Pimmel mir nicht im Entferntesten einfallen würden. Und du sollst auch wissen, dass es nicht dein Name sein wird, den ich schreie."

* * *

Ryan

„Hast du eigentlich ein einziges Wort von dem mitbekommen, was ich dir in den letzten fünf Minuten erzählt habe?"

Ich blinzelte in Richtung meines besten Freundes aus Kinderzeiten, Chance, der mich wütend ansah. Wir saßen beide hinten in seinem Imbisswagen, Lucky Chance, der vor einer Bar im Zentrum von Denver stand, deren Outdoorbereich überfüllt war, und ich hatte auf eine Pfanne gestarrt, in der eine klebrige Barbecuesauce vor sich hin blubberte. Ich hatte ihm wirklich nicht zugehört. Ich war damit beschäftigt gewesen, an Dr. Lauren Decker zu denken.

Ich hatte gerade erst die erste Woche meiner vierwöchigen Probezeit am Graton's Gift Hospital hinter mir, während derer ich hauptsächlich beobachtet und/oder assistiert hatte. In der Zeit hatten Lauren und ich ununterbrochen zusammengearbeitet. Ich hatte das Thema unseres virtuellen Kennenlernens nicht mehr angesprochen, seitdem sie an jenem ersten Tag aus dem Aufzug gestiegen war. Ich meinte, meine Karten ziemlich deutlich auf den Tisch gelegt zu haben, jetzt war es an der

Zeit, dass ich mich auf meine Karriere konzentrierte. Das und meine Familie würden mich in Denver halten, ganz egal, was zwischen mir und Laura wieder lief oder nicht lief.

Und doch konnte ich nicht anders als hoffen, es *werde* etwas passieren. Und genau aus dieser Fantasie hatte Chance mich gerade gerissen.

„Natürlich habe ich zugehört", sagte ich und steckte meinen kleinen Finger in die Sauce. „Hey, da muss mehr Essig dran."

„Idiot! Nicht mit den Fingern!" Chance nahm sich einen Löffel, schmeckte die Sauce selbst ab, fügte mehr Essig hinzu und wandte sich dann wieder mir zu. „Schafft es diese Frau, von der du schon den ganzen Abend träumst, dich aus diesem Schlamassel zu ziehen?"

Wenn es um die Arbeit ging, hatte Lauren überhaupt kein Problem, mich in meine Schranken zu weisen. Nur auf privater Basis weigerte sie sich anzuerkennen, dass ich auch da gerne in meine Schranken gewiesen worden wäre. Und das sollten vorzugsweise ihre Schenkel sein.

Ich seufzte und sah noch einmal zu der Menschenmenge vor dem Lokal. Sie war voller schöner Frauen, und die Chancen standen gut, dass ich eine finden würde, mit der ich das Bild von Lauren aus meinem Kopf ficken könnte. Doch anstatt auszusteigen und sie zu finden, konnte ich nicht aufhören, über die Chirurgin nachzudenken, der ich zugeordnet war.

Für einen Freitagabend ist es noch früh, erinnerte ich mich selbst, und ich hatte mir ein wenig Spaß verdient. Da meine Arbeitszeiten noch nicht so streng waren, wie sie sein würden, wenn ich erst einmal offiziell die Position am Graton's angenommen hatte, hatte ich meine Mom schon mehrmals besucht, die mir versichert hatte, dass es ihr gut ging. Sie hatte auch ziemlich klar gemacht, dass, so sehr sie sich freute, dass ich bald wieder in der gleichen Stadt wie sie wohnte, sie mich dennoch nicht so oft in diesem Monat sehen wollte.

„Mach dir nicht so viel Mühe, mich zu besuchen", hatte sie gesagt. „Du hast am Krankenhaus so viel zu tun, und Sharon und ich kommen ganz gut alleine klar." Sharon war die Pflegerin/Assistentin, die bei ihr wohnte, die ihr half, solange sie sich der Krebstherapie unterzog. „Und bevor du noch einmal fragst, nein, ich möchte nicht, dass du bei mir wohnst. Du bist ein gesunder junger Mann, der sich in diesem Monat um seine eigenen Belange kümmern muss. Und jetzt hör auf, mich zu betüddeln, Ryan."

Das war meine Mutter, die Hirnchirurgin, dachte ich stolz. Erschreckend pragmatisch, stolz und zugleich liebenswert. Ich wusste, sie konnte den Gedanken, jemand könnte sie bemitleiden, nicht ertragen, selbst wenn das ihr eigener Sohn war. Doch verdammt, ich liebte sie, und ich war so angepisst wegen der Sache, die mein Vater ihr angetan hatte, dass ich mich weigerte, seine Anrufe anzunehmen.

„Hallo? Erde an Ryan?"

Ich sah zu Chance auf, der mich erwartungsvoll ansah. Ach, richtig. Er hatte nach der Frau gefragt, von der ich die ganze Zeit träumte.

„Wie kommst du eigentlich darauf, dass es eine Frau gibt?", fragte ich Chance. „Könnte ja sein, dass ich von deiner Barbecuesauce träume, auch wenn sie noch mehr Essig hatte vertragen können."

Er verdrehte die Augen.

„Weil ich dir jetzt geschlagene fünf Minuten lang von alleinstehenden, kochendheißen, intelligenten, witzigen, abenteuerlustigen, wilden, entspannten Frauen in Denver vorgeschwärmt habe, die mit Kusshand mit dir ins Bett gingen, und du hast nicht einmal nach einem einzigen Bild gefragt."

Chance nahm einen Korb voll Chickenwings aus der Fritteuse und bedeckte sie in einer großen Metallschüssel mit seiner Sauce.

„Also", sagte er und warf mir einen vielsagenden Blick zu, bevor er die Chickenwings noch einmal in die Luft warf. „Wer ist sie?"

Ich lehnte mich gegen die Schränke und strich mir ächzend mit der Hand über das Gesicht.

Mit einem klappernden Geräusch landete die Metallschüssel auf dem Tresen, und Chance drehte sich zu mir um. „Es gibt also eine Frau. Nun spuck schon aus!"

„Sie arbeitet im Graton's Gift."

„Okay..."

„Auf der gleichen Etage wie ich."

„Wahrscheinlich nicht gerade ideal."

Ich seufzte und nahm mir mein offenes Bier vom Tresen. „Sie ist meine Vorgesetzte."

„Mist."

Ich nickte und nahm einen gesunden Schluck. „Sie ist schön und brillant." Ich hatte Lauren heute zum ersten Mal im OP assistiert, und sie war eine tolle Ärztin. Blieb unter Druck ganz ruhig. Ich wollte so sein wie sie wenn ich groß war, dachte ich innerlich schnaubend. „Sie sieht aus wie um die dreißig, aber sie ist beinahe vierzig."

„Fuck."

„Und sie will so was von verdammt noch mal nichts mit mir zu tun haben."

Chance ging leise zu dem kleinen Minikühlschrank ganz hinten im Wagen und brachte eine Whiskeyflasche. Er goss zwei Kurze ein und reichte mir einen, nachdem ich mein Bier leergetrunken hatte. Er hob sein Glas. „Fuck!"

Ich lachte. „Wirklich fuck!"

Wir sahen beide auf den Boden und lauschten der Musik, die dumpf aus der Bar herüberklang.

„Also, du kannst da nicht weitergehen, stimmt's? Du sagtest, du habest dich schon entschieden, den Oberarztposten dort anzunehmen", hakte Chance nach.

Ich zuckte die Schultern. „Es gibt keine offizielle Bestimmung, die uns verbietet, eine Beziehung miteinander zu haben, zumindest nicht, dass ich wüsste, doch selbst wenn sie mir eine Chance geben würde, wäre es eine riskante Angelegenheit."

„Ja, vor allem für sie. Du fängst etwas mit deiner älteren, verdammt heißen Vorgesetzten an – und mir ist klar, dass sie verdammt heiß sein muss, wenn du so hinter ihr her bist – und du bist der Hengst. Sie? Da wird mit zweierlei Maß gemessen, denn über sie wird man sagen–"

„Sie ist verzweifelt. Unprofessionell. Ja, ich weiß. Und sie weiß es auch. Und deswegen zeigt sie mir wahrscheinlich die kalte Schulter."

„Das oder du bist nicht ihr Typ."

„Richtig."

Doch etwas in meinem Gesichtsausdruck hatte mich wohl verraten, denn plötzlich weiteten sich bei Chance die Augen. „Moment, du bist ihr Typ. Und du wartest. Oder habt ihr es schon miteinander getrieben?"

Ich dachte daran, ihm zu sagen, wie wir uns kennengelernt hatten, doch ich entschied mich dagegen, was schon an sich ungewöhnlich war. Normalerweise hatte ich kein Problem damit, so etwas mit Chance zu besprechen. Doch so über Lauren zu reden fühlte sich falsch an. „Nein, haben wir nicht–"

„Hey, wir wollen was Gegrilltes."

Ich drehte mich um und sah drei Kerle am Verkaufsfenster stehen.

„Eine Minute!", rief Chance.

„Hey", sagte ich, „geh, geh, schon in Ordnung."

„Hey, Kumpel, wir haben hier etwas Geld, das wir dir gerne geben würden."

Chance beugte sich vor und rief erneut in Richtung Fenster.

„Ich sagte eine Minute, *Kumpel*." Mit dem Daumen zeigte er über seine Schulter. „Was für Typen", formte er mit den Lippen.

Ich lachte und löste mich vom Schrank, um ihn zum

Fenster zu schieben. „Lass uns später darüber sprechen", sagte ich. „Gib den Leuten, was sie wollen."

Chance packte meine Schulter und wartete, bis ich ihm widerwillig in die Augen sah. „Wir werden aber wirklich darüber sprechen, okay?", sagte er ernster als ich für möglich gehalten hatte. „Ich bin für dich da, verstanden? Und nicht nur für dich, auch für deine Mutter."

Das verstand sich. Chance vergötterte meine Mutter, und sie erwiderte seine Gefühle. Anscheinend hatten sie diese Woche bereits zweimal miteinander Rommé gespielt.

„Barbecue!", rief ein beschwipstes Mädchen vor dem Wagen.

„Ja, ja", sagte ich und schob ihn weg. „Wir werden später reden."

„Ich meine es so."

„Mhmm."

Ich fand ein Fleckchen beim Ausgang des Wagens und legte meine Füße auf den Minikühlschrank. Frauen, schöne, schöne Frauen, eine nach der anderen, gingen am Wagen vorbei in die Bar, und ich brachte gerade mal die Kraft auf, ihnen einen flüchtigen Blick zuzuwerfen.

Denn keine von ihnen war Lauren.

Die eine hatte dunkle Haare, aber nicht annähernd so schöne wie Lauren. Die andere hatte ganz nette Titten, doch nicht so nett, wie ich mir Laurens vorstellte.

Die nächste Frau hatte Beine wie Lauren: schlank und fest, und ich fragte mich, wie sie sich wohl anfühlten.

Laurens Beine meine ich. Aber die Frau war auch noch hübsch. Hatte den gleichen scharf geschnittenen dunklen Bob.

Das Bier rutschte mir beinahe in den Schoß, und ich setzte mich auf. Sie zeigte dem Türsteher ihren Ausweis und drehte sich weit genug um, dass mein Herz aussetzte.

Die Frau sah nicht aus wie Lauren. Die Frau war Lauren.

Ich sprang aus dem Wagen.

„Chance!", rief ich. „Chance, ich werde jetzt etwas richtig, richtig Dummes tun."

Die Schlange für seinen Imbisswagen schlängelte sich durch den ganzen Vorbereich der Bar, und Chance sah zu mir herüber und wischte sich den Schweiß von der Stirn.

„Erzähl mir was Neues!", rief er über den Lärm der vom Inneren der Bar her pulsierenden Musik.

* * *

Eine Minute später stand ich im Eingang der Bar. Lauren sah zur Tanzfläche und unterhielt sich mit einem Mann, der neben ihr saß. Ihr Bild schien wie ein Stroboskop zu pulsieren, als die Leute an mir vorbeigingen.

Sie war berauschend, absolut berauschend. In einem Meer aus Miniröcken und hautengen Jeansshorts trug sie einen Rock, der ihr bis zu den Knien reichte. Es machte mich verrückt, ich wollte so gern sehen, was darunter war. Ihr Seidenoberteil reichte ihr bis zum Hals, doch als sie sich ein wenig umdrehte, stellte ich fest, dass es ihren

Rücken vollkommen unbedeckt ließ. Mein Mund wurde trocken. Bewundernd sah ich, wie ihr dunkles Haar verschiedene Farben annahm, wenn die Lichter der Tanzfläche es trafen. Feuerrot. Punkig pink, Grün. Sogar ein tiefes Blau, das es mit den klarsten tropischen Gewässern aufgenommen hätte.

Der Barkeeper reichte ihr ein Schnapsglas, und sie und der Mann neben ihr stießen auf irgendetwas an, das ich nicht verstehen konnte. Lauren lachte, warf ihr Haar nach hinten und trank auf ex, worauf sie husten musste. Dann bewegte sie sich ... drehte sich um. Als ihr Blick mich schließlich traf, war es, als hätte jemand über eine Schallplatte gekratzt und als bliebe die Welt stehen.

Da stellte ich es mir vor. Oder, besser gesagt, ich ließ es zu, dass ich es mir *wieder* vorstellte.

Wie es wäre, wenn wir beide wirklich zusammen kämen. Ich versuchte auch gar nicht, meine Gedanken zu verbergen. Ich ließ sie mir deutlich anmerken, während ich sie betrachtete. ich fing an ihrer Brust an und ließ meinen Blick dann zu ihren Schuhspitzen hinabwandern.

Mir gefiel das Oberteil, das meinen Schwanz reizte.

Bei der Fahrt nach Hause würde ich meine Hand hineingleiten lassen und ihre Nippel streicheln bis sie hart wurden und sich gegen die Seide aufrichteten. Sie würde in ihren Sitz sinken, wenn ich meine Hand von ihr nähme, um an einer roten Ampel direkt vor meinem Apartment meinen harten Schwanz durch meine Hose zu umfassen. Ich würde mir auf die Lippen beißen von dem Anblick ihrer harten Nippel unter der Seide, wie nah das Bändchen in ihrem Nacken war, mit dem ich die Seide ganz hinunterrutschen lassen konnte, wie sie ihre Beine ein wenig zusammen presste, weil sie dachte, ich sähe es nicht.

Irgendwie würden wir es schaffen, ins Haus zu kommen, und sie würde in der gleichen Sekunde, in der wir durch die Tür meines Apartments stolperten, ihre sexy High Heels wegkicken, ihre Hände in meinen Haaren, meine Hände an ihrer Taille, wenn ich sie an die Wand presste. Sie würde sich in meinem Griff herumdrehen und ihren Arsch an meinem Schritt reiben, bis ich endlich nach dem Reißverschluss griff und ihr den Rock zu den Knöcheln hinab riss. Sie trüge keine Wäsche. Ich würde auf die Knie hinuntergehen, ihre Beine spreizen und meinen Mund in ihrer feuchten Pussy vergraben.

Erbebend sah ich auf und in ihre Augen, vermittelte ihr all meine Gedanken mit einem einzigen Blick und sah, wie sie ihren Mund nach Luft schnappend öffnete. Der Raum zwischen uns fühlte sich mehr und mehr an, als sei ein Seil zwischen uns zum Reißen gespannt, nur noch wenige Fasern verblieben, waren kurz vorm Bersten. Ich wollte meinen Blick nicht mehr von ihr abwenden. Ich wollte ihre Augen sehen, wenn sie mich nackt sah mit hartem Schwanz, der für sie pulsierte. Ich wollte ihre Augen sehen, wenn ich in dieses weiche Fleisch an der Innenseite ihres Oberschenkels biss. Ich wollte ihre Augen sehen, auch wenn sie sie zugedrückt hatte, wenn ich sie das erste Mal über die Klippe trieb und sie meinen Namen schrie

Ich weiß nicht, wie lange wir so dastanden. Eine Minute. Fünf. Zehn? Es war mir egal. Ich hätte zehn Jahre so dastehen können. Stattdessen ging ich zu ihr, ignorierte den Mann neben ihr und murmelte: „Akzeptabel?"

Die Überraschung in ihrem Gesicht verschwand kurz, und ein Lächeln tauchte auf. Sie sah mich von oben bis unten an, wie ich es gerade bei ihr getan hatte. Mein Herz tat einen Sprung, als Lauren aufstand und sich zu mir beugte. Die Bar wummerte bei dem Lärm, den die Menschenmenge und die Musik und die stampfenden Füße auf der Tanzfläche machten, doch ich hörte ihre Stimme in meinem Ohr, nahe, so, so nahe, als wäre es durch ein Megaphon verkündet worden.

„Inakzeptabel."

Scheiße.

Sie lachte über meine überraschte Enttäuschung, und mit einem neckischen „Bis nachher", zu dem Mann neben uns, ging sie fort. Ich bin mir sicher, dass sie absichtlich noch mehr mit ihrer Hüfte wackelte, um mich zu ärgern, bevor sie dann in der Menge verschwand.

Heilige Scheiße. Wenn sie auf Quälen stand, wollte ich mehr. Wer wusste schon, wann ich jemals wieder Laurens Lana-artige Seite sehen würde? Also ignorierte ich das „Schönen Dank auch, Sackgesicht, aber wenigstens hat sie auch dich abblitzen lassen", das Gemurmel des Mannes, der sich mit Lauren unterhalten hatte, als ich zu ihr gekommen war, holte mir ein Bier beim Barkeeper und machte mich auf die Suche nach ihr.

In der oberen Bar fand ich sie wieder. Dieses Mal saß

sie allein und nippte an ihrem Drink, also machte ich es mir neben ihr gemütlich.

„Einen Gin Tonic", sagte ich zu dem Barkeeper, der hastig ein Tuch auf den offensichtlich klitschnassen Tresen warf, dann nickte er und schnappte sich die Flaschen. Lauren beachtete mich nicht. Als der Barkeeper mit dem Drink zurückkam, schrieb ich eine schnelle Notiz auf die Serviette und schob den Drink mitsamt Serviette und Stift zu ihr hinüber. Lauren schaute einen Moment darauf, dann nahm sie langsam den Stift, schrieb etwas auf und ging.

Ich beugte mich vor und sah auf die beiden Kästchen, die ich unter das Wort Akzeptabel? gemalt hatte.

Lauren hatte ganz deutlich ein X in das Kästchen mit dem Nein gemacht.

„Darf ich Ihnen einen Drink spendieren?"

Ich schnappte die Frage zwischen zwei Liedern auf und erblickte einen älteren Mann etwas weiter unten an der Bar neben Lauren. Als sie in meine Augen sah, lächelte sie mich an und dann zu ihm auf. „Einen Gin Tonic bitte", sagte sie und streichelte verspielt seine Brust.

Ich ächzte und kippte den Drink selbst hinunter.

Ein paar Minuten später sah ich, wie sie eine Kirsche am Boden ihres Martiniglases umherwirbelte, während sie auf die schimmernde Skyline von Denver blickte. Ich schob meine Hand am Geländer vor uns in ihre Richtung, bis mein kleiner Finger wie ein Hauch ihren berührte.

„Akzeptabel?"

Sie fischte die Kirsche mit dem Piekser aus dem Glas, saugte sie in ihren Mund und sagte dann „Inakzeptabel."

Dann ging sie weg. Doch dieses Mal las ich die Botschaft in ihren Augen, nicht die auf ihren Lippen. Also ging unser Haschmichspiel weiter.

Draußen im Vorbereich, die Luft schwer von der Sommerhitze, ihre Schultern gebadet im warmen Glühen der Lichtstrahlen, fuhr mein Daumen unten über ihren Rücken.

„Inakzeptabel."

In einer dunklen Ecke der Bar, ich gegen sie gedrückt, weil die Leute sich an uns vorbeiquetschten, oder auf der Tanzfläche, während ihre dunklen Augen mich anzogen, während sie ihr Martiniglas schwenkte, mein kleiner Finger, der in den Gin dippte und ihn in meinen Mund saugte. Ihr Zögern.

„Inakzeptabel."

Im Hinterbereich, der Boden klebrig, die Neonröhren flackernd, sie lachte mit einem Typen, sah dabei mich über seine Schulter an, während ich mit den Lippen „Tanz mit mir" forme, sie formt zurück: „Inakzeptabel."

Wie wir so unser Spiel spielten, ließ ich eine schöne Frau nach der anderen abblitzen, die mich fragten, ob ich tanzen wolle, ob ich einen Kurzen mit ihnen trinke, ob ich draußen einen Joint mit ihnen rauchen wolle. Rot lackierte Nägel griffen nach mir und Parfumkaskaden versuchten mich einzulullen, blonde Locken auf gebräunten Schultern riefen mich zu sich, doch ich kam nicht einmal in Versuchung.

Die Tanzfläche erschütterte die Holzbohlen der Bar in der Finsternis und ich ging an einem Pärchen nach dem anderen vorbei, die sich wie eine Person bewegten, die Hände in den Haaren, Lippen auf Lippen, Hintern gegen Schritt. Ich hätte das mit jeder in der Bar haben können, doch in jener Nacht wollte ich nur Lauren.

Leider, obwohl mir das Spiel mit ihr gefiel, verlor ich sie irgendwann aus den Augen und konnte sie nicht mehr finden. Nach einer halben Stunde stellte ich mir vor, sie bereue womöglich unser kleines Spiel. Ich hing weitere zwanzig Minuten dort herum, dann gab ich auf.

Ich rief ein Minicar und ging nach draußen, wo Chance seinen Wagen bereits geschlossen hatte und gefahren war.

Als der grüne Subaru vorfuhr öffnete ich die Tür.

„Ryan?"

„Das bin ich."

Ich stieg ein. Während wir an der roten Ampel darauf warteten, dass der lebhafte Abendverkehr sich weiterbewegte, lehnte mich meinen Kopf an die Stütze.

Und immer noch dachte ich an Lauren.

KAPITEL SECHS

Lauren

Als ich ihn in der Bar gesehen hatte, war mein erster Gedanke – das ist jetzt nicht sein Ernst. Mein zweiter Gedanke war – von allen Bars in Denver ... Doch mein dritter Gedanke war – jetzt bin ich in Schwierigkeiten. Und ich bin so verdammt froh.

Immer, wenn er sich mir genähert hatte, immer, wenn seine Berührung meine Haut erreicht hatte, immer wenn er mir in die Augen sah, wurde es schwieriger für mich, ihn abzuweisen. Ich wollte ihn küssen. Ihn verschlingen. Ihn anflehen, dass er mich verschlang.

Ich weiß nicht, ob ich mehr getrunken hatte, weil Samuels Anruf mich wütend gemacht hatte, oder weil ich wusste, dass die eine Sache, die mir helfen könnte, den Schmerz zu überwinden, die Sache war, die ich nicht haben konnte. Jedenfalls trank ich. Und je mehr ich trank, um so mehr schien es mir eine gute Idee zu sein, mit Ryan z flirten. Er hatte bereits bewiesen, dass er meine Grenzen respektierte. Ich könnte ein wenig Spaß haben, Samuel vergessen, vergessen, dass ich die perfektionistische Dr. Lauren Decker war, und wenn ich dann nach Hause wollte, konnte ich mir ein Minicar rufen und so tun, als habe es diese Nacht nie gegeben.

Doch gegen Ende des Abends, als ich mich draußen wiederfand, fiel es mir schwer, ein Minicar zu bestellen. Ich wollte bleiben und es sagen, wenigstens einmal. Ein verdammtes Mal.

Akzeptabel.

Es wäre so was von akzeptabel, Ryan Castle, wenn du dafür sorgtest, dass ich an nichts mehr denken könnte, nur für eine kurze Zeit, außer an die pure, körperliche Lust.

Als ich merkte, dass ich drauf und dran war, Ryan suchen zu gehen, rief ich Bonnie an. Zunächst klang sie verletzt, dass ich in den Club gegangen war, nachdem ich vorhin noch ihr Angebot auszugehen abgelehnt hatte. Doch als ich ihr von Samuels Anruf erzählte, verstand sie es. Sie verstand, was für düstere Gedanken und Bedürfnisse ich gehabt hatte.

„Soll ich dich abholen kommen?", fragte sie ganz süß.

„Nein, du musst mich zur Vernunft bringen."

„Was soll das heißen?"

„Das heißt, dass hier ein sehr heißer jüngerer Mann ist, einer, der im Krankenhaus für mich arbeitet, und er möchte mit mir ins Bett."

„Heilige Scheiße. Wieso arbeitet er für dich?"

„Er ist der neue Assistenzarzt, um den sich das

Krankenhaus bemüht. Er hospitiert einen Monat lang, um sich alles anzusehen."

„Dann hat das Graton's ihn genau genommen noch nicht angestellt."

„Genau genommen nicht, aber–"

„Nichts aber. Denkst du, er wird es gegen dich verwenden, wenn du mit ihm schläfst?"

„Ehrlich gesagt nicht. Er hat mir gezeigt wie professionell er ist. Aber es wäre nicht richtig."

„Es wäre für die eine einzige Person, die zählt, wichtig, und das bist du."

„Bonnie—"

„Komm schon, Lauren", sagte sie. „Samuel war ein Schwanz. Und weißt du, wie man über einen Schwanz hinwegkommt?"

Ich zögerte, dann murmelte ich: „Mit einem Schwanz?" Die Versuchung, *Ryans* Schwanz zu sehen, zu berühren und zu schmecken, brannte zwischen meinen Schenkeln.

„Mit einem Schwanz. Also, hast du einen Drink in der Hand?"

Ich sah auf mein Martiniglas hinunter. „Ja."

„Ich möchte, dass du es hebst und mir nachsprichst: ‚Auf den Schwanz. Auf den jungen Schwanz. Auf den jungen heißen Schwanz.' Du hast es verdient. Wenn er wirklich so gut darin ist, Grenzen zu respektieren wie du sagst, dann schnapp ihn dir. Du hast es verdient, ein Leben außerhalb der Arbeit zu haben, Lauren, und er kann dir das geben. Zumindest für eine Nacht."

„Eine Nacht", wiederholte ich, und plötzlich wirkte die Idee von einer Nacht mit Ryan gar nicht mehr so aberwitzig.

Das Bild meiner Unterschrift auf den Scheidungspapieren tauchte in meinem Kopf auf. Ich erinnerte mich, wie sich der Stift in meiner Hand angefühlt hatte, schwerer als ich es von einem einfachen Stift erwartet hatte. Ich erinnerte mich, wie still es im Raum gewesen war, als sie warteten.

„Wir können Ihnen noch Zeit geben, wenn Sie Zweifel haben", hatte meine Anwältin gesagt und mir vorsichtig eine Hand auf die Schulter gelegt.

Als ich aufsah, bemerkte ich das Mitleid in ihren Augen, und nachdem ich nur einen flüchtigen Blick verschwendet hatte, um sicher zu sein, dass ich in der Nähe der Linie war, kritzelte ich meinen Namen hin, stand auf und ging. In dem Moment hatte ich das Gefühl gehabt, mein Herz sei mir aus der Brust gerissen worden. Samuel – ein Herzchirurg – hatte mir das angetan. Hatte mich ohne Herz zurückgelassen, oder zumindest mit einem gebrochenen.

Seitdem war ein Teil von mir nicht mehr der alte gewesen.

Ich wollte wieder ich selbst sein. Ich wollte die Kraft zurückfordern, die Samuel mir genommen hatte. Die niederschmetternden Gedanken verbannen, die dafür sorgten, dass ich mich wie eine Versagerin fühlte – nicht Frau genug, um zu verhindern, dass mein Mann mit einer anderen durchbrannte. Ich wollte, ganz einfach, einen harten, schnellen Fick mit einem Mann, der mich seinen Namen schreien ließ, wenn ich kam.

Ich wollte Ryan, und verdammt noch mal, ein einziges Mal würde ich bekommen, was ich wirklich wollte.

Ich grinste, hob mein Glas und stieß mit einem imaginären Glas an. „Auf den Schwanz!"

„Hey, ich habe einen Schwanz", rief ein Mann.

Bonnie hatte das offenbar gehört, denn sie kicherte. Auch ich kicherte, dann verabschiedete ich mich von Bonnie und machte mich auf die Suche nach Ryan.

Ich begab mich wieder hinein und warf einen Blick über die Bar, die nicht mehr so gerappelt voll war wie eben. Ich schaute gerade rechtzeitig zum Eingang, um zu sehen, wie er durch die Tür verschwand, bevor sich diese schloss. Ich verfluchte meine hohen Absätze, als ich durch die Bar eilte und zu dem wartenden Auto, als er hinten einstieg. Ich hatte kaum Gelegenheit zu denken „Das ist verrückt, Lauren" und „Mir egal, ich will ihn", bevor meine Hand auch schon auf dem Türgriff lag und ich meinen Hintern auf den Sitz neben ihm schob.

Mein Atem kam stockend und klang rau. Ich starrte ihn an. Dann flüsterte ich nur ein Wort. „Akzeptabel?"

Er erwiderte meinen Blick. Sein Gesicht ausdruckslos. Er sagte so lange nichts, dass mein Gesicht sich vor Scham rötete. Oh Gott. Was hatte ich getan? Ich griff schon nach der Tür, um abzuhauen, doch erstarrte, als er sprach, seine Stimme so männlich und voller Timbre und tief, dass ich erschauerte.

„Akzeptabel."

* * *

Eine halbe Stunde später standen wir in der Finsternis seiner Air B&B-Wohnung, nachdem er die Tür hinter sich verschlossen hatte. Es folgte ein zögerliches Schweigen, wir hielten unseren Atem an, nur den Bruchteil einer Sekunde, in der der kleine Zeiger an der Uhr an der Wand sich nicht bewegte. Dann stürzten wir uns aufeinander.

Die Hände, die ich mir an meinem Körper nur vorgestellt hatte, waren da, umfassten die Haut meiner Handgelenke, als er sie über meinem Kopf gegen die Wand drückte. Der Mund, den ich eine Woche lang nur aus der Ferne hatte sehen dürfen, lag an meinem Hals, die Zähne glitten wie ein wildes Tier über meine Halsschlagader. Die Brust von dem Foto bei der Dating-App, geformt, fest und stark, drückte sich nun gegen mich, nahm mir den Atem und ersetzte ihn durch das Da-Dong, Da-Dong, Da-Dong seines eigenen.

Ich lehnte meinen Kopf an die Wand, gab ihm freie Bahn zu saugen und zu knabbern. Meine Hände zogen verzweifelt an seinem Hemd, eifrig, sich von der Haut darunter verbrennen zu lassen. Doch dann trat er zurück, meine Beine waren nicht mehr daran interessiert, oder überhaupt in der Lage, mein Gewicht zu tragen, und beinahe sackte ich zusammen.

Er griff nach hinten an seinen Hemdkragen und zog es über den Kopf, dann warf er es auf den Wohnzimmerboden. Doch damit nicht genug. Während ich noch die Perfektion seines Oberkörpers bestaunte, kickte er seine Schuhe von sich und öffnete seinen Hosenknopf. Ohne ein Wort zog er auch sie aus. Er stand nur in Boxershorts da, sein Schwanz drückte gegen die Baumwolle, und er starrte mich an. Als meine Augen endlich von der beeindruckenden Größe seiner Erektion, über seinen Waschbrettbauch, der wie aus dem Film war, an seinen massiven Brustmuskeln und hinauf zu seinem Gesicht wanderte, sah ich, dass er mich angrinste. Er nickte mir zu.

„Du bist dran."

Als ich Samuel an der medizinischen Fakultät kennengelernt hatte, hatte ich es immer ganz eilig gehabt, wenn wir gleichzeitig Schicht hatten und wir mal zwanzig Minuten gleichzeitig Zeit hatten. Wir haben uns die Kleider vom Leib gerissen, verzweifelt bemüht, so schnell wie möglich nackt zu sein. Er hat nie dagestanden und verlangt, mir zusehen zu dürfen, wie ich meinen Rock über die Hüfte schob, meine Bluse von den Schultern. Und nach unserem Abschluss, als wir heirateten? Na ja, wenn wir es machten, hieß das, schnell die Hosen runter, und wenn ich Glück hatte, zog er sich wenigstens noch die Socken aus, bevor er dann, wenn er kam, auf mir zusammenbrach. Das hier war neu. Das war erschreckend intim. Das ließ mein Herz pochen und meine Hände schwitzen und meinen Tanga fallen.

„Du bist dran", wiederholte er, seine Hand zuckte in Richtung seines Schwanzes, der noch in seiner Boxershorts gefangen war, doch er verharrte neben ihm.

Ich hob meinen Arm zu meinem Nacken, zu dem

einen Band, das mein Oberteil zusammenhielt, doch als ich daran ziehen wollte, stoppte er mich.

„Langsam."

Die Lust in seiner Stimme ließ ein Feuer zwischen meinen Beinen entflammen. Das Band zwischen den Fingern hielt ich inne.

„Du sollst mich quälen", flüsterte er.

Meine Brust vibrierte. Ich zog so langsam, wie meine zitternden Finger es zuließen. Damit quälte ich ihn, aber damit quälte ich auch mich. Ich wollte nackt sein. Ich wollte, dass er mich sah, wie ich ihn noch im dunklen Flur sehen konnte. Ich wollte, dass er mich ansah, wie ich ihn ansah.

„Verführe mich."

Ryan biss sich auf die Lippe, als seine Hand wieder zu seinem Schwanz zuckte. Stöhnend bewegte er seine Hand über die Konturen seines Schwanzes, hinauf und hinunter, ohne ihn zu berühren. Er warf den Kopf zurück, als ich etwas fester an dem Band zog. Ich spürte, wie der Knoten sich löste.

„Quäl mich."

Er sah mich an, ich hielt die Bluse nur noch an dem Band über meiner Brust. Langsam ließ ich sie sinken, zeigte immer mehr Haut, während die Seide weiter hinab glitt. Ryans Hand verkrampfte sich an der Seite, als die Bluse meine rechte Brust entblößte. Das Zucken seines Schwanzes sagte mir alles, was ich wissen musste: Ihm gefiel, was er sah. Sein Verlangen heizte mein eigenes an.

Mit meinem kleinen Finger fuhr ich in den Spalt

zwischen meinen sich hebenden und senkenden Brüsten und ließ die Bluse endlich auf den Boden zwischen uns fallen. Während Ryan zusah, leise, hungrig, lehnte ich meine Schultern an die Wand hinter mir und schob meine Hüfte vor. Meine Finger griffen nach dem Reißverschluss hinten an meinem Rock und öffneten ihn Zahn um Zahn, sodass es wie eine Ewigkeit war. Am liebsten hätte ich mir den Stoff vom Leib gerissen und wäre in Ryans Arme gesprungen, um zu spüren, wie sein Schwanz in mich hineinstieß, doch sein Gesichtsausdruck, während ich schmerzhaft langsam den Reißverschluss öffnete, hielt mich zurück.

Als ich ihn geöffnet hatte, ging ich auf Ryan zu, wir waren nun nur noch einen halben Meter voneinander getrennt. Ich sah seinem Gesicht an, wie er sich bemühen musste, dem Drang mich zu berühren zu widerstehen. So verführerisch ich nur konnte wackelte ich mit den Hüften, um den Rock hinabrutschen zu lassen, dann trat ich aus ihm heraus, als er sich um meine Füße gesammelt hatte, und stellte mich in meinen High Heels und dem schwarzen Seidentanga direkt vor ihn.

Als wir einander in die Augen sahen traf mich der Gedanke, dass ich bis auf den Hintern nackt vor einem Assistenzarzt meines Krankenhauses stand, der mehr als zehn Jahre jünger war als ich. Was tat ich hier? Ganz egal, wie wütend Samuels Anruf mich gemacht hatte, ich sollte nicht hier sein. Ich bewegte meinen Arm, um meine nackte Brust zu bedecken, doch Ryans Hand schoss hervor und packte mein Handgelenk, bevor ich es schaffte.

„Geh in mein Schlafzimmer", sagte er mit Befehlston in der Stimme. „Zweite Tür rechts."

Er hob meine Hand an seine Lippen, um sie zart zu küssen, dann gab er mir einen festen Klaps auf den Hintern.

„Geh!"

In meinem ganzen Leben war ich nicht von einem einzigen Wort so feucht geworden. Ich ging vor und sah über meine Schulter, um meine Hand aus Ryans Griff zu befreien. Er betrachtete mich von oben bis unten, von meinen Absätzen zu meinem Haar. Er leckte sich die Lippen, und ich grinste, bevor ich weiter den Flur entlang ging. Meine Beine drohten zu zittern, und ich war mir sicher, dass sogar seine Nachbarn mein Herz klopfen hörten, doch ich war noch nie sexuell so erregt gewesen, daher ging ich weiter, bis ich an seinem Schlafzimmer ankam: die zweite Tür rechts.

Ich war gerade in dem Raum, unsicher, was ich als nächstes tun sollte, da spürte ich Hände an meiner Taille und Küsse an meinem Hals, der eine Gänsehaut bekam.

„Was möchtest du?", flüsterte er.

Ich schloss meine Augen, als eine Hand sich an meine Brust legte und die andere mit dem Spitzenrand meines Tangas spielte.

„Hmm?", fragte er und zwickte meinen Nippel, um meine Aufmerksamkeit zu bekommen.

„Was meinst du?", fragte ich atemlos.

Ich hörte ein leises Lachen an meinem Ohr.

„Ich meine", sagte er, und seine Finger kreisten über

meinem Höschen um meine Klitoris, „es muss doch etwas geben, das du am meisten magst. Auf den Knien. Gegen die Wand gedrückt, mit dem Hintern in der Luft. In der Dusche. Du oben, reitest meinen Schwanz, während ich in dich ficke."

Ich lehnte mich gegen seine Brust, weil meine Beine beinahe nachgaben. Samuel hatte es nie gemocht, wenn ich oben war. Er sagte, es dauere dann zu lange. Sagte, es fühle sich für ihn nicht gut an. Er mochte zwei Minuten Missionarsstellung und dann ein Nickerchen. Scheiß auf ihn.

„Ich will oben sein." Meine Stimme klang selbstbewusster als ich erwartet hatte.

Wie als Erwiderung klopfte Ryans Schwanz gegen meinen Hintern, und er knabberte an meinem Ohrläppchen.

„Ich hatte gehofft, du würdest das sagen. Bleib da stehen."

Er ging fort, und ich wäre beinahe umgekippt. Er ließ seine Boxershorts fallen und holte ein Kondom aus dem Nachttisch. Zum ersten Mal sah ich seinen Schwanz aus seinem Gefängnis befreit und wurde ein wenig nervös. Er war vollkommen hart, und es trat auch schon ein Vortropfen hervor – er war groß.

Doch er war schnell wieder hinter mir und küsste meinen Rücken hinunter, bis er sich hinkniete. Ich schnappte nach Luft, als ich spürte, wie seine Zähne meinen Arsch kratzten, als er in meinen Tanga biss und ihn mit dem Mund an meinen Beinen hinabzog. Als er da unten war hielt er inne, um eine feuchte, heiße Reihe von Küssen an meiner Pussy entlang und auf meine Schenkel zu drücken, die sich instinktiv verkrampften.

Ryan stand auf, hob mich in seine Arme und trug mich zum Bett, meine Beine fest um seine Taille geschlungen. Er ließ sich auf die Laken hinab und dann saß ich in seinem Schoß und sah ihm in die Augen. Seine Daumen zogen beruhigende Kreise auf meinem Rücken, während er wartete. Ganz klar sollte ich den nächsten Schritt tun. Er fragte damit, ob ich es wollte. Er fragte, ob ich ihn wollte.

Ich legte meine Hände auf seine Brust und mit einem weiteren Blick in seine Augen, die mein Gesicht nicht verlassen hatten, drückte ich ihn sachte aufs Bett. Seine Hände glitten an meiner Haut hinab, um sich unter meine Hüfte zu legen, während ich mich so weit aufsetzte, dass ich nach hinten greifen und langsam seine steinharte Erektion streicheln konnte. Seine Augen fielen zu, als ich meine Handfläche über seine Eichel gleiten ließ. Das machte ich wieder und wieder, bis er beinahe keuchte.

Ich packte seinen Schwanz am Ansatz und brachte ihn in Position in meine klitschnassen Falten, dann sank ich auf ihn hinab, schwer atmend und die Lider geschlossen. Meine Schenkel zitterten, während ich mich nicht rührte. Ich genoss die Lust, vollkommen ausgefüllt zu werden. Ich sah auf Ryan hinab, und seine Armmuskeln zitterten, weil er versuchte, sich ruhig zu halten. Ich beugte mich vor und drückte ihm einen Kuss auf die Lippen, bevor ich endlich meine Hüfte hob.

Ich hatte nicht viel Übung darin, einen Typen zu reiten, doch da Ryans Hände meine Hüfte führten und da mein Körper der erblühenden Lust nachjagte, bewegte ich mich mit Leichtigkeit auf und ab auf seinem Schwanz. Ich stützte mich mit den Händen hinten auf seinen Schenkeln ab und mein Kopf fiel in den Nacken, während mein Busen wie wild wackelte. Ein Stöhnen, das ich nicht unter Kontrolle hatte, entwich meinen Lippen, und ich wimmerte, als auch Ryan begann, seine Hüfte zu heben, und seinen dicken Schwanz tiefer und tiefer in mich trieb. Eine seiner Hände löste sich von meiner Seite, und ich wollte schon protestieren, doch stöhnte nur um so lauter, als seine Finger begannen, um meine Klitoris zu kreisen.

Die Stimulierung brachte mich an den Rand, und ich sah auf Ryan hinab, mein Haar fiel mir ins Gesicht.

„Ich komme", stöhnte ich und grub meine Nägel in seine Schenkel.

Er klopfte mit dem Finger gegen meine Klitoris im Rhythmus, in dem ich seinen Schwanz ritt und er nach oben in mich stieß, und es war alles so viel, dass, bevor ich es wusste, mein Orgasmus über mich hereinbrach. Ich steckte meine Faust in den Mund, um meinen Schrei zu ersticken, während ich wie verzweifelt hüpfte und nicht wollte, dass diese Lust jemals aufhörte. Als ich endlich meine Augen öffnete, sah ich, dass Ryan mich bewundernd anblickte.

„Fuck", flüsterte er. „Das war toll."

Er war langsamer geworden, damit ich mich etwas beruhigen konnte. Ich lächelte und wollte mich hinunterrollen, damit er auf mich konnte, um auch zu kommen, doch er hielt mich fest.

„Was machst du?"

„Oh, ich … Möchtest du denn nicht kommen?"

„Doch, natürlich."

Er stieß fest in mich hinein, als wollte er es mir beweisen.

„Ich dachte, es sei schwierig zu kommen, wenn die Frau oben ist", sagte ich, weil ich mich an Samuels Worte erinnerte.

„Wer immer dir das gesagt hat", meinte Ryan mit plötzlich ernster Stimme, „Hatte ganz sicher noch nie dich oben. Fuck, ich versuche schon nicht zu kommen, seitdem ich in dir bin."

„Wirklich?"

Ich rollte meine Hüfte, und er biss sich auf die Zähne.

„Wirklich."

„Dann möchtest du, dass ich weiter deinen Schwanz reite?", fragte ich.

Er stöhnte. „Fuck, ja."

„Du möchtest sehen, wie meine hübschen Titten für dich wackeln?"

Wieder begann ich, mich zu bewegen, langsam, quälend.

„Verdammt, Lauren."

„Du möchtest in mir kommen, während deine Finger blaue Flecken auf meiner Hüfte hinterlassen?"

Er legte seine Hände an ihren Platz zurück und drückte fest zu, worauf ich stöhnte. „Bitte", flüsterte er.

Ich bewegte mich auf und nieder auf seinem Schwanz und beobachtete sein Gesicht, um zu erkennen, was ihn durchdrehen ließ. Ich wollte ihn ficken wie keine zuvor. Ich wollte ihm Lust bereiten wie keine zuvor. Ich wollte sehen wie er härter kam, als keine andere ihn jemals hatte kommen lassen.

„Ich bin so nah dran", sagte er.

Schweiß glitzerte auf seiner Brust, und ich ritt ihn fester, sodass meine Beine brannten und mein Atem nur noch stoßweise kam.

„Ja, Lauren, ja. Fuck, fuck, fuck, ja!"

Ich stieß ein letztes Mal hinab auf ihn, und er hielt mich fest, während seine Hüfte unter mir bebte, und er kam, während er tief in mir vergraben war. Er schlang seine noch zitternden Arme um meinen Hals und zog mich hinab auf seine Brust, um mich zu küssen. Schweiß an Schweiß, Haut an Haut, Lippen an Lippen wurden wir eins.

KAPITEL SIEBEN

Ryan

Montagmorgen, mein Wecker hatte noch nicht einmal angekündigt, dass es sechs Uhr war, als ich bereits meine Sneakers zuband und mir meine Schlüssel schnappte, um ins Studio zu fahren. Ich trainierte hart, duschte dann, frühstückte und fuhr zur Arbeit – alles in Rekordzeit.

Lauren und ich hatten nicht miteinander gesprochen, nachdem sie beinahe sofort nachdem wir gefickt hatten, mein Apartment verlassen hatte. Ich hatte sie ungefähr fünf Minuten halten dürfen, denken dürfen, dass es sich so verdammt richtig anfühlte, dann war sie hinuntergekrabbelt und hatte angefangen, sich anzuziehen, hatte mir gesagt, dass das ein furchtbarer Fehler gewesen war, und ich sollte es doch bitte, bitte vergessen und alles so weiterlaufen lassen, wie es vorher gewesen war.

Die ganze Zeit über hatte ich sie nur angesehen, hatte

ihr sagen wollen, dass es kein Fehler gewesen war. Dass es verdammt fantastisch gewesen war, und dass wir es wieder tun sollten und wieder und wieder. Doch ich hatte nichts gesagt, einerseits, weil sie bereits so betrübt aussah, und ich es nicht noch schlimmer machen wollte, doch hauptsächlich, weil ich selbst das Gefühl hatte, gerade einen Tritt in den Magen bekommen zu haben und mich um mich selbst sorgte.

Vor und nach Callie hatte ich mich auf niemanden eingelassen. Ich war keine dauerhaften Beziehungen eingegangen. Ich dachte nicht, träumte nicht von, machte mir keine Sorgen um irgendwelche Frauen. Ich machte One-Night-Stands. Ich machte „Das hat Spaß gemacht." Ich machte: weitergehen, dich niemals umsehen. Obwohl ich es besser wusste, obwohl die Tatsache, dass Callie und ich im gleichen Krankenhaus in New York gearbeitet hatten und es in einem Desaster geendet hatte, dass wir intim geworden waren, hatte ich nun Angst, ich würde Lauren sehen und keine andere mehr haben wollen.

Sie war klug, sexy und stark. Und sie fickte wie eine Fickgöttin. Meine Geilheit war das geringste verwirrende Gefühl, das mich durchströmte, als sich die Eingangstüren des Krankenhauses öffneten und ich auf den Aufzug wartete.

Als die Türen sich bereits schlossen hörte ich jemanden rufen: „He, halten Sie den Aufzug an!"

Ich brachte meine Hand gerade rechtzeitig zwischen die Türen, um einen großen Mann mittleren Alters mit dunklem Haar, das an den Schläfen grau war, hineinzulassen.

„Welche Etage?", fragte ich.

„Vierte."

Der Mann wischte auf seinem Handy herum, ohne mich eines weiteren Blickes zu würdigen. Ich zuckte die Schultern und beobachtete, wie die Etagennummern über die Anzeige flogen. Als die Türen sich auf der vierten Etage öffneten, streckte ich meinen Arm aus, um zu zeigen, dass ich ihm den Vortritt ließ, doch er schob mich beiseite, als wäre das ohnehin seine Absicht gewesen. Er drehte sich nach rechts, und ich schob meine Hände in die Taschen, denn auch ich musste nach rechts.

Er sah über seine Schulter und runzelte die Stirn, als er mich hinter sich sah.

„Hübscher Arsch", sagte ich.

Er blieb stehen. „Wie bitte?"

Ich hob die Hände. „Ganz ruhig, Mann. Ich muss nur in die gleiche Richtung."

Etwas verunsichert ging er weiter, bis wir beide vor Marcus' Bürotür standen. Ich war dort, weil ich nachfragen wollte, wie die Lage stand nach meiner ersten Woche im Krankenhaus und mit Lauren als meiner Vorgesetzten. Warum dieser Typ da war, keine Idee.

„Doktor Pierre sitzt im Stau fest, Doktor", teilte Judy, Marcus' Assistentin, dem Fremden mit, bevor sie sich mir zuwandte. „Ryan, möchten Sie warten?"

Ich schüttelte den Kopf. „Kein Problem."

„Kaffee?"

„Das wäre großartig, danke."

Judy wandte sich dem dunkelhaarigen Mann zu. „Herr Doktor?"

Sein Blick haftete weiter auf seinem Handy. „Immer noch der gleiche Scheiß aus dem alten Drecksgerät?"

Judys Kiefermuskeln verkrampften sich. „Wir haben die Institutsgelder für einen neuen OP-Tisch benutzt, nicht die neueste Espressomaschine."

Der Kerl war unbeeindruckt. „Dann nein."

Mit den Lippen formte ich das Wort ‚Schwanz' in Judys Richtung, und sie zwinkerte, bevor sie um die Ecke verschwand. Ich setzte mich dem Arschloch gegenüber und trommelte mit meinen Fingern auf den Knien. „Sie haben also hier mal gearbeitet?"

Er sah sichtbar genervt auf. „Und Sie sind?"

Ich grinste und deutete auf das Namensschild an meinem weißen Kittel. „Ryan Castle."

„Ja, ich kann lesen. Ich meinte, was tun Sie hier?"

„Ach, ich?", fragte ich und stellte mich extra dumm. „Ich warte auf Marcus."

Er verdrehte die Augen und wandte sich wieder seinem Handy zu. Judy kam mit einem Kaffee in einem kleinen Plastikbecher zurück.

Ich sah zu dem Mann hinüber, um sicher zu sein, dass er nicht schaute, dann deutete ich auf ihn und formte die Worte ‚Wer ist das?'

Sie hob einen Finger.

„Ich bringe Ihnen noch eine Serviette", sagte sie laut.

Ich sah, wie sie an ihrem Tisch etwas aufkritzelte, und auf der Serviette, die sie mir reichte, stand: Samuel Decker

– Chirurg, ist gegangen, nachdem er ein großes Ding mit einer Schwester hatte. Dr. L.'s Ex, ein Arschloch. Ich zerknüllte die Serviette und schob sie in meine Tasche. Ich sah den Mann mir gegenüber genau an, überrascht, dass Lauren sich jemals für ein solches Sackgesicht interessiert hatte.

Da dingte der Aufzug den Gang hinunter, und einen Moment später tauchten Marcus und Lauren um die Ecke auf, sich unterhaltend und offensichtlich ohne zu bemerken, dass wir beide hier saßen. Ich sah, wie Laurens Lächeln in dem Moment verschwand, als sie ihren Ex, Samuel erblickte. Sie erbleichte, und für den Bruchteil einer Sekunde sah sie aus als würde sie ohnmächtig. Instinktiv wollte ich schon aufspringen und ihr helfen, doch sie begegnete meinem Blick und schüttelte kaum merklich den Kopf. Dann flüsterte sie Marcus etwas zu, der seinerseits den Kopf schüttelte.

Lauren marschierte durch den kleinen Warteraum und direkt in Marcus' Büro und schloss die Tür hinter sich.

„Samuel", sagte Marcus und ging auf den Mann zu. „Ich dachte, wir hätten Dienstagmorgen gesagt?"

Samuel stand auf. „Deine Assistentin sagte Montag."

Marcus drehte sich zu Judy um, die rasch erklärte: „Doktor, in Ihrer Mail hieß es, ich sollte das Gespräch auf Montagmorgen legen. Vielleicht habe ich den Termin falsch in Ihren Kalender eingetragen oder–"

„Nein, nein, Judy. Ich bin mir sicher, Sie haben alles richtig gemacht. Ich werde alt." Marcus lächelte. „Ich gehe schließlich nicht ohne Grund in den Ruhestand."

Samuel schloss sich Marcus' Lachen nicht an. Er deutete nicht einmal ein Lächeln an. Marcus räusperte sich und klopfte dem Mann auf die Schulter. „Geben Sie mir fünf Minuten mit Dr. Decker – ähm, Lauren. Wir haben heute Nachmittag eine komplizierte Operation auf dem Plan. Dann bin ich für Sie da."

Samuel warf, offenbar frustriert, die Hände in die Luft. „Scheiße, Marcus, ich soll hier sitzen und auf dich warten?"

„Fünf Minuten", sagte Marcus, der bereits die Tür zu seinem Büro schloss.

„Marcus", hob Samuel an, doch das Klicken der Tür unterbrach ihn und ließ ihn kochend vor Wut davor stehen.

Beinahe sofort hörten wir alle Laurens Stimme. „Er ist da, um sich für Ihren Posten zu bewerben? Warum haben Sie mich nicht gewarnt, Marcus?"

Judy und ich tauschten besorgte Blicke aus, während Marcus mit kaum vernehmbarer Stimme antwortete. Auch Lauren musste wohl ihre Stimme gesenkt haben, denn auch wenn wir hörten, dass gesprochen wurde, waren ihre Worte doch nicht mehr zu verstehen.

Ich sah zurück zu Laurens Ex und hätte ihm am liebsten eine reingeschlagen, als ich das zufriedene Schmunzeln in seinem Gesicht sah. Da er meinen Blick offensichtlich gespürt hatte und wahrscheinlich auch die Feindseligkeit dahinter, sah er mich an und hob eine Braue. „Sie kommen vielleicht besser später wieder, denn Marcus wird wohl eine Weile mit mir sprechen müssen."

Ich schenkte ihm ein verkniffenes Lächeln. „Danke,

aber ich warte, bis er mit Dr. Decker gesprochen hat."

Sein Blick wurde durchdringender. „Sie kennen Lauren?"

„Sie ist meine Vorgesetzte."

„Seit wann?" Er sah Judy an, verlangte offenbar eine Erklärung. Judy sah mich an, worauf ich lächeln musste, denn ich wusste, die Tatsache, dass sie erst mein Okay erbat, bevor sie *diesem* Dr. Decker irgend etwas erklärte, würde ihn höllisch anpissen. „Machen Sie nur", sagte ich.

Judy wandte sich Laurens Ex zu. „Helen Lewis ist gegangen, daher ist eine Oberarztposition zu besetzen. Das Graton's ist sehr interessiert daran, Dr. Castle einzustellen, deshalb hospitiert er für einen Monat bei Dr. Decker. Um zu sehen, ob ihn die Stelle interessiert."

Laurens Ex drehte sich wieder zu mir um und schnaubte. „Um zu sehen, ob sie Sie interessiert? Sie wären ein Idiot, wenn Sie ablehnten. Das Graton's ist das beste Lehrkrankenhaus in Denver und wird das beste des Landes sein, sobald ich die Chirurgie übernehme."

„Vorausgesetzt Sie bekommen den Job", sagte ich.

„Bitte?"

Rasch änderte ich meine Taktik. Ich wollte dem Arschloch eins reinwürgen, aber ich nahm mir vor, stattdessen mit ihm zu spielen. „Also, natürlich bekommen Sie die Stelle. Schließlich sind Sie Dr. Samuel Decker, nicht wahr?" Ich weitete meine Augen und lehnte mich auf meinem Stuhl vor. In Wahrheit hatte ich noch nie von ihm gehört, doch wenn er als Kandidat für Marcus' Position in Frage kam, musste er wohl beeindruckende Referenzen haben. „Wow, nein wirklich, wow, ich habe im Harvard Medical Journal über Sie gelesen."

Samuel nickte und schob seine Brust raus wie ein Hahn in einem Comic. „Ich habe so viel von Ihnen gehört."

Ich musste mich zusammenreißen, nicht die Augen zu verdrehen. Das war ein ganz schöner Kampf, aber irgendwie schaffte ich es, obwohl ich das Gefühl hatte, mir dabei etwas ausgerenkt zu haben.

„Ich hoffe, ich bin eines Tages ein halb so guter Chirurg wie Sie, Sir."

Er zuckte die Schultern. „In Ihrem Alter hatte ich schon mindestens fünfzig Leben gerettet, aber, na ja, klar. Lernen Sie nur fleißig weiter und so."

„Ich hätte wirklich gern Gelegenheit, mich mal mit Ihnen zu unterhalten und etwas von Ihrem Wissen zu hören."

„Ich bin wirklich sehr beschäftigt."

„Oh, sicher, das glaube ich, das glaube ich. Nur ein paar Minuten. Wir könnten uns vielleicht bei Ihnen am Krankenhaus treffen? Ich bringe Kaffee mit. Den guten natürlich. Geht auf mich."

Samuel schien über mein Angebot nachzudenken, während er innen auf seiner Wange herumkaute. „Hm ... mir gefällt das Café in der 15. Und ich würde gerne hören, wie es Ihnen gefällt, mit Lauren zu arbeiten. Die, wie Sie wahrscheinlich schon mitbekommen haben, meine geschiedene Frau ist. Doch keine Sorge. Alles ganz professionell zwischen uns."

„Selbstverständlich", sagte ich und versuchte, meinen Eifer echt klingen zu lassen.

„Damit tue ich Ihnen wirklich einen Gefallen", sagte Samuel und zog sein Handy wieder hervor. „Einen Cappuccino mit doppelt Karamelmandelmilch, geschäumt. Und sagen Sie denen, die sollen schäumen, was das Zeug hergibt."

„Verstanden", sagte ich, auch wenn ich gar nicht zugehört hatte. „Wann passt es Ihnen?" Ich stand auf und näherte mich ihm. Er scrollte durch seinen Kalender, als ich mich über ihn beugte.

„Weiß noch nicht, Junge. Bin ziemlich ausgebucht."

Ich biss mir auf die Zunge bei der Art, wie er das Wort „Junge' benutzte, und deutete auf ein freies Zeitfenster. „Wie wäre es da?"

„Wo?"

Ich näherte mich noch etwas mehr, und aus Versehen, ich schwöre bei allem, was mir lieb ist, es war wirklich, absolut ein Versehen, kippte ich meinen Kaffeebecher ein wenig zu weit über seinen Schoß. Er sprang auf, als der gesamte Inhalt des Bechers sich über seinem Handy ergoss. Ich schwöre, es war nicht meine Absicht gewesen, diese kleine Öffnung ganz oben zu treffen, die direkt zu den zentralsten Bestandteilen des Geräts führten. Ich schwöre es.

Samuel versuchte, das Handy mit einer medizinischen Zeitschrift abzuwischen, die auf dem Tisch lag, während er auf mich fluchte. „Sie verdammter Idiot! Was ist denn mit Ihnen los?"

Ich warf meine Hände in die Luft. „Es tut mir so leid, Samuel, Mann. Kumpel, ich schwöre, das war bloß ein Unfall."

„Dr. Decker für Sie, verdammt noch mal, Sie dummes Stück–"

Die Bürotür schwang auf, und die verwirrten Gesichter von Marcus und Lauren zeigten sich.

„Dr. Decker, was zum Teufel ist denn los?", Marcus kam hervorgeschossen.

Samuel, rot und ganz aufgedunsen vor Zorn, zeigte mit einem zitternden Finger auf mich. „Dieser dumme Junge hat mir Kaffee über mein Handy gekippt."

Lauren trat vor. „Dieser ‚Junge' ist Dr. Ryan Castle, und das Graton's möchte ihn als neuen Oberarzt."

Samuel kam ihr grinsend bedrohlich nahe. „Verteidigst deinen Schüler, was, Lauren? Wie loyal!"

Ich sah, dass es ihr auf der Zunge lag. Zu sagen, ja, ich bin loyal, im Unterschied zu dir, du untreuer Hurensohn, doch bevor es dazu kam, sprang Marcus ein.

„Samuel, komm doch bitte in mein Büro. Wir wissen doch beide, dass du dir Hunderte neuer Handys leisten kannst."

Samuel sah mich wütend an und ging dann schließlich an uns vorbei in Marcus' Büro. Die Tür schloss sich, und Lauren, Judy, die vergeblich versuchte, ihr Kichern zu unterdrücken, und ich waren allein. Ich grinste und sah Lauren an.

Doch es war nur allzu deutlich, dass sie das alles überhaupt nicht komisch fand.

„Dr. Castle", sagte sie kurz angebunden. „Kann ich Sie unter vier Augen sprechen?"

Nach einem letzten Blick auf Judy folgte ich ihr den Gang hinunter wie ein Welpe, der jetzt dafür bestraft wurde, dass er einen Schuh angeknabbert hatte.

„Lauren, ich–"

Sie wirbelte zu mir herum, als wir in ihrem Büro waren und sie die Tür geschlossen hatte.

Sie drückte mir einen Finger in die Brust, und ich wich gegen die Wand zurück. Wut stand ihr übers Gesicht geschrieben. „Ich habe es nicht nötig", zischte sie. „Ich wiederhole: ich habe es *nicht* nötig, dass du meine Kämpfe austrägst." Sie ging wie ein wilder Tiger im Käfig vor mir auf und ab. „Ich habe mir selbst eine respektable Karriere aufgebaut, lange bevor man dich wie ein Mündel auf die Türschwelle gelegt hat, okay? Meinst du, das ist das erste männliche Arschloch, mit dem ich in den letzten zwanzig Jahren zu tun hatte? Meinst du das?"

„Nein, aber–"

„Und ich komme auch mit Samuel allein klar. Du und ich, wir sind nicht zusammen, bloß weil wir uns über eine dämliche Dating-App begegnet sind. Wir sind kein Paar, bloß weil wir" – sie senkte ihre Stimme zu einem Flüstern – „einmal betrunken gefickt haben. Wir sind jetzt nicht eins, nur wegen einer bedauernswerten Nacht."

„Ich war nicht betrunken und du auch nicht", schoss ich zurück.

Sie hörte auf, auf und ab zu gehen und starrte mich an. Ich verschränkte meine Arme vor der Brust und forderte sie heraus zu wiederholen, dass das, was Freitagnacht zwischen uns passiert war, an zu viel Alkohol gelegen hatte und nicht an einem unwiderstehlichen Verlangen.

Sie ließ die Schultern hängen.

„Nein", sagte sie und rieb sich den Nacken. „Du hast recht. Wir waren nicht betrunken. Okay, ich hatte etwas getrunken, und der Grund, warum ich überhaupt in den Club gegangen bin, war, dass Samuel mich angerufen und einige hässliche Dinge gesagt hatte, aber–"

„Was für ein großartiger Kerl, stellt sicher, dass er dich noch einmal richtig niedermachen kann, bevor er zu einem Bewerbungsgespräch bei Marcus auftaucht. Er hat dich nicht verdient, Lauren."

Lauren seufzte. „Sei es, wie es wolle, Ryan, du kennst mich nicht."

„Nein, aber ich bin dabei, dich kennen zu lernen, und man muss dich nicht lange kennen, um zu wissen, was für eine unglaubliche Frau du bist. Du bist so unglaublich, dass, obwohl du mich abweisen willst, ich Freitagnacht nicht bereue. Tust du es? Wirklich?"

Sie sah mich an, die Freude tanzte in ihren Augen, doch sie verschloss sie. „Freitagnacht habe ich einen Fehler gemacht. Es ist nun mal eine unleugbare Tatsache, dass du im gleichen Krankenhaus arbeitest wie ich. Es ist eine unleugbare Tatsache, dass du ein Jahrzehnt jünger bist als ich. Es ist eine unleugbare Tatsache, dass ich bereuen sollte, was wir miteinander getan haben, aber…"

Ich hatte nicht mehr das Gefühl, in ihrem Büro in einem öffentlichen Krankenhaus zu stehen. Ich hatte das

Gefühl, wieder im Flur meines Apartments zu sein, im Dunkeln, gegenüber von Lauren, ihre Augen auf mir, auf mir und nur mir.

„Ich tue es nicht. Ich tue es nicht, aber wir können es nicht wieder tun."

Sie wandte ihren Blick zu Boden, drehte sich um, und ohne ein weiteres Wort verließ sie ihr eigenes Büro.

KAPITEL ACHT

Ryan

Chance hielt eine Nerf, die so groß war wie sein Arm, und grinste mich an wie ein Kind an Heilig Abend. Es war eine Woche vergangen, seitdem Lauren und ich Sex miteinander gehabt hatten, und während die Dinge zwischen uns auf privater Ebene mit quietschenden Reifen zum Stehen gekommen waren, hatte Chance offensichtlich eine Frau kennengelernt, mit der nicht erst ein, sondern bereits drei Dates gehabt hatte. Beim dritten Date hatte er erfahren, dass sie ein Kind hatte. Zu meiner Überraschung störte das Chance nicht.

„Was sagtest du noch mal, wie alt das Kind dieser Frau ist?", fragte ich und senkte die Waffe, bevor er damit noch jemandem das Auge ausschießen konnte.

„Ähm, zwei?"

„Zwei?"

„Ich meine, das hat sie gesagt."

Ich räusperte mich und entwand die Waffe Chance' erstaunlich festem Griff. Ich zeigte sie ihm, dass er sie in ihrer vollen Monstrosität sehen konnte.

„Du willst ein Geschenk kaufen für das zweijährige Kind dieses Mädchens, das du gerade erst kennengelernt hast, um sie zu beeindrucken", sagte ich langsam genug, damit mein guter alter Chance es auch verstand, „und dein erster Gedanke ist eine *Waffe*, die so groß ist wie das Kind selbst?"

Chance sah zwischen mir und der Nerf, der Nerf und mir hin und her.

„Dann", hob er zögernd an, „soll ich eine kleinere kaufen?"

Ich lachte, packte ihn an der Schulter und führte ihn langsam den Gang weiter, nachdem ich das Spielzeug wieder aufgehängt hatte, und nahm mir vor, ein Auge auf den zukünftigen Nachwuchs meines Freundes zu haben.

„Ich glaube, wir sind in der falschen Abteilung, Kumpel."

„Fuck", sagte er und warf einen letzten Blick auf die Träume seines vergangenen zehnjährigen Ich. „Wann sind so Kinder denn alt genug, um damit zu spielen? Mit drei?"

Ich schüttelte den Kopf.

„Hast du denn vor, noch ein Jahr mit diesem Mädel zusammen zu bleiben?", fragte ich.

Chance zuckte die Schultern. „Ich weiß es nicht, Mann, ich mag sie. Sie hat ein Kind und einen Kredit und, na ja, echte erwachsene Verantwortlichkeiten, aber, ich weiß nicht, es ist nett. Bei unserem letzten Date haben wir nichts anderes gemacht, als ihre Wohnung kindersicher zu machen, und, ich weiß nicht, es war einfach nett."

Ich sah ihn argwöhnisch an. „Kein Wackelpudding mit Alkohol?"

„Keinen einzigen."

„Auch keine Wackeltitten?"

„Nö."

„Kein Wet-T-Shirt-Contest?"

Er neigte seinen Kopf nach hinten und nach vorn. „Mein T-Shirt ist ein wenig nass geworden, als wir nach dem Abendessen gespült haben."

Ich blieb abrupt neben einem Regal mit bunten Plastikponys in unserer Zielabteilung stehen.

„Chance Bradford hat *gespült*?"

Chance verdrehte die Augen und schob mich beiseite. „Was ist denn mit dir?", fragte er. „Was ist mit deiner Holden?" Chance hielt eine Barbie im Doktorkostüm hoch und wedelte damit vor meinem Gesicht. „Hm, Ryan, Kumpel? Wie geht es deiner Sexy-Lady-Ärztin-Chefin-Freundin-irgendwie-komplizierte-Sache-aber-nicht-wirklich-eine-Sache-Frau, hm?"

Ich schnappte mir die Barbie von Chance und warf sie zurück aufs Regal. „Sie heißt Lauren und außer, dass wir beruflich miteinander zu tun haben, läuft da absolut nichts. Leider."

„Du weißt schon, dass sie Karma ist, für deine Vor-Callie-Eskapaden. Sie ist die Strafe für all die Frauen, die du geliebt und verlassen hast, alle Hühner, die du gefickt, aber nicht geheiratet hast, alle Damen, denen du es besorgt aber nichts versprochen hast." Chance wühlte durch die Ken-Puppen. „Wieso gibt es keine Kumpelchefs?"

„Sie betrachtet mich als ihren Untergebenen", sagte ich. „Sie betrachtet mich als einen arroganten, jungen Assistenzarzt. Sie betrachtet mich als einen Spieler mit einem Fickkörper und als typischen Achtundzwanzigjährigen, der mit seinem Schwanz denkt."

Ich drehte mich schnell um, um sicher zu sein, dass hinter mir keine Kinder standen, die ich damit gerade verdorben hätte. Gott sei Dank war da niemand außer uns beiden Idioten.

Chance gab seine Suche nach einer Ken-Puppe mit Barbecue-Imbisswagen auf und ging um die Ecke. Ich folgte ihm und wanderte zwischen Cluedo und Monopoly umher und Hab-Hunger-Hippos.

„Sie kennt dich nur noch nicht", sagte Chance. „Du bist anders als die alten, müden, langweiligen Typen, die sonst bei jeder Dating-App auftauchen. Du bist was Neues und manche Leute brauchen etwas länger, sich an etwas Neues zu gewöhnen."

Ich starrte meinen Freund übermäßig erstaunt an.

„Du solltest dich wirklich weiter mit dieser Frau treffen", sagte ich.

Er grinste mich über seine Schulter an. „Bin ganz schön reif, was?"

„Na ja, geht so."

„Jenny sagte, wenn man nicht offen für Veränderungen ist, findet man zig Ausreden, um sie nicht eingehen zu müssen. So wie dich nicht als Fickjungen sehen zu wollen."

Ich nickte. „Ich schätze, das könnte stimmen", sagte ich. „Also, schließlich bin ich Arzt. Nicht einer, der schon so viel Erfahrung hat wie sie, aber ich komme auch nicht grade frisch von der Uni. Ich bin achtundzwanzig Jahre alt. Ein verdammter Mann…" Mein Blick fiel auf eine leuchtend gelbe Schachtel mit einem Comic-Typen auf einem Tisch: Doktor Bibber.

Als ich schwieg drehte Chance sich zu mir um und ich hielt es ihm hoch.

„Ja", sagte er und schüttelte den Kopf, „das wird dieses Missverständnis sicher aus der Welt schaffen."

„Richtig, ich sollte es nicht kaufen."

„Solltest du nicht."

„Sollte ich nicht."

Chance lachte. „Wirst du aber."

Ich zog eins aus dem Regal. „Verdammt, ja."

* * *

Heute Abend hatte ich meine erste Nachtschicht, und ich versteckte das Spiel unter meinem Arm, sobald ich durch den Eingangsbereich des Krankenhauses ging. Ich eilte zum Aufzug und hinauf in den vierten Stock. Als ich mich ihrem Büro näherte, konnte ich sie durch die Tür hören, die weit aufstand.

„Ich verstehe nicht, warum du mich jetzt anrufst", sagte sie mit knapper, angespannter Stimme. „Ich verstehe absolut nicht, was sich geändert hat, dass du dich jetzt für dein Verhalten entschuldigst und mich nach all der Zeit treffen willst. Das einzig Anständige, das du getan hast, Samuel, war, das Graton's zu verlassen, damit ich nicht mit dir und Christina zusammen arbeiten musste, und kaum bewirbst du dich für Marcus' Posten–"

Ich versuchte, mich leise wieder davon zu machen, ohne dass die Tüte, in der das Spiel steckte, knisterte.

„Es interessiert mich nicht, dass Christina und du nicht mehr zusammen seid."

Auf Zehenspitzen ging ich so schnell und leise wie möglich fort von ihrem Büro.

„Nein, Samuel, tut mir leid, aber ich glaube nicht, dass du dich plötzlich geändert hast. Nein – Hör zu – Himmel!" Laurens Stimme wurde lauter, da sie sich ihrer Tür näherte, wahrscheinlich um sie zu schließen, damit nicht alle alles mitbekamen. „Nein, ich möchte das nicht. Ruf mich bitte nicht wieder an. Ryan?"

Ich drehte mich dämlich um wie ein Kind, das dabei erwischt worden war, wie es sich einen Keks aus der Dose stibitzen wollte. Sie stand in ihrer offenen Bürotür.

„Tut mir leid", sagte ich und folgte ihr hinein. „Ich wollte nicht lauschen. Ich wollte bloß–"

„Ist schon okay." Sie strich sich das Haar zurück und warf ihr Handy in eine Schublade ihres Schreibtischs. „Es war nichts."

Ich merkte, wie mein Mund trocken wurde, weil sie so gut aussah in ihrem schlichten, marineblauen Etuikleid. Ich konnte die herrlichen Kurven ihres Körpers unter dem offenen Kittel erahnen.

„Sollte eine ruhige Nacht werden, falls es keinen Notfall gibt", sagte sie, holte eine Krankenakte hervor und schlug sie auf.

„Nun", ich grinste, „auf eine solche Nacht hatte ich gehofft."

Lauren sah auf und starrte auf die Schachtel, bevor sie sich mit gehobener Braue mir zuwandte.

„Lust auf eine kleine Wette unter Freunden?"

* * *

„Also, wenn ich gewinne, hörst du auf, mir hinterherzulaufen, und wir sind fortan nur noch Dr. Castle und Dr. Decker, die sich nur außerhalb der Arbeit treffen, wenn sie sich zufällig im Trader Joe's über den Weg laufen oder an einem Samstagabend im Kino, jeder mit seinem jeweiligen Date am Arm.?"

Ich nickte, während ich das Herz in die Brusthöhle des Patienten von Dr. Bibber senkte.

„Aber wenn ich gewinne", sagte ich und sah lächelnd auf, „bekomme ich eine Verabredung."

„Nur eine Verabredung?"

„Mehr brauche ich nicht, um dich von mir zu überzeugen."

Ich zwinkerte, und sie verdrehte die Augen.

Wir saßen zusammen auf dem Boden hinter dem Empfangstisch des vierten Stocks. Ich reichte ihr die kleine Pinzette.

„Ladys first."

Sie senkte die Pinzette zu dem lustigen Knochen im rechten Arm der Figur. Ich musste grinsen, als ich sah, wie ihre Zunge in ihrem Mundwinkel hervorgeschossen kam, weil sie so konzentriert war, den Plastikknochen rauszuholen, ohne dass die Metallpinzette die Metallseiten berührte.

„Das machst du bei richtigen Operationen auch, weißt du das?"

Sie hielt ihren Blick auf dem Spiel. „Was mache ich?"

„Du streckst deine Zunge raus."

Ihr Kopf schnellte nach oben. „Das mache ich nicht!"

Ich lachte. „Du hast es gerade getan. Du hattest deine Zunge draußen."

„Ich strecke meine Zunge nicht raus, das kannst du unter der Maske gar nicht –"

Der Buzzer des Spiels meldete sich, laut und unangenehm, und Lauren fluchte.

„Was ein Pech!", sagte ich und nahm die Pinzette entgegen.

Sie lehnte sich zurück gegen den Aktenschrank und verschränkte die Arme.

„Aha, so läuft das also?"

Ich zuckte die Schultern. „Ich weiß nicht, wovon du sprichst."

Ich musste den ‚Schreibkrampf' entfernen, einen zahnstocherdünnen Plastikstift im linken Unterarm dieses armen Kerlchen, wie auch immer er hieß. Das war'ne ziemlich komplizierte Sache, und ich versuchte mich zu konzentrieren, bevor ich die Pinzette ansetzen konnte.

Ganz vorsichtig, gaaanz vorsichtig. Ich hatte den Stift. Ich hob ihn hoch und höher, hatte es fast geschafft, da –

„Vorsicht!"

Meine Hand zuckte, als Lauren plötzlich sprach und der Buzzer drang in mein Ohr und dröhnte, *Verloren, verloren, verloren.*

Ich sah zu ihrem Gesicht auf, das vollkommen und absolut unschuldig aussah. „Was zum Teufel war das denn?"

Lauren hielt mir ihre Hand für die Pinzette hin, zuckte die Schultern und sagte: „Ich weiß nicht, wovon du sprichst."

Das hieß Krieg. Lauren zwinkerte mir zu, bevor sie sich wieder über das Spiel beugte. Den Adamsapfel würde sie nie herausbekommen. Nicht, wenn ich es irgendwie verhindern konnte.

„Schlechter Winkel. Oh, Dr. Decker, das ist ein ganz, ganz schlechter Winkel."

„Ich habe mehr als zehn Jahre Erfahrung im OP", sagte sie, und ihre Zunge zeigte sich wieder ganz niedlich in ihrem Mundwinkel. „Ich glaube, ich weiß ganz gut, was ich tue."

„Beeindruckend." Ich wartete, bis sie die Pinzette vorsichtig um den Apfel gelegt hatte, dann fuhr ich fort: „Vor zehn Jahren habe ich meinen Highschoolabschluss gemacht."

Der Buzzer meldete sich, wie ich es erwartet hatte, und ich lachte, als Lauren mich wütend ansah.

Sie hielt mir die Pinzette hin. „Sie werden mich noch

kennenlernen, Dr. Castle."

Ich lächelte. „Das hoffe ich doch."

Sie schwieg und einen Moment lang wirkte das Spiel nicht mehr so unbeschwert, während sie mich ansah, mich wirklich ansah. Es gab eine Verbindung zwischen uns. Ich wusste es. Ich wusste, dass es die gab, auch wenn Lauren sich weigerte, das zu akzeptieren, sich fürchtete, das zu akzeptieren. Ich öffnete schon meinen Mund, um ihr das zu sagen, doch sie schüttelte den Kopf, lächelte und warf mir die Pinzette zu.

„Du bist dran." Sie grinste. „Oder hast du Angst?"

„Nein, ich habe keine Angst." Überraschenderweise meinte ich damit nicht das Spiel.

Es traf mich wie ein Tsunami – ich mochte Lauren wirklich. Ich arbeitete gerne mit ihr. Ich spielte gerne mit ihr. Und ganz sicher fickte ich gerne mit ihr. Und ich hatte keine Angst vor der Aussicht darauf, dass sich zwischen uns etwas entwickelte. Etwas, das mehr als nur etwas Harmloses war. Ich war mir nicht sicher, dass das passieren würde. Ich wollte nichts überstürzen, nicht nach Callie. Und sicher nicht, wenn man an unsere berufliche Situation dachte. Lauren war bereits entschlossen, diesen Weg nicht mit mir zu gehen, und aus gutem Grund, wenn ich also wirklich mehr mit ihr wollte, musste ich bereit sein, mich auf einen langen Weg zu machen, um sie davon zu überzeugen, dass ich das Risiko wert war, das sie einginge, wenn sie mir eine Chance gab.

Ich starrte Lauren ein wenig zu lang an, denn sie neigte den Kopf. „Was?"

Ich räusperte mich. „Ähm, nichts. Ich hatte nur überlegt, wie ich dich fertig mache." Ich konzentrierte mich auf den süßen Plastikschmetterling, der Schmetterlinge im Bauch andeuten sollte, und dieses Mal hielt Laurens Ärgern mich nicht davon ab, das Ding erfolgreich herauszubefördern.

„Verdammt", murmelte sie, als ich den Schmetterling hochhielt.

Beim ,Schreibkrampf' versagte sie und trotz ziemlich beeindruckenden unflätigen Bemerkungen, entfernte ich den Wadenkrampf aus dem Bein des armen Kerls. Der Adamsapfel bereitete ihr erneut Probleme, als der Buzzer signalisierte, dass die Operation nicht geglückt war. Sie ächzte, als ich das Schlüsselbein entfernte.

„Hmm", sagte ich und reichte ihr die Pinzette. „Wohin, ach, wohin könnte ich dich denn mal ausführen? Es gibt ja so viele Möglichkeiten für unsere Verabredung. Und was sollte ich anziehen bei unserer *Verabredung*?"

Siegesgewiss rieb ich die Hände, als Lauren auch dieses Mal den ,Schreibkrampf' nicht entfernen konnte.

Noch ein Teil, noch eine geglückte Operation, dann hätte ich gewonnen.

„Nun werd' nur nicht übermütig, Ryan, mein Lieber."

Ich lachte, doch da war etwas in ihrer Stimme. Ich betrachtete sie, während sie lächelte und mit den Fingern auf ihr Knie tippte.

„Du hast doch etwas vor", sagte ich, alarmiert von ihrem ruhigen, lockeren Lächeln.

„Wirst du jetzt spielen oder was?"

Nach einem letzten Blick, um zu sehen, ob ich irgend etwas herausbekommen könnte, senkte ich die Pinzette wieder hinab auf das Spiel. Ich musste mich konzentrieren. Nichts, was sie jetzt sagen oder tun würde, könnte mich ablenken. Sie klammerte sich an Grashalme. Sie wusste, sie würde verlieren und das hier war ein letzter jämmerlicher Versuch.

„Gestern Nacht musste ich an dich denken", sagte Lauren mit lockerer Stimme.

„Das ist schön", sagte ich, die Pinzette um den Brotkorb im Bauch des Typen.

„Und dabei habe ich mich angefasst."

Der Brotkorb rutschte aus der Pinzette, die daraufhin an das Metallinnere der Figur stieß und ein nervtötendes Geplärre begann.

„Oh", keuchte ich. „Das war dreckig."

Sie grinste mich an. „Ja, so dreckig."

Ich glaube, mir war schwarz vor Augen geworden, als ich sie mir vorstellte, wie sie sich selbst befriedigte, während sie an mich dachte, um sich anzutörnen. Ich kam erst wieder zu mir, als Lauren das Gummiband, das den Knöchel und das Knie miteinander verband, in ihre Handfläche fallen ließ.

Ich nahm die Pinzette. Ich hatte ihr Spiel jetzt durchschaut, da war ich mir sicher. Nur noch die Spare Ribs, dann wäre ich fertig.

„Ich war ganz nackt", flüsterte sie. „In meinem Kopf hab ich dich zusehen lassen, wie ich mich auszog."

Ignorier sie, Ryan. Ignorier sie. Spare Ribs. Spare

Ribs.

„Ich bin für dich auf meine Hände und Knie gegangen."

Der Buzzer meldete sich, und ich fluchte. Lauren lachte, nahm die Pinzette und zog den verdammten Brotkorb heraus. Mist, Mist, Mist. Der Musikknochen. Der Musikknochen war leicht, sagte ich mir.

Lauren beugte sich vor, sodass ihre Lippen ganz nah an meinem Ohr waren.

„In meinem Kopf", flüsterte sie, „hast du mich von hinten genommen."

Es war unmöglich, sich auf einen weißen Plastikknochen zu konzentrieren, wenn sie meinen Kopf mit einem völlig anderen Knochen füllte, der in sie hineinpumpte, während sie auf Händen und Knien war.

„Du hast an meinen Haaren gezogen."

Meine Hand zitterte, und ich versuchte, mich anders hinzusetzen.

„Du hast mir einen Klaps auf den Hintern gegeben."

Ich hatte ihn. Ich hatte den Musikknochen. Ich habe die verdammte medizinische Hochschule geschafft. Da würde ich das hier doch wohl auch schaffen.

„Ich spüre noch, wie es sich angefühlt hat."

Jetzt musste ich ihn nur noch heben. Gerade nach oben. Das war nicht schwer. Nicht so schwer wie mein Schwanz in Laurens Pussy. Nein, Ryan, konzentrier dich!

„Als ich kam, hab ich deinen Namen geschrien."

Ächzend ignorierte ich Laurens verführerisches Flüstern und zog das Spielzeug heraus.

„Ha!"

„Mist." Lauren lachte und lehnte sich lächelnd zurück. „Ich dachte wirklich, ich kriege dich so."

Ich grinste. „Scheint so, als hätte ich *dich*."

„Schön wär's", sagte sie, dann bekam sie große Augen, als ihr klar wurde, was sie gerade gesagt hatte. „Nein, stopp, ich meinte nicht–"

Ich hob meine Hand. „Schon in Ordnung, Lauren. Wenn wir es tun, dann nur das, was für dich okay ist. Und immer, wenn ich aufhören soll, werde ich das tun. Also, auch wenn ich jetzt gewonnen habe – nein, Moment, auch wenn ich dich *vernichtet* habe, werde ich dich nicht zwingen mit mir auszugehen. Okay?"

Sie atmete einmal tief ein, dann wieder aus. „Okay. Danke."

Ich wollte das Spiel schon wieder einpacken, da legte sie ihre Hand auf meine.

„Ryan?"

„Ja?"

Sie tippte mit dem Finger auf die Schachtel und studierte mein Gesicht, wie so ein Detektiv aus den Zwanzigern. Mit ihrem akkurat geschnittenen dunklen Bob konnte ich sie mir nur allzu gut als Undercoveragent vorstellen, der sich als Klapper tarnte. Ich hatte keine Ahnung, woher diese Fantasie jetzt kam. Aber sie gefiel mir.

„Wann hast du eigentlich dieses Spiel gekauft?", wollte sie wissen.

„Heute Morgen."

„Heute Morgen?"

„Ja."

Ich spürte, wie ich bei ihrer Befragung immer kleiner wurde.

„Warum war denn keine Folie mehr drum?"

„Ach, ähm." Ich rieb mir den Nacken. „Im Krankenhaus gibt es ja keine Mülltrennung, da…"

„Doch, der Müll wird getrennt." Sie runzelte die Stirn, auch wenn da ein gewisses Funkeln in ihren Augen war. „Hast du vor unserer Schicht etwa heimlich geübt?"

Ich tat, als sei ich bitter gekränkt. „Wie bitte? Das ist ja unverschämt!"

„Also nein?"

„Also nein."

Sie legte ihre Hand locker auf mein Knie, und ich wusste, ich würde schwach werden.

„Vielleicht ein ganz kleines bisschen", gab ich zu.

„Und wie lang war dieses kleine bisschen?"

Ihre Hand wanderte an meinem Bein empor.

„Nur ein paar Minuten."

„Ein paar Minuten?"

Weiter hinauf, und weiter und weiter.

„Okay, ein wenig länger als ein paar Minuten."

„Mhmm."

Ich schob meinen Kittel über mein bestes Stück, als ich merkte, dass mein Schwanz auf ihre Berührung reagierte. „Nur eine Stunde", sagte ich und zischte, weil ihre Hand mir wohlige Schauer durch den Körper jagte. „Nur eine Stunde."

„Das glaube ich dir nicht."

„Schön, schön", jammerte ich verspielt. „Ich habe den ganzen Nachmittag geübt, okay? Wolltest du das hören? Ich habe geübt, bis ich zur Arbeit musste, damit ich nicht verliere. Hast gewonnen."

Lauren lächelte süßlich und ihre Hand hielt inne, als sie sich vorbeugte und ihre Lippen sich meinem Ohr näherten.

„Dr. Castle", flüsterte sie. Ich konnte ihr Haar riechen, und das entspannte den Druck nicht gerade, der sich in meiner schnell enger werdenden Hose aufbaute. „Du hast mich beeindruckt. Wenn du so hart dafür gearbeitet hast, dann hast du dir eine Verabredung verdient. Hast es geschafft."

Dann beugte sie sich zurück, stand auf, glättete ihr Kleid und ging davon. Ich sah ihr nach, wäre ihr am liebsten nachgelaufen, mit ihr in ihr Büro gestolpert, hätte alles von ihrem Schreibtisch geschoben, sie ausgezogen und sie auf dem Tisch liegend gefickt, mit ihren Beinen über meiner Schulter. Ächzend ließ ich mich zurückfallen und seufzte. Diese Frau würde mich noch umbringen.

Aber ich hatte eine Verabredung.

Ich hatte eine Verabredung.

Ich hatte eine Chance.

KAPITEL NEUN

Lauren

„Die Leute starren uns an", sagte ich, ohne es wirklich zu meinen. Innerlich fluchte ich, weil das zeigte, wie unsicher ich war.

Hätte ich bloß diesen verdammten Apfel herausgezogen, dann würde ich jetzt hier nicht in aller Öffentlichkeit mit einem Mann sitzen, der zehn Jahre jünger war als ich. Hätte ich meine Pinzette nicht an so einem dummen Wadenkrampfloch angestoßen, dann würde ich jetzt nicht so die Aufmerksamkeit völlig Fremder auf mich ziehen. Wenn ich, eine erfahrene Chirurgin, in der Lage gewesen wäre, ein Operations-Kinderspiel zu spielen, dann müsste ich jetzt nicht ihr Flüstern hören darüber, wie viel heißer und jünger Ryan doch war als ich.

Doch ich wusste, dass das eigentlich nicht stimmte. Ryan hatte mir die Wahl gelassen. Er hatte gesagt, er würde nicht auf unserer Abmachung bestehen.

Und ich hatte freiwillig zugestimmt, mit ihm auszugehen.

Einfach weil ich es gewollt hatte.

Ich tat viele Dinge in letzter Zeit, bloß weil ich wollte. Und weil mich das nicht wirklich kalt ließ, war ein Teil in mir aufgeregt, weil ich endlich den Schritt gewagt hatte und auch mal Dinge tat, die keiner von mir erwartete.

Ryan nippte an seinem Bier und sah sich in der vollen Bar um. „Sie sehen dich an", sagte er.

„Was?"

Er schüttelte den Kopf. „Für so eine tolle Frau – also, eine irgendwie furchteinflößende tolle Frau und ganz sicher eine einschüchternde tolle Frau, Lauren –" Er beugte sich vor, um zu flüstern, als wollte er mir ein Geheimnis verraten, „–bist du wirklich, wirklich dumm."

„Ich bin nicht dumm."

„Doch, bist du."

Vertraulich berührte er meine Hand und zeigte heimlich auf ein Mädchen auf der anderen Seite der Bar. „Sie hat dich die ganze Zeit angesehen."

„Ich weiß. Weil ich mit dir hier bin und–"

„Nein", unterbrach Ryan. „Sie hat dich angesehen, weil du die Blicke auf dich lenkst, Lauren."

Ich wollte diese Bemerkung schon mit einem Lachen abtun, doch er drückte meine Hand. „Im Ernst, Lauren. Du musst nicht, bloß weil dein Ex seinen Schwanz nicht in der Hose halten konnte, meinen, dass irgendwas mit dir nicht stimmt. Und glaub nicht, dass es irgendwie eine große

Sache wäre, dass ich etwas jünger bin als du. Du bist hier das Licht und wir alle sind Motten", sagte er und rieb mit seinem Daumen über die Unterseite meines Handgelenks. „Und ich meine nicht nur die Kerle mit ihren eifrigen Schwänzen. Ich weiß nicht, wie ich das anders sagen soll, meine Liebe, aber du stichst hervor."

Ich hatte keine Ahnung, was er da sagte, aber ich war seinem Charme erlegen.

Ryan schien nach Worten zu suchen. „Du bist anders. Wie du aussiehst, wie du handelst, wie du denkst. Du bewegst dich sogar anders. Wir alle gehen durch unser Leben, aber du gleitest wie durch Wasser. Du sitzt anders, du hältst dein Martiniglas anders, du siehst die Leute anders an. Du siehst mich anders an."

Er lächelte mich an, und ich meinte, einen Anflug von Röte auf seinen gebräunten Wangen zu sehen.

„Ich möchte nichts anderes als dich ansehen, dir zuhören, dir folgen, mit dir sprechen, in deiner Nähe sein." Er nickte zu dem Mädchen, auf das er vorhin gedeutet hatte. „Deswegen kann ich gut verstehen, dass das Mädchen dich ansehen möchte. Sie versucht herauszubekommen, wer du bist. Und es treibt sie in den Wahnsinn, dass sie nicht darauf kommt."

Das Grün seiner Augen schien dunkler zu werden, als er mich ansah. Seine Stimme war nur ein Hauch.

„Du treibst *mich* in den Wahnsinn."

Allmächtiger. Hätte ich es geschafft, einen Plastikstift aus einem Spiel zu ziehen, dann würde ich jetzt nicht das hier fühlen – so völlig deplatziert mit einem jungen, klugen, umwerfenden Mann. Doch dann hätte ich auch nicht diese Worte aus Ryans schönem Mund gehört. Ich hätte nicht in die wundervollsten grünen Augen geschaut, die mich ansahen, wie niemand zuvor mich angesehen hatte. Ich hätte nicht empfunden wie jetzt: wirklich glücklich.

Und begierig.

Diese vertraute Hitze sammelte sich zwischen meinen Beinen. Es wäre ganz leicht gewesen, ihm nachzugeben. Mehr als ein Date mit ihm anzunehmen. Ihn wieder in mir zu spüren. Was für eine teuflische Versuchung, dachte ich und zog die Zügel meiner Selbstkontrolle enger.

„Möchtest du lieber gehen?", fragte er plötzlich.

Ich runzelte die Stirn und sah mich in der Bar um. „Wir haben noch nicht einmal unsere Vorspeise."

„Ich weiß, ich weiß", gab er zu. „Doch mir wird gerade klar, dass ich einen großen Fehler gemacht habe."

Er musste mir die Verwirrung wohl angesehen haben, denn er lachte und erklärte: „Ich habe dich in ein Allerweltsrestaurant gebracht zu einem Allerweltsdrink mit einem Allerweltsessen und Allerweltsmusik, passend zu einem Allerweltsdate. Und wie ich ja gerade erklärt habe – du bist keine Allerweltsfrau."

„Okay..." Ein Teil in mir wunderte sich, dass er es sich anders überlegt hatte. Ob es ihm nicht doch unangenehm war, mit mir gesehen zu werden. Doch, nein, ich zwang mich, nicht so zu denken. Ehrlich, bevor Samuel mich betrogen hatte, wäre es mir so was von egal gewesen, dass Ryan jünger war. Okay, dass er mein

Assistent war, war schon eine ganz andere Sache.

Ryan zog sein Portemonnaie aus der Gesäßtasche und warf einen Hunderter auf den Tisch, dann stand er auf und reichte mir seine Hand.

Ich legte meine Hand in seine, und er führte mich aus dem Lokal. Ich warf einen letzten Blick über meine Schulter auf den nun verlassenen Tisch und hatte das Gefühl, etwas zurückzulassen. Ich sah eine Frau dort sitzen, die mit ganz gut, okay, einfach okay zufrieden war.

Die Frau, die Ryans Hand genommen hatte, wollte mehr.

Sie wollte verwegen sein. Mutig.

Sich nehmen was sie wollte, ohne Schuldgefühl oder Reue.

Ihn nehmen.

* * *

Mit zufriedenem Lächeln legte ich mich auf der Decke zurück, die auf dem Gras neben dem See ausgebreitet war. Ryan setzte sich neben mich und legte vorsichtig meinen Kopf in seinen Schoß. Ich ließ meine Augen zufallen, als er begann, seine Finger durch meine Haare fahren zu lassen.

Nachdem wir das Restaurant verlassen hatten, war Ryan zu einem Deli in der Nähe gefahren. Kurz darauf war er mit zwei Caprese Sandwichs, einer Dose Obstsalat und zwei Flaschen Erdbeerwein zum Auto zurückgekommen. Ich hatte ihn gefragt, wo wir das jetzt essen sollten, doch er hatte bloß gezwinkert und meinte nur, er wüsste einen Ort.

Der Ort war ein wunderschöner State Park vor den Toren Denvers den Highway hinauf. Wir waren auf den Kiesparkplatz gebogen, als die Sonne gerade in der Ferne hinter den Rocky Mountains untergehen wollte, und die meiste Zeit hatten wir still beieinander gesessen auf einer Decke, die Ryan im Auto hatte, und hatten das leuchtende Rot und Gelb und Pink und Orange betrachtet, das über den sanften Wellen des Sees tanzte. Die restliche Zeit hatten wir damit verbracht, die Finger mit denen des andern spielen zu lassen, flirtend hatten wir gefüßelt, hatten den anderen angesehen, wenn wir dachten, er sähe gerade nicht hin, waren aber jedes Mal dabei erwischt worden.

Die Zeit schien wie Sirup, süß wie der Erdbeerwein, den wir aus der Flasche tranken, süß wie der Duft der Sommerhitze auf dem Gras, süß wie Ryans Lippen auf meinen.

„Was machst du?", fragte ich und öffnete meine verträumten Augen, um ihn lächelnd anzusehen.

„Ich überprüfe nur eine Theorie."

„Und?"

Er grinste. „Ich dachte, deine Lippen würden vielleicht nach Erdbeerwein schmecken", sagte er. „Sie sahen so aus, als würden sie es."

„Und?", fragte ich wieder.

„Stimmt nicht."

„Oh."

Er lachte und kitzelte mich vorsichtig an der Seite. „Sie schmecken besser. Siehst du, ich erzähle es dir, denn obwohl du so klug bist, entgeht dir doch eine Menge. Das ist Romance 101."

Ich drückte ihn auf die Decke und krabbelte auf ihn. Ich küsste ihn am Hals hinauf und hinab. „Was ist denn sonst noch Romance 101, hm?", fragte ich zwischen den Küssen.

„Na ja", antwortete er, „Da gibt es das ans Abfluggate hetzen, bevor der Geliebte verschwindet."

„Können wir nicht mehr machen."

„Okay, dann mit einem Ghettoblaster vorm Fenster deines Babys stehen."

Ich küsste Ryans Kinn und sagte: „Werden Ghettoblaster überhaupt noch verkauft?"

„Richtig", sagte er und schob seine Finger in meine Haare. „Wie wäre es mit: dein Mädchen auf einem Feld küssen, wenn es in Strömen regnet?"

„Hmm." Ich küsste seine geschlossenen Augenlider, dann seine Nasenspitze, seine Mundwinkel. „Das erfordert eine ziemliche Logistik. Wir müssten erst einmal ein Feld finden, von dem der Bauer uns nicht mit einer Schrotflinte verjagen würde. Und dann müssten wir auf den Regen warten, und der ist in Denver ja nun mal selten."

„Regenmaschine?"

„Teuer."

„Tja, das war's dann."

Ich zog mich hoch und sah auf ihn hinab. „Was war's dann?"

„Die Romantik ist tot", sagte er.

Ich nickte. „Tot", wiederholte ich und schob seine seidenen, braunen Haare aus seinem Gesicht. „Keine Chance für uns."

Er sah zu mir auf. „Keine einzige."

Die Luft um uns, warm und ruhig, fühlte sich wie ein Kokon an, und in der Luft lag ein Hauch Lavendel und Rose. Meine Haut an seiner fühlte sich plötzlich an wie eine sehr feste Verbindung.

„Ich hab eine Idee", sagte Ryan.

Ich hob eine Braue.

„Lass uns nackt baden gehen."

Der wohlige, traumhafte Kokon, den ich gespürt hatte, zerbarst, und ich rollte von Ryan hinunter.

„Was?", fragte er und setzte sich mit zerzaustem Haar auf, was, wie ich zugeben muss, ihn noch süßer aussehen ließ.

„Das kann nicht dein Ernst sein."

„Warum denn nicht?"

Er machte eine ausladende Geste über den See und sah mich mit großen Augen an, mit hungrigen Augen. „Ist keiner da", beharrte er.

Ich sah mich selbst um und stellte fest, dass der Seebereich mit seinem hohen Gras leer war. Die Sterne über uns begannen einzeln zu funkeln.

„Wir können nicht nackt baden gehen", sagte ich, aber weniger überzeugt als noch vor wenigen Augenblicken.

„Warum?", fragte er.

„Ich weiß nicht." Ich verhaspelte mich. „Ist hier nicht

ein Parkranger unterwegs oder so?"

Ryan griff über die Decke nach meiner Sandale und öffnete die Schnalle, wobei er mich angrinste. „Ein Parkranger fährt extra um neun Uhr an einem Samstagabend hier raus, um nach ruchlosen Nacktbadern zu sehen?"

Ich dachte darüber nach, als er meine Sandale auszog und sich an die nächste machte, wobei er sich vorbeugte und meine Wade küsste.

„Aber wir können nicht nackt baden", wiederholte ich, hauptsächlich zu mir diesmal, und mein Hirn versuchte krampfhaft, einen Grund zu finden, einen Grund, warum das nicht ging.

„Wir können."

Als er meine Schuhe ausgezogen hatte, zog Ryan sein Hemd hoch und über den Kopf und führte mich mit dieser perfekten Brust in Versuchung. Er schob seine eigenen Schuhe von den Füßen und zog seine Shorts hinunter, während ich ihm zusah, völlig entgeistert. Er zwinkerte zu mir hinunter. „Wir können tun, was wir wollen."

Er machte sich auf den Weg durch das Gras zum sandigen Ufer des Sees, und einen Moment später segelte etwas durch die Luft auf mich zu. Seine Boxershorts landeten in meinem Schoß, und ich starrte sie an, als hätte ich nie in meinem Leben Boxershorts gesehen.

Ich war eine vierzigjährige Frau. Ich konnte mich nicht in einem öffentlichen Bereich splitterfasernackt ausziehen und schwimmen gehen. Ich konnte einfach nicht. Ich konnte nicht. Und doch stand ich unwillkürlich auf, zog mein Sommerkleid über den Kopf, öffnete meinen Spitzen-BH und ließ hüftwackelnd meinen Tanga fallen. Dann stand ich da, allein und fragte mich, wann ich einmal draußen nackt gewesen war. Noch nie.

Das schiere Gefühl von Freiheit bereitete mir den Wunsch, einfach schreiend und grölend herumzulaufen. Ich wollte mich wie eine Irre aufführen. Lächelnd ging ich hinunter zum See und fand Ryan, der sich ungefähr fünfzehn Meter vom Ufer auf und ab bewegte.

„Hat auch lange genug gedauert", rief er, und ich sah mich gleich um, ob das jemand gehört haben könnte. Ryan lachte. „Komm hier rein, du Frau mit dem glorreichen Hintern!"

Das Wasser lief mir um die Knöchel, und ich zögerte. „Was soll ich tun?"

„Du kannst doch schwimmen, oder?"

„Natürlich."

„Was meinst du dann mit ‚was soll ich tun'?"

Ich warf meine Hände in die Höhe. „Ich weiß es nicht", sagte ich. „Ich meine bloß, was soll ich tun?"

Er spritzte Wasser in meine Richtung, auch wenn es mich nicht annähernd erreichte. „Setz einfach einen Fuß vor den anderen, bis dir das Wasser über die Ohren reicht und du schwimmen musst."

„Sehr hilfreich", lachte ich und watete hinein.

Ich ließ meine Fingerspitzen über die Wasseroberfläche des Sees gleiten, während das Wasser meine Schenkel umschloss. Das Wasser war noch warm von der schwülen Sommerluft, und dennoch lief mir ein

Schauer den Rücken hinauf. Ich fühlte mich waghalsig, mutig und tapfer. Ryan sah zu wie ich auf ihn zu schwamm.

„Endlich weiß ich es", flüsterte er, als ich in seine Nähe kam und langsam paddelte und trat.

„Was weißt du?"

Mit einer Hand berührte er eine Strähne meines Haars. „Ich weiß jetzt, welche Farbe dein Haar hat." Er lächelte. „Es ist die Farbe, die das Wasser im Licht der Sterne annimmt."

Ich hielt mich über Wasser und sah ihm in die Augen. Wir waren uns nahe. So nahe, dass meine Fingerspitzen die seinen berührten, als meine Hände wieder über die kühle, seidige Wasseroberfläche glitten. So nahe, dass unsere Zehen ab und an aneinanderstießen, während wir im Wasser strampelten, leise, unsicher und zögerlich. Nah genug, dass ich sehen konnte, wie das stärker werdende Licht der Sterne sich in den winzigen Wassertropfen an seinem langen Rücken reflektierte.

Wir waren uns nahe.

Doch nicht nahe genug.

Ich biss mir auf die Lippe und hätte beinahe alles gestoppt, als die Nervosität in meinen Bauch rumpelte, aber ich brauchte es, ich wusste, ich brauchte es. Ich näherte mich ihm und presste meine Lippen auf seine, schmeckte den Erdbeerwein und das frische Wasser des Sees und schmeckte Erregung und Energie und die Möglichkeit eines neuen Anfangs. Unser Kuss war unbeholfen und unkoordiniert im Wasser, und als ich mich von ihm löste, sagte mir die Hitze in meinen Wangen, dass ich rot wurde.

Doch seine Augen brannten vor Lust und Verlangen. Er zog mich nah an sich und küsste mich. Während wir versuchten, nicht unterzugehen, wurde der Kuss intensiver und drängender. Seine Küsse landeten auf meinen Mundwinkeln, meiner Wange, meiner Nase. Wir wollten einander. Wir brauchten einander. Selbst wenn es nicht perfekt war, war es perfekt.

Die Wasserkreise unserer Bewegungen breiteten sich um uns aus, und ich hatte buchstäblich das Gefühl, der Nabel der Welt zu sein, hier in seinen Armen, mit dem Wasser, das uns einhüllte. Ryan stützte meinen Rücken, und ich schloss die Augen und neigte meinen Kopf, als er meinen Hals küsste. Das Gefühl seiner Zunge, heiß und brennend im Vergleich zum kühlen Wasser, ließ mich erzittern und stöhnen.

Ich öffnete meine Augen erst, als mein Fuß den nassen Sand unter mir berührte. Überrascht sah ich mich um und stellte fest, dass Ryan uns beide näher ans sandige Ufer gebracht hatte, das mit Wildgras bedeckt war. Die Berge sahen dunkel gegen den fernen Horizont aus. Bald schon waren wir in flachem Wasser, und Ryan legte mich hin, sodass mein Kopf im Sand lag, das Wasser aber gegen meine nackten Titten schwappte.

Ryans wundervolles Gesicht war von Sternen umgeben, doch die Schönheit der Nacht war nichts im Vergleich zu der Schönheit seiner Augen, die für mich blitzten und funkelten. Ich bog meinen Rücken vom nassen, dichten Sand, als seine Finger meine Klitoris umkreisten. Das Gefühl des weichen Wassers und die Wärme seiner zarten Finger, ließen mich nur stockend atmen, während er langsam weiter und weiter kreiste.

Blind fasste ich ins Seewasser und fand Ryans harten Schwanz. Unter Wasser fühlte er sich wie Samt an.

Wir sahen einander weiter an, während er mich berührte und ich ihn. Ich studierte sein Gesicht, um zu sehen, bei welcher Bewegung er nach Luft schnappte, was ihn sich auf die Lippe beißen ließ, wobei er seine Hüfte vorschob oder sein Kopf in den Nacken fiel oder sein perfekter, saftiger Mund ein unkontrolliertes Stöhnen ausstieß. Ich wollte ihm Lust bereiten. Ich wollte ihn zerreißen. Ich wollte, dass er meinen Namen schrie.

Er schien ebenso entschlossen, mich um den Verstand zu bringen, schob seine Finger in mich und rieb in festen Kreisen meine Klitoris. Plötzlich schien er die Kontrolle zu verlieren und packte meine Handgelenke. Beinahe bebend vor Vorfreude ließ ich seinen Schwanz los und streckte meine Arme über meinen Kopf, genoss das Gefühl meiner Haut im Sand. Meine Nippel, hart und spitz, zeigten zum offenen Nachthimmel, während meine Titten sich hoben und senkten, bereit für Ryans Schwanz in mir.

„Verdammt", keuchte er, „ich hab kein Kondom."

Ich starrte ihn an. Dachte darüber nach. Dann fragte ich: „Bist du gesund?"

„Ja. Aber du solltest mir vielleicht nicht einfach so glauben."

Ich wusste, ich sollte ihm nicht einfach so glauben.

Und wenn es jemand anderes gewesen wäre, hätte ich das auch nicht. Aber das hier war Ryan, der ein guter Arzt war, um Himmels willen. Ryan, der unser Dating-App-Treffen nicht zu seinem Vorteil genutzt hatte, sondern die beruflichen Grenzen gewahrt hatte, die ich aufgebaut hatte. Solange ich mich daran hielt zumindest. Und trotz der Schwierigkeiten zwischen uns glaubte ich ihm.

„Ich bin auch sauber. Und ich nehme die Pille. Aber du solltest mir vielleicht nicht einfach so glauben."

„Ich glaube dir aber", sagte er. „Also…"

Ich nickte. „Also ist es in Ordnung."

Mein Atem beschleunigte sich, als ich spürte, wie er seinen Schwanz an meiner Pussy platzierte, und ich stöhnte, als er hineinstieß, langsam und vorsichtig, so, so langsam. Ich hatte noch nie im Wasser gefickt, aber es war besser als auf den teuersten Seidenlaken der Welt zu ficken. Meine Brüste hüpften, als Ryan mich vor und zurück schob, zugleich spürte ich die Hitze der Sommernacht und die Kühle des heranschwappenden Wassers. Die Hitze zwischen meinen Beinen wurde gekühlt vom Sand unter meinem Rücken. Das pulsierende heiße Eisen von Ryans Schwanz füllte mich, bevor das kühle Wasser zurückgeströmt kam.

„Das habe ich noch nie gespürt", hauchte ich, während Ryan in mich stieß.

„Ich wünschte, du könntest sehen, wie gut du aussiehst", stöhnte Ryan.

Er kniff mich in die Haut der Innenseite meines Schenkels, und ich stöhnte. Ich spürte, wie ich schon beinahe kam, es waren einfach zu viele Eindrücke.

„Wie deine Arme mit Sand bedeckt sind, weil du nach etwas greifst, an dem du dich festhalten kannst", knurrte er geradezu.

Er betonte seinen Satz mit einem Stoß, der mich doppelt so viele Sterne am Nachthimmel sehen ließ.

„Wie du Wellen machst, wenn du dich windend deinen Rücken hebst."

Sein Rhythmus beschleunigte sich, und das Wasser spritzte um uns. In meinen Ohren machten wir einen solchen Lärm, dass es die Berge erschütterte und die Fenster von Denver wackelten. Ich stöhnte Ryans Namen, als ich meine Hüfte hob, um mehr von ihm zu bekommen. Er wusste, was ich wollte, und fickte tiefer in mich hinein. Ich war nahe dran, so nahe.

„Deine Titten sehen aus, als wärst du mit Diamanten bedeckt, glitzernd nass und fest von meinem Schwanz."

„Ryan", stöhnte ich und griff mit der Hand in den Sand.

„Ich möchte dich hier im Sand liegend kommen sehen", sagte er mit angespannter Stimme.

„Ja", stöhnte ich. „Ja, ja!"

„Komm für mich, Lauren, ich möchte dich kommen sehen."

Beim Laut meines Namens von seinen Lippen, geflüstert wie etwas Heiliges, Wertvolles, kam ich. Unvorstellbare Lust durchströmte mich, während ich mich in den Sand krallte und mein Rücken sich hochbog. Meine Schenkel verkrampften sich, und ich versuchte, das

Gefühl, das meinen Körper erbeben ließ, zu bewahren, und ließ ein Stöhnen nach dem anderen von meinen Lippen entfleuchen.

„Fuck." Ich hörte wie durch eine Glocke Ryan nach Luft schnappen. „Fuck, fuck!"

Ryan stieß tief in mich hinein, dann spürte ich, wie seine Finger auf meinen Schenkeln zitterten und seine Hüfte stockte. Ich öffnete die Augen, als er meinen Namen stöhnte und meine Titten packte, während er kam, seine Brust sich hebend und sein Atem stockend. Wir starrten einander an, während die Wellen über uns wuschen.

Lächelnd strich Ryan mit seinem Daumen über meinen Nippel, bevor er aus mir glitt und im Sand neben mir zusammenbrach. Ich drehte mich auf die Seite, und er tat das Gleiche. Er strich mir eine Strähne meines nassen Haars aus dem Gesicht. Seine Finger waren voller Sand.

Er zog mich an seine Brust, und wir lagen beieinander in der Hitze der Sommerluft, mit dem See als unserer Seidendecke, die sich über unsere Beine legte, zwischen unseren miteinander verknoteten Knöcheln. Der Wind spielte in meinem Haar, und sein Atem ließ meine Wimpern erzittern. Der Sand war rau, doch seine Haut war weich, und ich wollte mich nie wieder wegbewegen.

Scheiß auf jeden Parkranger, der versuchen würde, uns auseinander zu bringen.

KAPITEL ZEHN

Ryan

Als wir zurück auf dem Kiesparkplatz des State Parks waren, fuhr ich mit meinen Händen Laurens Rücken hinunter. Sandkörner sammelten sich um ihre Füße, als sie sich mit ihren eigenen Händen über die Arme strich. Ich wischte noch ein paar übersehene Körner von ihrem Hals und grinste, als ich sah, dass meine sanfte Berührung ihr eine Gänsehaut am nackten Rücken bereitete.

„Hast du die gesehen?", fragte sie und sah mich über ihre Schulter schüchtern an.

Ihre Augen funkelten, obwohl nur der Mond und die Sterne uns Licht spendeten.

„Was gesehen?", fragte ich zwinkernd.

Lauren lachte. „Ich versuche, sie aufzuhalten", sagte sie und drehte sich zu mir um, hielt ihr Kinn aber auf den Sand zwischen unseren Füßen gerichtet, „aber..."

Ich hob ihr Kinn. „Aber was?"

Sie errötete und schüttelte den Kopf und lachte. „Es ist dumm."

„Was?"

„Es ist nur", sie bewegte sich unbehaglich von einem Fuß auf den anderen, „es ist nur, dass ich mich noch bei keinem so gefühlt habe wie bei dir."

Ich versuchte, ihr in die Augen zu sehen, doch sie wich meinem Blick immer aus.

„Also, vor ein paar Tagen, als wir beide nach einem Stift in dem dummen Donald Duck Becher griffen und unsere Hände aneinander berührten …" Sie sah zu mir auf und zuckte die Schultern. „Ich weiß nicht, es ist nur, ich, es war … angenehm."

Ich lächelte zu ihr hinunter und strich mit meinem Daumen über ihre Wange, als sie sich auf die Lippe biss, ganz klar nervös und verschämt, weil sie mir gestand, wie sie empfunden hatte. Sie sah so schön aus mit ihrem vom See noch feuchten Haar und dem Mond, der von ihrer weichen Haut reflektiert wurde. Ich wollte ihr sagen, dass es nicht dumm war, dass ich genauso fühlte.

Ich wollte in Worte fassen, wie ihre Berührung, selbst die leichteste, mir Appetit auf mehr machte, und mehr und mehr. Ich wollte ihr sagen, wie nervös ich jeden Morgen war, wenn ich sie sah. Ich wollte sie wissen lassen, dass ich das noch nie bei irgend jemandem empfunden hatte.

Doch als ich meinen Mund öffnete, um genau das zu tun, piepste mein Handy, das ich im Handschuhfach meines Autos gelassen hatte, laut in die stille, einsame Nacht. Ich fluchte über die Unterbrechung, doch meinte, ich sollte das nicht ignorieren.

„Ist es okay, wenn ich da ganz kurz rangehe?"

„Natürlich, natürlich", sagte sie und trat beiseite. „Ich habe immer noch so ein paar Körperpartien, die ich vom Sand befreien muss."

Ich grinste und zwinkerte ihr zu. „Lass mir ein paar übrig."

Ich fummelte im Dunkeln herum und schaffte es gerade beim letzten Klingeln, den Anruf anzunehmen

„Hallo?"

Die Stimme von Sharon, der Pflegerin meiner Mutter, war durchs Handy zu hören.

„Ryan, hi, mein Lieber", sagte Sharon mit ihrem breiten Südstaatenakzent. „Ich versuche schon ewig, dich zu erreichen."

„Ja, sorry, ich hatte mein Handy nicht dabei. Ist alles in Ordnung?"

„Ja, ja, mein Lieber. Ruth geht es blendend. Es ist nur, ich mache das gar nicht gern an einem Freitagabend und so, aber mein Sohn hat sich den Magen verdorben und, na ja, es tut mir furchtbar leid, aber ich hoffte, ähm, dass–"

„Sharon, bin schon unterwegs."

„Wirklich?", fragte sie, und ich sah zu Lauren hinüber, die mich besorgt ansah.

Ich wollte nicht ja sagen. Ich wollte bei Lauren bleiben und mit meinem Gesicht in ihrem weichen Haar einschlafen. Doch ich rieb mir die Augen und nickte.

„Ja, ja, natürlich", antwortete ich und versuchte, die Enttäuschung, dass mein Abend, mein ‚schwer verdientes'

Date mit Lauren so ein abruptes Ende nahm, zu verbergen. „Wie geht es ihr?"

„Heute ist kein so guter Tag, aber sie will es nicht zugeben. Sie weiß nicht, dass ich dich anrufe. Sie hat mir schon befohlen zu gehen."

„Dann mal schnell nach Hause zu deinem Sohn, und ich werde zu ihr fahren."

„Danke, mein Lieber. Danke, danke."

Die Leitung war tot, und ich drehte mich schulterzuckend zu Lauren um.

„Ähm, das tut mir jetzt wirklich schrecklich leid, aber mir ist was dazwischen gekommen."

„Ist alles in Ordnung?"

Ich hielt ihr die Beifahrertür auf und nickte.

„Ja, ja", sagte ich. „Es ist nur, na ja, ich muss meiner Mom helfen."

„Oh, ist alles gut? Also, ich weiß, dass sie und dein Vater sich vor Kurzem getrennt haben."

„Sie hat Krebs."

„Ach Ryan. Das tut mir leid. Welchen?"

Wir besprachen kurz die Diagnose meiner Mutter und ihren Behandlungsplan, dann wurde es still im Wagen, nur noch die Räder, die über den Kies rollten, waren zwischen uns zu hören.

„Ich habe noch nicht vielen Leuten davon erzählt", sagte ich.

„Wie viele sind viele?", fragte Lauren und sah zu mir herüber.

Ich lachte leise. „Eigentlich noch niemandem. Meine

Mom ist sehr diskret. Sie schämt sich nicht für ihren Krebs oder den Kampf, den sie vor sich hat, aber sie möchte auch nicht, dass das in die Öffentlichkeit gerät."

„Natürlich, das verstehe ich."

Tat sie das? Denn in Wirklichkeit wollte ich auch nicht, dass das in die Öffentlichkeit geriet. Ich hatte als Arzt ständig mit Leben und Tod zu tun, doch wenn es um meine eigene Mutter ging … Ich musste für meine Mutter stark sein, also war ich es. Doch ich musste auch auf mich achten. Diese Verletzlichkeit, die ich im Auto mit Lauren empfand, war genau der Grund, weswegen ich es niemandem erzählte.

„Wurde das festgestellt, bevor oder nachdem …"

„Sie erfuhr zwei Tage, nachdem mein Vater sie für eine andere Frau verlassen hatte, dass sie Krebs hat."

Lauren zuckte zusammen.

„Nicht wahr? Sie war immer so eine stolze Frau und mit Recht, aber es ist, als müsste sie jetzt, nachdem mein Vater sie verlassen hat, sich selbst und der Welt beweisen, dass sie mit allem allein klar kommt, auch mit ihrem Krebs." Ich fuhr mir mit der Hand durch die Haare. „Und doch liebt sie ihn noch. Ich bin mir nicht sicher, ob sie ihn nicht zurücknehmen würde, wenn er zurückkäme, auch wenn er untreu war."

Sie antwortete nicht. Mehrere Sekunden lang. Schweigend fuhren wir weiter, ich gedankenverloren und voller Wut auf meinen Vater, dann sagte sie plötzlich: „Ich wollte mich eigentlich nicht von Samuel scheiden lassen."

Verwirrt sah ich sie an, doch sie starrte hinaus auf die

Scheinwerferkegel auf der schmalen Straße, die sich den Hügel hinabwand.

„Das wollte ich wirklich nicht", fuhr sie fort. „Trotz der abscheulichen Dinge, die er mir angetan hat und wie sehr er mich tief, tief im Innern verletzt hat, wollte ich ihm vergeben, darüber hinweggehen und mit ihm zusammen bleiben. Dass ich so reagierte? Es hat mich auf intellektueller Ebene tief erschreckt, mich beschämt, aber ich kann nicht leugnen, dass ich so empfand."

Endlich sah sie zu mir herüber, spielte dabei aber nervös mit dem Saum ihres Kleides, und ihr Blick wanderte immer wieder zu den Scheinwerferlichtern zurück. Sie seufzte. „Und das habe ich nicht vielen Leuten erzählt."

„Wie viele sind viele?"

Sie lächelte ein kleines, trauriges, müdes Lächeln. „Eigentlich niemandem", zitierte sie mich.

Ich ergriff ihre Hand. Als ich sie drückte, senkte sie ihren Kopf von mir fort und wischte sich eine Träne fort, von der sie sicher hoffte, ich hätte sie nicht gesehen. Ich fuhr auf die Straße und tat ihr zuliebe so, als hätte ich sie tatsächlich nicht gesehen. Doch das verhinderte nicht, dass mir das Herz brach.

Zugleich wurde ich von Wut gepackt. Ich erinnerte mich daran, dass ich diesen Bastard von einem Ex-Mann getroffen hatte. Der Blick in Laurens Augen, als sie ihn vor Marcus' Büro hatte sitzen sehen, und die Anspannung in ihrer Stimme, als er sie an diesem Tag angerufen hatte, um sie um eine zweite Chance zu bitten. Ich hätte ihn umbringen können, weil er Lauren so weh getan hatte. Weil er ihr immer noch so weh tat. Ich hätte ihn umbringen können, weil er versuchte, sie zurückzubekommen, während sie doch mir gehörte.

Nicht ihm. *Mir.*

„Ich habe die Scheidung durchgezogen, doch hauptsächlich aus Stolz, glaube ich. Ich wollte nicht dumm dastehen. Schwach aussehen und bemitleidenswert und bedürftig", fuhr sie fort, ihre Stimme eindeutig belegt. „Ich habe all diese Frauen gesehen, die bei ihren Arschlöchern von Ehemännern blieben, nachdem die sie betrogen hatten, und ich habe mir geschworen, dass ich niemals so sein wollte wie sie. Denn ich respektierte mich, und ich genoss im Krankenhaus den Ruf einer starken, intelligenten, unabhängigen Frau."

Sie lehnte ihren Kopf an die Kopfstütze und drückte die Augen zu.

„Ich konnte mir vorstellen, was alle gesagt hätten, wenn ich ihm einfach vergeben und es unter den Teppich gekehrt hätte und bei ihm geblieben wäre, nach dem, was er getan hatte, und dann auch noch mit einer Scheißkrankenschwester."

Ich massierte ihre Hand mit meinem Daumen, als sie versuchte, die Tränen zurückzuhalten. Wieder spürte ich, wie sich meine Muskeln verkrampften, weil ich mich besitzergreifend und wütend fühlte, doch ich schob es alles beiseite. Das hier war nicht die Zeit, den Macho zu geben. Das hier war die Zeit, für Lauren da zu sein. Ihr zu zeigen, dass ich trotz der Tatsache, dass ich jünger war, Reife besaß. Ich war charakterfest. Ich war auf eine Art für sie da, wie ihr Ex-Mann es nie gewesen war.

„Deswegen habe ich die Scheidung eingereicht, bin ausgezogen, und Samuel ist an das Denver Mercy gegangen. Doch selbst da habe ich ihn noch geliebt und wollte mit ihm zusammen sein."

Frag nicht, frag nicht, frag nicht.

Doch ich konnte nichts anders.

„Möchtest du immer noch mit ihm zusammensein?"

„Ich sollte es nicht. Du hast ihn ja kennengelernt. Er kann ein arrogantes Arschloch sein. Aber er ist ein brillanter Operateur. Und ob du es glaubst oder nicht, es gibt auch eine süße Seite an ihm. Eine liebevolle Seite. Als seine Liebe und Aufmerksamkeit noch mir galten, hat er mir das Gefühl gegeben, wichtig zu sein. Geliebt. Wir waren mehr als fünfzehn Jahre zusammen, und ich weiß, wahrscheinlich ist es bloß wegen unserer gemeinsamen Vergangenheit, aber manchmal … vermisse ich ihn."

„Das beantwortet nicht meine Frage, Lauren."

„Nein. Tut es nicht." Sie seufzte.

Lauren neigte den Kopf zu ihrem Fenster, und ich rieb weiter ihre Hand. Ich hasste diesen Mann für das, was er ihr angetan hatte. Ich hasste es, dass er sie immer noch quälte, selbst wenn er nicht mehr in ihrem Leben war.

„Er ruft mich immer noch an", sagte Lauren leicht schluchzend. „Er möchte mich treffen. Er sagt, er braucht mich und vermisst mich und möchte, dass ich ihm noch eine Chance gebe."

„Und denkst du darüber nach?", fragte ich, meine

Stimme etwas harscher als beabsichtigt. Doch ich hatte Lauren gerade erst gefunden. Was wenn ich endlich jemand Besonderen gefunden hatte, jemanden, den ich endlich nicht mehr loslassen wollte, und der wurde mir dann entrissen? Wie würde ich damit umgehen? Das hatte ich noch nie gemusst.

Lauren sah zu mir herüber. Ich sah immer noch die Spur, die die Träne hinterlassen hatte, die sie zu spät weggewischt hatte. Mein Herz pochte, während ich auf ihre Antwort wartete.

Lauren flüsterte die Antwort. „Ich glaube nicht, aber wie kann ich wissen, dass da nicht nur mein Stolz aus mir spricht?"

Ich konnte die Zerrissenheit in ihrem Gesicht sehen, zugleich hörte ich es in ihrer Stimme und spürte es in meinem Herzen. Ein Teil von mir wollte es verdrängen. Sie fest küssen. Sie ficken, bis ihr klar wurde, dass ich der einzige Mann war, den sie brauchte. Stattdessen hob ich ihre Hand und küsste zärtlich deren Rücken. Doch ich sagte nichts. Was hätte ich sagen können? Mir gefiel die Idee nicht, dass sie vielleicht darüber nachdachte, ihrem Ex noch eine Chance zu geben. Dass sie vielleicht noch Gefühle für ihn hatte.

Hauptsächlich, weil ich wusste, dass ich anfing, Gefühle für sie zu entwickeln.

„Wo lebt deine Mom?", fragte sie, als wir endlich von der Kiesstraße des State Parks auf eine richtige Straße

Richtung Highway fuhren.

„Südlich von Denver, in der Gegend von Aurora."

„Das ist genau die entgegengesetzte Richtung von mir", sagte sie und rutschte auf ihrem Sitz. „Du wirst zwei Stunden brauchen, um mich zurückzufahren und dann die ganze Strecke zurück durch die Stadt. Nimm mich mit."

Ich drehte mich zu ihr, nicht ganz sicher, dass ich gehört hatte, was ich gehört hatte. „Bitte?"

Sie nickte und wiederholte: „Nimm mich mit."

„Dich mitnehmen?", fragte ich. „Um meine *Mutter* kennenzulernen?"

Sie lachte und verdrehte die Augen. „Ja, stimmt schon, hört sich komisch an, wenn man es so sagt. Ich möchte dir ja bloß Zeit sparen, damit du nicht hin- und herfahren musst, außerdem könnten wir so noch etwas mehr Zeit miteinander verbringen." Sie zögerte. „Also, natürlich nur, wenn du mich mitnehmen möchtest. Wenn es dir unangenehm ist oder du nicht möchtest, dass ich deine–"

„Nein, nein", sagte ich kopfschüttelnd. „Ich werde nur wahrscheinlich die Nacht dort verbringen, und du müsstest dich in mein winziges Doppelbett aus Kinderzeiten quetschen und–"

„Ryan." Ihre Stimme war so fest, dass es mein Gefasel unterbrach und ich widerwillig ihrem festen Blick begegnete. „Das ist überhaupt kein Problem."

„Dann gut." Ich schaltete den Blinker ein und fuhr hinüber zur Auffahrt auf den Highway Richtung Süden statt Norden. „Auf geht's."

* * *

Vierzig Minuten später gingen Lauren und ich den schmalen Steinpfad entlang, an dem die Lieblingsblumen meiner Mutter wuchsen (eigentlich gab es keine Blume, die nicht die Lieblingsblume meiner Mutter war). Wir hielten Händchen, doch als wir uns der Haustür näherten, drückte Lauren meine Hand und ließ sie dann los. Ich zwinkerte ihr zu und öffnete ihr die Tür.

„Hey, Mom", rief ich und wischte mir die Schuhe an der Fußmatte ab. „Bin zu Hause!"

„In der Küche!"

Lauren und ich gingen gemeinsam den Flur entlang, an dem Bilderrahmen neben Bilderrahmen mit gepressten Blumen hingen. Es war eine Galerie, die es mit jeder anderen in einem Museum oder einer Universität hätte aufnehmen können. Ich konnte erkennen, welche von mir waren, denn sie waren immer geringfügig weniger perfekt als die, die meine Mutter gepresst hatte.

Ich führte Lauren in die hübsche Landhausküche und fand meine Mutter in ihrem Rollstuhl sitzend im Bademantel am runden Tisch in der Frühstücksnische, während sie gerade in einer medizinischen Zeitschrift las.

„Mom", sagte ich und küsste sie oberhalb ihres Sauerstoffschlauchs auf die Wange. „Ich möchte dir eine Freundin vorstellen."

Meine Mom hob die Brauen. „Du bringst doch nie Freunde mit nach Hause", sagte sie, und es versetzte meinem Herzen einen kleinen Stich, als ich hörte, wie schwach ihre Stimme war.

Lauren trat vor und schüttelte die ausgestreckte Hand meiner Mutter. „Dr. Castle, es ist mir solch eine Freude, Sie kennenzulernen. Ich bin Lauren, ich arbeite im Graton's Gift. Ich war bei Ihrer Eröffnungsrede bei der St. Louis Konferenz, bei der Sie über die Ethik moderner Medizin sprachen."

„Ach, wundervoll." Meine Mutter lächelte. „Einfach wundervoll. Schlafen Sie mit meinem Sohn?"

Ich hustete und wurde rot, als meine Mom spitzbübisch zu mir auflächelte. „Mom!"

„Was?", kicherte sie. „Du hast noch nie eine Freundin mitgebracht. Ich muss jetzt in ganz kurzer Zeit viele, viele Jahre Neckereien aufholen. Lauren, meine Liebe, verhütet er?"

„Okay. Mom, Zeit, dich fürs Bett fertig zu machen."

Ich stellte mich hinter den Rollstuhl meiner Mutter und begann, sie fortzuschieben, während Lauren auf meine Kosten lachte. Meine Mutter lehnte sich zu Lauren zurück. „Nuckelt er nachts noch am Daumen, Liebes?"

„Jede Nacht!", rief Lauren.

Ich schob den Rollstuhl schneller nach hinten.

„Er hat furchtbare Angst vor Spinnen", fuhr meine Mutter fort und schmunzelte stolz, weil meine Wangen so glühten. „Stellen Sie sich schon mal darauf ein, dass sie jede einzelne für ihn töten müssen, Liebes."

„Danke, Mutter. Ich kann meine Spinnen schon gut selbst töten." Ich sah über meine Schulter zurück zu Lauren. „Ignorier sie."

Lauren lächelte. „Ich räum dann mal in der Küche auf."

„Oh nein", sagte ich und blieb vor der Schlafzimmertür meiner Mutter stehen. „Du ruhst dich einfach aus."

„Er will sich nie helfen lassen", grummelte meine Mutter. „Nie."

Lauren verschränkte die Arme. „Ich räume die Küche auf."

Es war klar, dass protestieren und überreden nichts nutzen würden, also seufzte ich und schob meine Mutter in ihr Schlafzimmer. Sie grinste zu mir auf. „Ich mag sie."

Ich schaute zu Lauren zurück, die sich bereits gelbe Handschuhe angezogen hatte und auf die Spüle voller Teller hinabsah, als wäre das ihr nächster Patient im OP.

„Ja, Mom, ich mag sie auch."

Sobald ich meiner Mutter mit ihren Medikamenten geholfen und sie ins Bett gehoben hatte, setzte ich mich auf den Bettrand und hielt ihre Hand. Wir saßen zusammen im warmen Schein ihrer Nachttischlampe, und ich zupfte an einem losen Faden ihrer dicken Patchworkdecke.

„Ist es, weil sie eine Kollegin ist?", fragte sie ruhig nach einer ganzen Weile.

Ich hatte gedacht, sie wäre schon eingeschlafen. Die Medizin machte sie oft müde. Ich seufzte und lächelte zu ihr hinunter. „Sie ist meine Vorgesetzte."

„Ach herrje!"

Ich rieb mir mit der Hand übers Gesicht. „Ich weiß."

„Und?"

Meine Mom wartete, und ich war mir nicht sicher, worauf sie wartete.

„Was und?"

„Ist es das, was dir Kummer bereitete? Weil sie deine Vorgesetzte ist, macht dir das Kummer?"

Es hätte mich nicht überraschen sollen, dass meiner Mutter meine Stimmung auffiel. Schließlich hatte sie mich großgezogen. „Nein", sagte ich und sah nach, ob die Tür zu war. „Also, es ist nicht ideal. Aber das ist eigentlich nicht das größte Problem."

Ich kratzte mir am Hinterkopf und rutschte auf dem Bett zurecht.

„Sie ist geschieden", sagte ich endlich. „Aber ich bin mir nicht sicher, ob sie wirklich vollkommen über dieses Arschloch hinweg ist, dieses Sackgesicht, Stück Scheiße, ihren untreuen Ex."

Meine Mom tippte mir mit dem Finger auf die Hand, während ich weitere Beschimpfungen vor mich hin murmelte.

„Liebling", sagte sie. „Ich habe deinen Vater, dieses Arschloch, Sackgesicht, Stück Scheiße immer noch geliebt, als er aus dieser Einfahrt fuhr. Ein Teil von mir tut es immer noch, auch wenn der andere Teil ihn hasst."

„So geht es Lauren vielleicht auch. Er möchte sich mit ihr treffen." Ich stützte meine Ellbogen auf die Knie wie ein bockiges Kind. „Er möchte wieder mit ihr zusammen sein."

Meine Mom nahm mein Kinn und drehte mein Gesicht zu ihr. „Ryan, du musst sie gehen lassen."

„Aber—"

Meine Mom kniff mir ins Kinn und ich stöhnte.

„Hör mir zu, Junge."

Ich schnaubte, vergaß irgendwie, dass ich achtundzwanzig und nicht acht war.

„Junge?"

Ich sah ihr in ihre grünen Augen, die müde und ausgelaugt waren, aber immer noch scharf und stark.

„Wenn dieser Mann ein solches Arschloch, Stück Scheiße, Sackgesicht ist, wie du sagst–"

„Und ein untreuer Mistkerl", ergänzte ich übellaunig.

Meine Mom seufzte.

„Wenn dieser Mann ein solches Arschloch, Stück Scheiße, Sackgesicht und ein untreuer Mistkerl ist, wie du sagst, dann wird Lauren das merken."

„Ich möchte sie nicht verlieren. Also, wir sind nicht zusammen. Sie hat sich die ganze Zeit dagegen gewehrt, mit mir zusammen zu kommen, also gibt es im Moment nicht wirklich etwas zu verlieren, aber–"

Meine Mom lächelte und drückte meine Hand.

„Du hast etwas zu verlieren", sagte sie sanft. „Sie empfindet viel für dich, das spüre ich. Doch du wirst nie mehr bekommen, wenn sie ihre Scheidung bereut. Du wirst in Wahrheit nur einen Teil ihres Herzens haben. Und das war's."

Ich dachte über ihre Worte nach. Vielleicht war ein Teil ihres Herzens genug. Ich sagte mir, dass ich mich schon mit einem kleinen Stückchen ihres Herzens begnügen würde. Dann müsste ich nicht riskieren, dass sie zu ihrem Ex zurückging. Ich müsste nicht riskieren, am Ende nichts von ihrem Herzen zu haben.

„Ryan, ich hätte alles dafür gegeben, nur noch einen Kaffee mit deinem Vater trinken zu können. Ich hätte alles dafür gegeben, mich nur fünfzehn Minuten mit ihm zusammenzusetzen, um zu sehen, ob ich ihn zum Bleiben bewegen kann, sehen, ob ich herausfinden kann, was ich falsch gemacht habe."

„Mom–" Ich konnte nicht fassen, dass sie das mir gegenüber zugab. Meine starke, stolze Mutter gab zu, dass sie den Mann, der sie betrogen hatte, immer noch wollte.

Sie lächelte traurig. „Es ist die Ungewissheit, die ist am schlimmsten. Lauren hat eine Chance, es wirklich zu wissen, ob sie ihren Ex zurück möchte, und du musst sie dazu ermutigen, sie zu ergreifen."

Das waren nicht die Worte, die ich von meiner Mutter hatte hören wollen. Ich wollte, dass sie mir sagte, ich solle um sie kämpfen. Das könnte ich. Ich könnte ihr zeigen, wie anders ich bin als Samuel. Ich könnte ihn aus ihrem Leben raushalten und ihr das Leben geben, das sie verdiente. Ich könnte sie gewinnen und dafür sorgen, dass sie nie wieder an dieses Arschloch, Stück Scheiße, Sackgesicht, untreuen Mistkerl dachte.

Doch das hier war anders.

Das hier hieß, die Kontrolle abgeben. Das hier hieß, mein Schwert niederlegen. Das hier hieß, den Kampf beenden und stattdessen alle Macht in Laurens Hände legen.

Und ich wusste, dass ich das nicht wollte. Doch als ich zu meiner Mutter hinuntersah wusste ich, dass ich es tun musste.

KAPITEL ELF

Lauren

Ich überprüfte meinen Lippenstift zum siebten Mal im Rückspiegel und tupfte mit einem frischen Tuch meine Achseln ab. Ich steckte den Schlüssel ins Zündschloss, um zum fünften Mal wegzufahren, bevor ich seufzte und ihn wieder herauszog. Meine Knie zitterten, und mein Herz hämmerte in meiner Brust, und ich stellte mir vor, dass, wenn ich einen Herzinfarkt hätte, mir zumindest innerhalb von fünf Minuten ein Herzspezialist zu Hilfe eilen würde.

Ich vermute, ich nahm wohl an, dass Samuel seiner Ex-Frau helfen würde. Schließlich war er es, der mich angerufen hatte. Er war es, der sich entschuldigt hatte. Er war es, der gefleht hatte, mich mit ihm zum Abendessen zu treffen, damit wir über ,uns' reden konnten, über ,unsere' Zukunft.

Schließlich hatte ich auf Anraten meines derzeitigen Liebhabers zugestimmt, mich mit meinem Ex-Mann zu treffen.

In der Nacht, die wir im Haus seiner Mutter verbracht hatten, hatten wir keinen Sex. Nein, wir haben in seinem Bett gelegen, uns aneinander gekuschelt und waren beide eingeschlafen. Wir haben nicht einmal geredet, weder über die Arbeit, noch über seine Mom und seinen Dad, noch über sonst etwas. Wir haben es einfach genossen, mit dem anderen zusammen zu sein, mein Rücken an seiner Brust, seine starken Arme um mich gelegt, und es war so süß gewesen, so unerwartet, einmal habe ich mir sogar die Tränen wegblinzeln müssen.

Am nächsten Morgen jedoch schlief seine Mutter immer noch, und wir setzten uns zum Frühstück, und Ryan ließ die Bombe fallen.

„Lauren, ich sage das nicht gerne, wirklich nicht. Aber ich werde es sagen, weil ich denke, dass es das Beste für dich ist, und ich möchte nur das Beste für dich." Ich sah ihn besorgt an, während er mit dem Finger über den Rand seiner Kaffeetasse fuhr. „Ich denke, du solltest Samuel treffen."

Ich hätte mich beinahe an meinem Kaffee aus meiner Tasse verschluckt.

Er konnte nicht über meinen Ex-Mann sprechen. Das musste wohl ein neuer Pfleger sein. Ein Immobilienmakler? Ich wollte doch gar nichts kaufen. Dann ein Pharmavertreter. Das musste es sein. Irgendein Typ namens Samuel, der für die Pharmazie arbeitet, den Ryan kennt, und bei dem wir einen guten Deal aushandeln können für irgendein neues Medikament. Die einzige unmögliche Möglichkeit war Samuel, mein Ex-Mann.

Ryan nahm meine Hand, die auf dem Küchentisch gelegen hatte, und sah mich ernst an, sodass ich mich eher wie eine Achtundzwanzigjährige in dieser Situation fühlte als er.

„Mein Ex-Mann Samuel?", fragte ich, die Ungläubigkeit war noch meiner Stimme anzuhören. „Der Mann, mit dem ich verheiratet war, und mit dem ich jetzt nicht mehr verheiratet bin, Samuel?"

„Genau der."

„Samuel, der seinen", ich sah nach der Tür, ob Ryans Mutter auch nicht den Flur entlang kam, und sprach leiser weiter, „Samuel, der seinen Schwanz in eine Krankenschwester gesteckt hat, und das auch noch in *meinem* Krankenhaus? Samuel?"

Ryan schob eine Haarsträhne hinter mein Ohr und lächelte.

„Ich weiß ja nicht, wie viele Samuels du kennst, Lauren. Ich glaube, der einzige andere, den ich kenne, ist einer hinter der Theke bei Starbucks in der Nähe meiner Wohnung. Aber, ja, der Samuel."

Ich rieb meine Stirn und lehnte mich auf dem Holzstuhl zurück. Ich hätte verstehen können, wenn Ryan gewollt hätte, dass ich Samuel nie wieder treffe, besonders nach der Nacht, die wir miteinander verbracht hatten, und bei der Verbindung, die wir, ganz klar, zwischen uns aufbauten. Ich hätte verstehen können, wenn er traurig gewesen wäre, gedroht hätte, widerwillig reagiert hätte, wenn ich ihm erzählt hätte, dass ich, wie er es jetzt vorschlug, ihn treffen wollte. Doch was ich nicht verstehen konnte, war, dass er *wollte*, dass ich meinen Ex treffe.

„Okay", sagte ich gedehnt wobei ich mit den Fingern auf den Tisch trommelte. „Nur damit wir uns richtig verstehen. Wir sprechen beide von dem Mann, der mein Vertrauen missbraucht, unsere Beziehung zerstört und mein Herz gebrochen hat? Der Samuel?"

Ryan sah aus, als wäre er hin- und hergerissen, und ich erwartete, dass er endlich zu Sinnen kam, mit der Hand wedelte und sagte: „Nein, nein, natürlich nicht. Das ist das Letzte, das ich wollte."

Doch das tat er nicht.

Er lächelte sanft und traurig und sagte: „Samuel, der Mann, den du vielleicht noch liebst. Oder zumindest der, bei dem du dir nicht vollkommen sicher bist, dass du ihn nicht doch zurück möchtest."

Da fiel mir ein, dass ich ihm das im Auto erzählt hatte, bevor wir am Haus seiner Mom angekommen waren. Da hatte ich mir nicht selbst widersprechen können.

Und nun war ich hier, hoffte, ich hätte keine sichtbaren Schweißflecken unter den Armen und meine Hände würden nicht noch stärker zittern. Samuel konnte jede Minute ankommen. Ich würde aus dem Auto aussteigen müssen. Ich würde ihm gegenüber sitzen müssen. Ich würde mit ihm sprechen müssen.

Vielleicht musste ich das ja auch gar nicht. Ich schürzte die Lippen. Ich konnte so tun, als hätte ich Halsschmerzen. Einen steifen Nacken?

Mein Handy meldete sich mit einer Nachricht von Bonnie, der ich vorhin geschrieben hatte.

Hatte einen schönen Spaziergang mit dem Kinderwagen durch die Nachbarschaft. Ich kann es nicht fassen, dass du dich mit S. triffst.

Das konnte ich auch nicht, dachte ich. Wenn Ryan nicht gewesen wäre hätte ich das auch nicht. Ich schrieb eine nervöse Nachricht, als ich sah, dass Samuels Wagen auf den Parkplatz fuhr.

Du holst mich aus dem Gefängnis, wenn ich ihn erwürge, ja?

Ich warf noch einen Blick auf mein Handy, während ich zum Restaurant ging, und lächelte.

Ganz klar.

Ich sah auf und bemerkte, dass Samuel überraschenderweise vor dem Restaurant auf mich wartete. Selbst als wir ganz am Anfang unserer Beziehung waren hatte ich ihn immer in einem überfüllten Lokal suchen müssen und fand ihn dann mit einem Martini, wenn ich nach ihm eintraf. Skeptisch hob ich eine Braue, doch er lächelte, als er mich näher kommen sah.

„Du siehst schön aus", sagte er und gab mir einen Kuss auf die Wange. „Aber das tust du natürlich immer."

Er trug das Aftershave, von dem er wusste, dass ich es am liebsten mochte, und ich war unangenehm überrascht, dass die kleinen Schmetterlinge in meinem Bauch daraufhin zu tanzen begannen.

„Wollen wir?"

Samuel führte mich mit seiner Hand unten an meinem

159

Rücken, hielt mir die Tür auf und zog meinen Stuhl vor, als wir an einen intimen kleinen Tisch in einer ruhigen Ecke im hinteren Bereich gebracht worden waren.

Eine Kerze flackerte recht romantisch zwischen uns, und einen Moment lang stellte ich mir diese Szene anders vor, mehr wie eine fröhliche Jahresfeier. Der Gedanke, dass es das hätte sein können, mit Leichtigkeit hätte sein können, wenn ich mich anders entschieden hätte, nachdem Samuel mich betrogen hatte, machte mich beklommen.

„Ich war ehrlich etwas überrascht, dass du bereit warst, dich mit mir zu treffen, nach der abscheulichen Voicemail, die ich dir hinterlassen hatte, und nach dem, wie ich mich vor Marcus' Büro aufgeführt habe", sagte Samuel, nachdem er uns eine viel zu teure Flasche Wein bestellt hatte.

Ich ließ die Tischdecke los, die ich, seitdem wir uns gesetzt hatten, unter dem Tisch zwischen meinen Fingern geknetet hatte, und zuckte die Schultern.

„Anscheinend ist das für jeden eine Überraschung", sagte ich.

Samuel nickte. „Selbst für dich?"

Ich sah ihm in die Augen, und für einen kurzen Moment sah ich nicht den Mann, der mich betrogen hatte, sondern den Mann, der mit einer billigen Kerze aus der Drogerie und Ramen zu meiner Zimmertür gekommen war, um zwischen meinen Notizen und Büchern für die damaligen Abschlussprüfungen ein schnelles abendliches Date auf dem Boden zu haben.

Ich seufzte.

„Besonders ich."

„Lauren, mein Verhalten dir gegenüber war abscheulich, das weiß ich. Und es tut mir leid."

Ich konnte meine Brauen nicht daran hindern, in die Höhe zu gehen, als diese letzten Worte aus Samuels Mund kamen.

„Das klappt ja immer besser mit diesen Worten, Samuel, denn ich glaube, ich habe sie nicht einmal gehört, als wir noch verheiratet waren, nicht einmal, nachdem ich dich mit Christina erwischt habe." Ich rückte die Gabel zum mittlerweile zehnten Mal zurecht. „Du hast mich betrogen, Samuel, wenn es also etwas gibt, das dir leid tun sollte, dann das, dass du eine Beziehung, von der ich gedacht hatte, dass sie liebevoll und entgegenkommend und verdammt noch mal dauerhaft wäre, komplett ruiniert hast."

Als ich zu Ende gesprochen hatte, atmete ich schwer. Ich schob mir das Haar aus dem Gesicht und fühlte mich gut. Ich fühlte mich richtig, richtig gut.

„Es tut mir leid, Lauren. Und ich war in Therapie."

Entsetzt sah ich ihn an. In Therapie? Etwas, das er sich geschworen hatte, nie, niemals zu tun.

Samuel lachte und schüttelte den Kopf. „Dein Blick spricht Bände. Wir wissen beide, wie stolz ich bin, Lauren. Es war schon immer schwierig für mich, zuzugeben, dass ich einen Fehler gemacht habe. Und ich weiß, dass ich mich bislang äußerst ungeschickt angestellt habe, um dich zurückzubekommen. Aber ich möchte mich bessern."

„So, möchtest du das? Denn in letzter Zeit hast du gar

nichts getan, um mich wieder in dein Leben zu bekommen. In den Tagen, nachdem ich von deiner Untreue erfahren hatte, in dem Jahr danach hast du nicht eine verdammte Sache getan, Samuel. Und jetzt bewirbst du dich für Marcus' Job, und plötzlich denkst du, dass du mich auch haben kannst? Warum? Wäre es so einfach praktischer? Würde es dir helfen, deinen Ruf am Krankenhaus zu reparieren?"

Meine Fragen schienen ihn zu überraschen. Samuel, der gut aussehend war und gewandt und sehr, sehr, sehr charmant, wenn er sich verhielt wie Dr. Gott, war überrascht, dass ich ihn an seinen Scheiß erinnerte, und es war, als hätte sich der Vorhang gehoben, und ich konnte den kleinen, kleinen Mann sehen, der bei der Parade des großen, mächtigen Oz mitmarschierte.

„Ich verspreche dir, dass es nicht so ist, Lauren. Es ist nur ... ich vermisse dich. Schlicht und einfach. Ich vermisse unser gemeinsames Leben."

Es klang perfekt, so wie er es sagte. Es klang perfekt. Doch es machte mich ihm gegenüber nicht weich. Es sorgte nicht dafür, dass ich ihn halten oder ihn küssen wollte. Oder in seine Arme fallen wollte. Und das war sehr, sehr vielsagend.

Der Wein kam, und wir bestellten unser Essen, und zu meiner anhaltenden Überraschung war alles angenehm und entspannt und erinnerte mich mehr und mehr auf einem intellektuellen Level daran, wie es zwischen uns wieder sein könnte. Er griff sogar über den Tisch nach meiner Hand, als wir auf unser Dessert warteten, und ich ließ es zu.

„Was ist aus Christina geworden?", fragte ich.

„Sie war jung. Flatterhaft. Emotional. Sie war nicht du, Lauren."

Ich wollte gleich erwidern, dass ich all das auch war. Jung. Flatterhaft. Emotional. Nur, so war ich bei Samuel nicht gewesen, deswegen konnte ich ihm wegen seiner Bemerkung keinen Vorwurf machen.

„Lass uns nachher noch etwas Verrücktes machen", sagte ich abrupt, denn ich wollte Christina und was sie Samuel bedeutete oder auch nicht bedeutete, vergessen, ich wollte unserer Wiedervereinigung einen kleinen Schubs verpassen, um zu sehen, ob es für uns wirklich eine Chance gab, wieder zusammen zu sein.

Samuel sah mich skeptisch an. „Etwas Verrücktes?"

„Ja." Ich nickte enthusiastisch. „Etwas, das wir noch nie getan haben. Etwas, bei dem unser Blut wirklich in Wallung gerät. Etwas Verrücktes."

„Und was genau wäre das?"

Samuel sah amüsiert aus, als hätte er einen Laserpointer und beobachtete, wie eine Katze ihn jagte. Ich war die Katze. Es ließ mich zögern. Doch ich musste es wissen.

„Ach, das könnte alles Mögliche sein", sagte ich. „Ich bin mir sicher, dass es eine Menge gibt, was wir noch nicht getan haben. Vieles, was das Leben für uns bereit hält. Wir könnten in die neue Bar gehen, von der ganz Denver spricht."

Samuel schnaubte. „Die, die voller

Dreiundzwanzigjähriger ist?"

„Wir könnten einen Kunstvortrag hören", schlug ich vor. „Oder wie wäre es mit nackt baden?"

Er ließ meine Hand los und lachte, als wäre das das Dümmste, das er je in seinem Leben gehört hatte. Es war, als hätte ich vorgeschlagen, dass wir uns bei der NASA reinschleichen und versuchten, uns selbst ins Weltall zu schießen. Mein Verstand sagte mir leise, dass Ryan wahrscheinlich mitgemacht hätte. Er hätte die Drahtschere geholt, um durch den Drahtzaun zu kommen.

„Wir sind doch keine Kinder", sagte Samuel in einem beinahe herablassenden Ton. „Wir sind voll funktionstüchtige Erwachsene mit echten Jobs, unsere Handlungen haben echte Konsequenzen, und wir haben ganz sicher keine Zeit, in der Stadt herumzustromern, als wären wir in Dauerurlaub."

Er klang alt und stur und festgefahren. Er würde sich nicht ändern, würde sein Verhalten mir gegenüber nicht ändern, würde nicht damit anfangen mich zu behandeln, wie ich es verdient hatte.

Und mit Schrecken stellte ich fest, als die nette, junge Kellnerin ein wunderschönes Tiramisu zwischen uns stellte, dass Samuel sich genauso anhörte, wie ich mich wohl in Ryans Ohren angehört haben musste, als ich über seine ,verrückten' Ideen gelacht hatte: alt und stur und festgefahren.

Doch ich wollte nicht festgefahren sein.

Ich wollte mehr.

„– und ich sage dir, Lauren, du würdest lachen, wenn

du sehen könntest, wie der Ärztebereich im Denver Mercy aussieht. Du würdest lachen."

Samuel hatte einfach weitergesprochen, ohne auch nur eine Sekunde über meinen Vorschlag nachzudenken. Er hatte einfach weitergemacht, als hätte die Unterhaltung nie stattgefunden. Es bedeutete ihm nichts, doch mir bedeutete es alles.

Ich konnte sehen, dass Samuel meine Vergangenheit war. Aber ich wollte nicht, dass er meine Zukunft war.

„Und mittlerweile benutzen alle ihn." Ich hörte kaum hin, als Samuel weiter ächzte. „Die Schwestern, die Praktikanten, die Oberärzte, verdammt, selbst die Putzfrauen nutzen ihn jetzt."

Ich tat, als nickte ich dazu, wobei ich ein Stück Tiramisu aufpiekste und genüsslich lächelte. Ich fühlte mich frei. Es war die Sorte Freiheit, die ich mir vor einem Jahr von der Unterschreibung der Scheidungspapiere erhofft hatte. Es war die Sorte Freiheit, der ich monatelang hinterhergejagt hatte, und die mir ständig entwischt war. Doch es war die Freiheit, die ich endlich besaß.

Und plötzlich war ich mir sicher.

Es war nicht mein Stolz, der mich daran gehindert hatte, zu Samuel zurückzukehren.

Es war mein Herz.

Und das gehörte einem anderen Mann.

KAPITEL ZWÖLF

Ryan

Ich starrte auf den Haufen Keksteig, Eiscremepackungen und Taschentücher auf meinem Küchenschrank und fragte mich, ob ich nicht mehr hätte besorgen sollen. Mein Herz war noch nie gebrochen gewesen.

Ich hatte das Gefühl, schlecht vorbereitet zu sein.

Mädels rüsteten sich immer mit Süßkram aus und saßen dann stundenlang heulend vorm Fernseher. Was für sie gut war, musste doch auch für mich gut sein, stellte ich mir vor. Und vor einer Stunde hatte es auch noch zu regnen begonnen, was wunderbar zu meiner miserablen Stimmung zu passen schien. Eine Sekunde lang dachte ich daran, dass ich mein Wissen aus schnulzigen Frauenfilmen und romantischen Komödien bezogen hatte. Aber ich wusste mir nicht anders zu helfen. Das Warten machte mich verrückt.

Die Uhr am Backofen schien eingefroren zu sein, und

ich überlegte schon, wen ich rufen musste, um sie reparieren zu lassen, als sie dann doch träge von 22:31 auf 22:32 umschlug. Ich seufzte und nahm mir ein Bier aus dem Kühlschrank.

Sie hatte gesagt, sie würde mich anrufen, sobald sie von dem Treffen mit Samuel zurück war, um mir zu sagen, wie es gelaufen war. Ich hatte ihr gesagt, sie müsste das nicht, dass es mich ja nichts anging, dass es eine Sache zwischen ihr und ihrem Ex-Mann war. Doch sie hatte darauf bestanden und gesagt, dass das ja wohl das Mindeste wäre. Ich war ihr dankbar dafür, aber es bedeutete, dass ich die letzten vier Stunden damit zugebracht hatte, in meiner Wohnung auf und ab zu gehen, mir auf den Nägeln herumzukauen und auf die verdammte Backofenuhr zu starren, die sich nicht bewegte.

Ich nahm mir mein Handy, das voll geladen und dessen Klingelton auf volle Lautstärke gestellt war, vom Küchenschrank und rief Chance an.

„Ryan, Mann, wie geht es dir?"

„Hey, hast du heute Abend schon was vor? Hast du Lust auf ein Bier rüberzukommen? Baseball gucken? Poker? Also, es regnet zwar, aber wir können auch ausgehen, wenn du unbedingt–"

„Ehrlich gesagt bin ich bei Jenny", unterbrach Chance mich. und wie auf Kommando hörte ich ein Kind im Hintergrund schreien.

„Ah, ja dann."

„Sorry, Mann. Morgen?"

Ich rieb mir die Augen und versuchte, nicht immer

wieder auf die Uhr zu sehen, die sich immer noch nicht schnell genug bewegte. „Sicher, sicher. Morgen."

„Cool, Mann. Bei dir alles in Ordnung?"

„Natürlich", sagte ich sofort, ohne auch nur eine Sekunde daran zu denken, etwas anderes zu sagen.

„Bist du dir sicher? Wenn du mich brauchst–"

„Nein, nein, Kumpel. Mir ist nur langweilig", log ich irgendwie. „Amüsier dich mit Jenny. Hat ihrem Kind die kleine Giraffe gefallen?"

„Sie hat sie in den Mund genommen und vollgesabbert, also … ja?"

Ich lachte. „Wir sprechen ein andermal."

„Bye, Ry."

Daran war nur meine Mutter schuld. Nein, daran war nur Sharon schuld, weil sie neulich Nacht hatte gehen müssen. Okay, genau genommen war es die Schuld ihres Kindes, weil es sich den Magen verdorben hatte, und ganz, ganz genau genommen, war es wer auch immer dafür verantwortlich war, dass es sich überhaupt den Magen verdorben hatte, und ganz, ganz, ganz genau genommen könnte das unendlich so weiter gehen. Genau wie mein Warten auf Laurens Anruf.

Als sie um 22.43 Uhr immer noch nicht angerufen hatte, musste ich mich auf das Schlimmste gefasst machen. Ich musste wohl annehmen, dass sie es mit ihrem Ex getrieben hatte und so neben sich stand im Wirbel der Gefühle, dass sie vollkommen vergessen hatte, mich anzurufen. Sie hatte wohl festgestellt, dass es wirklich ein Fehler gewesen war, ihn zu verlassen, ohne einen

Versöhnungsversuch nach seiner Affäre im letzten Jahr, und jetzt fickten sie in seinem Auto, während ich hier auf der Couch saß und wie ein Idiot die Box mit Pfefferminz-Schokochip-Eis anstarrte. Ich ächzte und ließ mich weiter in die Couch sinken, in der Hoffnung, dass sie mich einfach komplett verschlucken würde.

Ich mochte Lauren so sehr, und ich hatte dafür gesorgt, dass sie in die falsche Richtung gelaufen war. Ich hätte nicht auf meine Mutter hören sollen. Ich hatte einen Teil von Lauren, auch wenn sie es nicht ganz war. Doch jetzt hatte ich nichts. Und das war viel schlimmer.

Jemand klopfte an meine Tür, und verwirrt sah ich sie von der Couch aus mit gerunzelter Stirn an. Vielleicht hatte sich das Kind auf Chance übergeben, und das war's dann, er hatte genug. Vielleicht war es auch der Pizzajunge an der falschen Tür. Vielleicht war ich jetzt auch wirklich verrückt geworden von dem ganzen Stress und hörte jetzt schon Geräusche, die es gar nicht gab. Doch es wurde erneut geklopft, deswegen erhob ich mich schwerfällig vom Sofa und grummelte vor mich hin.

Ich öffnete die Tür und erstarrte, als davor nicht Chance stand, nicht der Pizzajunge, und auch kein Hirngespinst meiner Fantasie. Nein, es war Lauren.

Ihre Haare waren nass und klebten an ihren markanten Wangenknochen, und sie sah zu mir auf. Ihre Wangen waren leicht gerötet, als wäre sie gerade die Treppe hinaufgelaufen, anstatt fünfzehn Sekunden auf den Aufzug zu warten. Ihr Regenschirm war ein tropfendes Etwas neben ihr, und ihr marineblaues Kleid klebte eng an ihrem schmalen Körper. Ich konnte die Kontur ihrer Beine erkennen, ihre vorstehenden Hüftknochen, ihre Nippel, als ihre Brust sich hob und senkte. Ich wollte sie. Das war alles, was ich wollte: sie.

„Er ist, wer er ist. Er ist, wer er immer sein wird", sagte sie atemlos. „Aber bei diesem Abendessen ist mir klar geworden, dass ich keine Angst vor dem haben muss, was ich bin. Ich muss es jedenfalls nicht, wenn ich es nicht möchte. Ich kann sein, wer ich will."

Ich sah zu ihr hinab und musste mich krampfhaft am Türrahmen festhalten, um sie nicht gleich in meine Arme zu reißen. Ich sah sie an, wie sie derart aufgelöst und nass vor mir stand, mich antörnte, und ich musste meine gesamte Selbstkontrolle aufbringen, um nicht nach ihr zu greifen.

„Wer möchtest du denn sein?", fragte ich, meine Stimme nur wenig lauter als ein Flüstern, und das Regenprasseln an den Fenstern drohte sie zu übertönen.

Lauren zögerte nicht. „Eine Frau, die das hier tut."

Sie drückte mich zurück in mein Apartment, ihre beiden Hände auf dem dünnen, weißen T-Shirt ausgebreitet, das meine Brust bedeckte. Mit ihrem Fuß schubste sie die Tür zu, und sie drückte mich an die Wand. Ihre Hände fuhren zu meinen Haaren hinauf, und sie zog an ihnen, während sie mich küsste, fest, schnell und grob. Ihre Hüfte rieb sich an meinem Schritt, und als das Blut in meinen Schwanz rauschte konnte ich mich nicht mehr beherrschen. Die Art, wie Lauren mit ihren Zähnen eifrig an meiner Unterlippe zerrte, sagte mir, dass sie mich wollte.

Ich fummelte nur wenige Sekunden am Rücken ihres Kleides herum, bevor ich die nasse Seide packte und sie zerriss. Lauren stöhnte, als ich den klebenden Stoff von ihrer Brust löste und ihren nun bloßen Busen drückte. Ihre Nägel kratzten an meiner Brust hinab, bevor sie ihre Hand in meine Trainingshose gleiten ließ und mit meinen Eiern spielte. Ich schnappte nach Luft, als sie mit ihren Nägeln vorsichtig über meinen Sack kratzte.

Sie stellte sich auf Zehenspitzen, um mir ins Ohr zu raunen: „Zieh dein T-Shirt aus."

Sie streichelte die harte, pochende Länge meines Schwanzes über meiner Hose. Ich zog mein T-Shirt aus, während sie mir durch verschleierte, lusterfüllte Augen dabei zusah. Sie grinste, als mein Schwanz bei ihrem Anblick hüpfte, bei ihrem nassen Haar, das ihr über ein Auge gefallen war, das Kleid zerrissen, sodass eine perfekte Titte entblößt war und eine nur leicht bedeckt, ihr Arm bewegte sich nun langsam, als sie ihr Handgelenk drehte und mit ihrem Daumen über meine Eichel strich, aus der schon ein Vortropfen kam.

„Zieh deine Hose aus", befahl sie mit einer Stimme, die ich nie zuvor an ihr gehört hatte.

Sie trat beiseite, und ich schob meine Trainingshose an meinem schmerzenden Schwanz vorbei, bevor ich sie ganz auszog und beiseite warf. Laurens Augen verschlangen meinen nackten Körper, während sie ihren eigenen langsam aus dem Kleid schälte. Ich strich mit meiner Hand über meinen Schwanz, streichelte ihn, konnte mich nicht beherrschen. Bald schon lehnte sie an der gegenüberliegenden Wand und beobachtete, wie ich meine Hüfte langsam vor und zurück bewegte, während ich meine eigene Hand fickte.

Ich benetzte meine Lippen, als ihre eigene Hand beide harten, erigierten Nippel zwischen den Fingern rollte und dann über ihren Bauch hinab rutschte und zwischen ihren Beinen verschwand. Ich stöhnte, als Lauren stöhnte.

„Willst du mich?", fragte sie mit gefährlicher Stimme.

„Ja."

„Willst du mich ficken?"

„Ja."

„Willst du mich hier nehmen, hier an der Wand?"

„Gott, ja."

„Möchtest du, dass deine Nachbarn mich schreien hören, wenn dein Schwanz meine feuchte Pussy bestraft?" Sie biss sich auf die Lippe, während sie meinen Penis anstarrte, und ich musste mir unten in den Schaft kneifen, um nicht abzuspritzen.

„Fuck ja."

„Du willst mich?", fragte sie, und unsere Blicke begegneten sich über den kleinen Abstand zwischen uns.

„Ja, ja, ja."

Lauren grinste, verschlagen und finster und so verdammt sexy. „Worauf wartest du dann?"

Mit zwei Schritten war ich bei ihr, und sie quietschte, als ich sie an der Taille packte und hochhob. Ich hielt sie gegen die Wand, griff mit einer Hand nach unten, brachte meinen Schwanz schnell an ihrer Pussy in Position und rammte in sie hinein.

Sie schnappte nach Luft und zog an den Haaren in meinem Nacken, während sie ihre Füße hinter meinem Rücken ineinander hakte. Ihr Arm griff aus, und sie schlug die Lampe vom Flurtisch und sie zerbarst auf dem Boden. Also nahm ich ihre Handgelenke mit einer Hand und hielt sie über ihrem Kopf an die Wand. Ich saugte einen Nippel in meinen Mund, hungrig und gierig und reißend, während ich sie hart und schnell gegen die Wand fickte. Ich sah von ihrer Titte auf und bemerkte ihren verschleierten Blick, ihr Mund war geöffnet, während ich wieder und wieder meinen Schwanz in ihre Pussy stieß.

„Fuck, ich komme gleich schon", sagte sie zwischen schweren Atemzügen.

Ihre Arme wanden sich in meinem Griff, und sie drückte ihren Kopf an die Wand, während ich meine Hüfte schneller und fester bewegte. Ich kratzte mit meinen Zähnen über die Spitze eines ihrer Nippel, und sie schrie meinen Namen, ihr Körper zitterte und wurde dort an der Wand ganz schlaff.

Ihre Augen schlossen sich zittrig, während ich mich aus ihr heraus zog und ihren Körper auf den Boden legte. Doch ich war noch nicht fertig mit ihr. Ich legte mich schnell zwischen ihre Beine, und noch bevor sie ganz von ihrem Orgasmus heruntergekommen war, ließ ich meine Zunge um ihre Klitoris kreisen. Ihr Körper wollte sich aufbäumen, doch ich hielt sie mit meinen Händen an ihren Schenkeln.

Ich schmeckte sie und stöhnte, als sie fluchte, doch

ich ließ nicht nach, meine Zunge bearbeitete gnadenlos ihre Klitoris. Sie kam, ihre Stimme ganz heiser vom Schreien, und ich hielt nur inne, um meinen Penis an den feuchten Falten ihrer Pussy zu salben.

Sie sah ganz schön mitgenommen aus, wie sie da so am Boden lag, während ich erneut in sie hineinstieß, diesmal langsamer. Tief und langsam. Sie beobachtete mich mit halb verschleiertem Blick, wie ich sie fickte, und ich wusste, dass sie ganz neben sich stand. Das Wissen, dass ich solch ein Hochgefühl in ihr erregt hatte, dass sie sich so gut fühlte, törnte mich nur noch mehr an, so wie auch der Anblick ihrer Titten, die im Rhythmus wackelten.

„Du kannst mich ruhig fester ficken", flüsterte sie, nachdem wir ein paar Minuten ganz sachte und vorsichtig gemacht hatten. „Ich möchte sehen, wie du kommst."

Ich war nah dran. So verdammt nah dran.

„Ich möchte nicht, dass es für dich zu viel ist."

Lauren reagierte darauf mit einer Hüftbewegung, als ich meinen Schwanz tiefer und fester als beabsichtigt in sie hineinstieß. „Du bist perfekt für mich."

Wir sahen uns in die Augen, als ich mein Tempo wieder beschleunigte. Ich spürte, wie meine Eier sich zusammenzogen, und mein Atem kam unregelmäßig, während ich in sie hineinrammte. Bald schon schloss sie stöhnend die Augen, und ihre Hände griffen nach der Flurecke, um sich an irgend etwas festzuhalten.

„Komm auf meinen Titten", hörte ich sie nur gerade über das Rauschen des Blutes in meine Ohren sagen.

Nach Luft schnappend, zog ich ihn aus ihr heraus und

streichelte meinen Schwanz, sodass sich meine Ladung über Laurens vor Schweiß glänzenden Brüsten ergoss. Meine Brust hob und senkte sich, als ich sah, wie mein Sperma sich über ihren nackten Körper ausbreitete.

Lauren lächelte zu mir auf, und als sie wusste, dass ich ihr zusah, strich sie mein Sperma über ihren noch harten Nippel. „Sag mir Bescheid, wenn du bereit für die nächste Runde bist, alter Mann." Sie lachte und lutschte ihren Finger ab.

Ich grinste. „Ich muss nur mal eben den Keksteig und das Eis in den Kühlschrank stellen."

Sie runzelte die Stirn. „Keksteig und Eis?"

Ich schüttelte den Kopf. „Lange Geschichte."

KAPITEL DREIZEHN

Lauren

Ich bin noch nie härter rangenommen worden.

Es war wild und animalisch und gierig, und ich habe es geliebt. Ich hatte ihn ganz gebraucht, er hatte mich ganz gebraucht, und wir haben es uns beide gegeben. Alles. Er hat mich gefickt, als wäre es der letzte Fick seines gesamten Lebens, und ich bin gekommen, als wäre es mein letzter Orgasmus.

Natürlich waren da noch die anderen drei Orgasmen, die er mir im Laufe der Nacht beschert hatte, doch das ist nicht der Punkt. Ich habe mir das Hirn rausficken lassen, und als ich so über die Flure des Krankenhauses ging, fragte ich mich, ob ich jetzt vielleicht krummbeinig lief, oder ob die Leute genau wussten, warum ich ständig so lächelte, oder ob die Leute noch den Schweiß, den Moschusduft und den Samen auf meinem Körper riechen konnten. Doch in diesem postkoitalen Segen war mir das ehrlich scheißegal.

Ich wusste, später wäre das nicht mehr so. In den kommenden zwei Wochen war das Leben perfekt.

Ich erhaschte Blicke von Ryan auf der anderen Seite des Schwesternzimmers, und wir sahen einander in die Augen. Ein kleines Lächeln von uns beiden, mehr nicht. Doch das reichte schon. Ryan nutzte jede Gelegenheit, um mich nach meiner Einschätzung einer Patientenakte zu befragen oder nach der Anamnese oder dem Behandlungsplan, und er stand dann ganz nah bei mir, um auf dieses oder jenes zu deuten. Ich konnte seinen Atem an meinem Hals spüren, und jedes Mal schickte es mir Schauer den Rücken hinunter.

Ich rief ihn immer wieder in mein Büro, damit wir diskret unterm Tisch füßeln konnten, bevor ich Dummerchen vergaß, weswegen ich ihn überhaupt gerufen hatte. Fünfzehn Minuten später fiel es mir dann immer wieder ein. Nur, um es dann prompt wieder zu vergessen.

„Ich ruf dich noch mal, wenn es mir wieder einfällt", sagte ich laut genug, damit die Mitarbeiter es durch die offene Tür hören konnten.

Er zwinkerte dann mit schelmisch funkelnden Augen und sagte: „Das hoffe ich doch."

Ryan schrieb mir „Nordtreppenhaus", und ich entschuldigte mich dann aus Marcus' Büro oder meiner Besprechung mit einem Pharmareferenten und versuchte, nicht dort hin zu rennen. Wir hielten uns die Hände auf den Mund, um unser Kichern zu dämpfen, damit es nicht zu jeder Etage hinauf und hinunter hallte, bevor wir dem anderen dann rasch einen Kuss auf die Lippen, den Hals, hinters Ohr, auf die Nase drückten. Nur kleine Schmatzer und sehnsuchtsvolle Blicke, dann ging ich zur nächsten Etage hinauf, er zur nächsten hinunter, und ich lauschte voller Verlangen auf seine letzten Schritte, bevor sich seine Tür schloss, erst dann öffnete ich meine.

Wenn die Mitarbeiter, Schwestern und Patienten in der Nähe waren, hieß es immer ‚Dr. Castle' und ‚Dr. Decker', doch auf einem verlassenen Flur oder in einem einsamen Aufzug oder einem leeren Patientenzimmer war es ‚Ryan' und ‚Lauren', ‚Baby' und ‚Liebling' und ‚Süßes', geflüstert in leisen, verzweifelten Lauten.

Nachts fickten wir bei ihm. Morgens fickten wir bei mir. Wir fickten unter der Dusche, wir fickten in seinem Auto, wir fickten auf dem Dach, nachdem wir den Zugang mit einer rostigen Bank versperrt hatten. Ich fühlte mich neu, anders, verändert. Das Leben war aufregend. Ryan war aufregend. Es war ein Geheimnis, und es war unser Geheimnis.

Wir sprachen auch viel. Ryan bestätigte, dass er die Oberarztposition am Graton's annehmen würde, wenn man sie ihm anbot, was natürlich so kommen würde. Ich wusste, dass ich mich irgendwann mit dem Krankenhaus auseinander setzen musste und wahrscheinlich mit wenig begeisterten Leuten von der Personalabteilung. Wahrscheinlich gab es eine Menge Papierkram. Hoffentlich nicht mehr. Doch all das erschien unbedeutend, weit weg, unwichtig und folgenlos, in diesen ersten paar Tagen, in denen wir uns einander hingaben.

Selbst, dass mein Handy ständig mit Samuels Nummer klingelte, störte das Glück, das ich mit Ryan empfand, nur wenig. Ich hätte es wissen müssen, dass er weiterhin anrufen würde. Ich hätte wissen müssen, dass ich irgendwann rangehen musste.

„Dr. Decker?"

Ryan berichtete mir gerade von einem Patienten, der zur Kontrolle gekommen war, nachdem er vor einem Monat einen Bypass bekommen hatte. Wir standen näher nebeneinander als wir gesollt hätten, näher, als zwei normale Kollegen beieinander stehen würden. Er sah von der Akte, aus der er las, zu mir auf, und ich musste lächeln, als er den Faden verlor, die Stelle auf der Seite verlor, seine Fähigkeit, Worte zu bilden, verlor.

Dann räusperte er sich und begann jedes Mal wieder von vorn, und dann standen wir da, zehn Minuten lang an den Empfangstresen beim Schwesternzimmer gelehnt, und hatten gerade mal die Grunddaten des Patienten besprochen. Er konnte nicht sprechen, wenn er mich ansah, und ich verlor mich immer wieder darin, wie weich seine Wimpern aussahen, die dunklen Stoppeln an seinem starken Kiefer, wie seine Zunge immer, wenn er mir in die Augen sah, über seine Lippen fuhr.

„Dr. Decker?"

Ich drehte mich um und war beinahe überrascht, festzustellen, dass ich auf dem weißen Linoleum im dritten Stock des Krankenhauses stand, und nicht auf der Couch saß, meine Beine über Ryans Schoß gelegt, bis spät in die Nacht mit nur einer Lampe. Kopfschüttelnd lächelte ich

Sanchez an.

„Was ist los?"

„Anruf für Sie auf Leitung 3."

Die Praktikantin saß am Telefon an dem Tresen, an dem ich mit Ryan stand, daher sagte ich ihr, ich werde den Anruf in meinem Büro annehmen. Als ich gehen wollte, berührte Ryans kleiner Finger ganz sacht die Seite meiner Hand, und ich musste all meine Selbstkontrolle aufbringen, nicht zu ihm zurückzusehen, als ich den kurzen Weg zu meinem Büro ging.

Zu aufgedreht, um mich zu setzen, schob ich mir das Haar aus meinem erröteten Gesicht und stellte das Telefon auf Leitung 3 um.

„Dr. Decker am Apparat."

„Lauren."

Ich hörte auf, auf und ab zugehen, und schaute zum ersten Mal auf die Nummer des Anrufers hinunter. ‚Mist', formte ich mit meinen Lippen. Es war Samuel.

„Samuel, hi. Du, ich hatte eine Menge zu tun mit diesem neuen Assistenten hier, um ihn ein wenig anzutreiben und so." Keine Lüge. „Alles in Ordnung?"

„Wolltest du mir aus dem Weg gehen, Lauren?"

„Nein, ich–"

„Denn ich dachte, wir machen Fortschritte."

Ich rieb mir die Augen und schloss rasch die Tür zu meinem Büro. Ich sah Ryans besorgten Blick, kurz bevor ich mich erschöpft gegen die Tür lehnte und mir vorzustellen versuchte, wie ich damit jetzt umgehen sollte.

„Lauren?"

Ich sackte in meinen Stuhl und stützte meine Ellbogen auf den Tisch.

„Ja, bin noch dran", sagte ich. „Hör mal, Samuel, neulich Abend, das war … nett. War es wirklich. Aber, na ja, ich kann nicht zurückgehen."

Auf der anderen Seite war ein unterdrücktes Schnauben zu hören.

„So siehst du mich also? Als einen Rückschritt?"

„Nein", beharrte ich kopfschüttelnd. „Nein, das habe ich nicht gesagt. Es ist nur, dass–"

Samuels Stimme wurde lauter. „Ach, bist du dir jetzt zu gut für mich?"

„Samuel, bitte–"

„Du hast jemand anderen zum Ficken gefunden, und jetzt brauchst du mich nicht mehr, wie du mich immer gebraucht hast. Was hast du an dem Abend noch gesagt? Du könntest dir einen jungen Typen zum Ficken aussuchen. Einen Bankangestellten? Einen Angestellten im Supermarkt? Einen Stripper? Einen jungen Assistenzarzt? Welcher ist es, Lauren?"

Meine Fingerknöchel waren ganz weiß, so sehr krallte ich mich an der Tischplatte fest.

„Ich verbitte mir, dass du so mit mir sprichst", sagte ich, und meine Stimme zitterte beinahe vor Wut. „Hast du verstanden?"

Samuel seufzte, und ich ließ ihm Zeit sich zu beruhigen, als es auf der anderen Seite der Leitung still war. Ich wünschte Samuel nichts Schlechtes. Zumindest jetzt nicht mehr. Und ich wollte, dass er es verstand. Doch ich war nicht mehr jemand, der es zuließ, dass er schlecht behandelt wurde.

„Ich habe mich verändert", sagte ich endlich, als ich ihn gleichmäßig atmen hörte und mir vorstellte, dass jetzt weniger Dampf aus seinen Ohren kam. „Ich bin nicht mehr die Person, in die du dich verliebt hast, die du geheiratet hast, die du kanntest. Jene Person wird dich immer lieben, Samuel. Aber jene Person bin ich nicht mehr. Und ich kann nicht mehr dazu zurückkehren, jene Person zu sein."

Samuel war still. Dann: „Und was, wenn der Typ dich fallen lässt, hm? Was, wenn du wieder ganz allein bist?"

„Samuel."

„Du meinst, du hast dich verändert, Lauren, doch das hast du nicht. Du brauchst mich." Seine Stimme wurde wieder lauter.

Meine war ruhig. „Das tue ich nicht."

„Du wirst meine Aufmerksamkeit und Zuneigung brauchen, wenn du wieder allein bist, und du wirst wieder allein sein."

„Hör auf!"

„Du wirst mich brauchen, wenn ich Marcus' Job als Chefarzt der Chirurgie bekomme und du deinen verdammten Job behalten willst. Ich habe gerade einen Termin für das letzte Bewerbungsgespräch bekommen. Wir sind jetzt noch drei. Und du weißt, sie werden sich für mich entscheiden."

Nein, das würde ich nicht glauben. Ja, Samuel war ein brillanter Operateur, aber er war auch ein Arschloch. Sein Ego übertraf das der meisten Chirurgen, und das wollte schon was heißen. Marcus musste doch wissen, wie schlecht Samuels Persönlichkeit für die Arbeitsmoral sein würde.

„Wie heißt er?"

„Wie heißt wer?"

„Der Typ, mit dem du unsere Beziehung ruiniert hast."

Ich lachte, weil ich mich nicht beherrschen konnte. Jetzt bin *ich* plötzlich diejenige, die unsere Beziehung kaputt gemacht hat? Ich? *Ich?*

„Samuel", sagte ich ungläubig. „Es gibt keine Beziehung. Es hat schon sehr, sehr lange keine Beziehung gegeben. Und das weißt du auch."

„Wie heißt er?"

Ich konnte es nicht fassen.

„Du machst dich zum Narren, Samuel."

Jetzt war er wütend. „Nein, du bist der Narr, Lauren. Du bist der Narr, der meint, mich nicht zu brauchen. Mich und meinen fickenden Schwanz, den du so gerne gelu–"

Ich legte auf und sah, wie meine Hände zitterten, wo sie auf dem Tisch lagen.

Ich wusste, tief im Innern, er war nicht wütend, weil ich nicht mehr ihm gehörte, dass ich ihm nicht mehr gehören würde. Sein Stolz war einfach verletzt, ich hatte es gewagt, den unersetzbaren Samuel Decker durch einen anderen Mann zu ersetzen.

Es wird schon wieder gut werden, redete ich mir selbst wieder zu. Mach dir deswegen keine Sorgen. Samuel wird Marcus' Job nicht bekommen. So brutal konnte das Leben einfach nicht zu mir sein. Nicht, wenn ich gerade erst anfing, glücklich mit Ryan zu sein.

Doch was, wenn er es herausfand?, flüsterte eine Stimme in meinem Ohr.

Was könnte er nicht nur meiner Karriere antun, sondern auch Ryans, wenn er von unserer Beziehung erfuhr?

KAPITEL VIERZEHN

Ryan

„Wer ist Jefferson?"

Lauren öffnete ein Auge und sah mich von der anderen Seite des Sofas aus an. Wir lagen einander gegenüber, und ich massierte langsam ihre Füße, während leise Musik aus den Lautsprechern in meiner Wohnung drang.

„Bitte?", fragte sie.

„Jefferson Airplane", sagte ich und küsste einzeln jeden Zeh. „Wer ist Jefferson, und warum besitzt er ein Flugzeug?"

Sie streckte sich gegen die Armlehne der Couch, und ich konnte ihren roten Tanga erahnen, da der Saum meines Sweatshirts, das sie trug, an ihrem Bauch hinauf gerutscht war.

„Ich weiß es nicht", gähnte sie. „Was designt *Desiigner*, und was hat das mit Pandas zu tun?"

Ich lachte und kitzelte sie spielerisch am Fuß. Es hatte vor einer Woche begonnen, nachdem wir gefickt hatten und atemlos im Bett lagen und nur unser Keuchen in der kühlen Sommernacht zu hören war. Wir waren bei Lauren und sie war vom Bett aufgestanden und hatte den Knopf an einem Lautsprechersystem gedrückt, den sie in ihrem Zimmer hatte. Ich lachte, als The Police erklang.

„Sag nichts", hatte sie nur gemeint, war zurück ins Bett gekrabbelt und hatte mit ihrer Hand meine nackte Brust gestreichelt.

Und so hatten wir abwechselnd unsere Lieblingsmusik gespielt: Musik, die unsere Eltern gemocht hatten, Musik, bei der wir unsere Jungfräulichkeit verloren hatten. Musik, die wir mit unserer Kindheit verbanden, unserer Teenagerzeit, unserer frühen Erwachsenenzeit.

Lauren ärgerte mich damit, dass ich zu jung war, um Prince ‚richtig' zu verstehen, und ich ärgerte sie, weil sie zu alt war, A$AP Rocky ‚richtig' zu verstehen. Doch auf diese Weise lernten wir einander besser kennen. Ich sah, wie ihr Gesicht zu strahlen begann, wenn ein bestimmtes Lied aus ihrer Erinnerung spielte, und ich hörte mit angespannter Aufmerksamkeit zu, wenn sie mir die Geschichte erzählte, die damit verknüpft war.

Heute Abend war ihr Abend, doch sie war die ganze Zeit über besonders schweigsam gewesen. Nachdem sie im Büro diesen Anruf entgegen genommen hatte, war sie reservierter gewesen, zurückhaltender. Ich hatte ihr geschrieben, wie ich es für gewöhnlich tat, um sie im Treppenhaus für einen kurzen, heimlichen Kuss zu treffen, und heute war der erste Tag gewesen, an dem ich ein ‚Nein' als Antwort erhalten hatte.

Besprechung in 5 Minuten. Kann nicht, sorry.

Beim Abendessen hatte sie ihr Stück Steak auf dem Teller herumgeschoben, und immer, wenn ich versucht hatte, Blickkontakt herzustellen, war ich abgeblitzt, und sie machte einen lahmen Versuch, über das Wetter zu reden oder den Verkehr in Denver oder die Erweiterung des Südparkplatzes am Graton's Gift.

Das Album, das wir uns angehört hatten, war zu Ende, und als wieder Schweigen herrschte, machte Lauren keine Anstalten, eine andere Platte von ihrer Liste aufzulegen. Ich rieb ihre Füße und beobachtete sie, während sie in den Raum starrte.

„Hey", sagte ich.

Sie drehte ihren Kopf, um mich ein wenig anzulächeln, doch dann legte sie ihn wieder auf die Armlehne und sagte nichts.

„Lauren."

„Ryan", sagte sie mit der gleichen Melodie.

Etwas stimmte nicht. Etwas hatte sie in diesem Büro beunruhigt, und sie wollte nicht darüber sprechen. Vorsichtig stellte ich ihre Füße neben mich auf die Couch und rutschte so unter ihren nackten Beinen hervor.

„Bin gleich zurück", sagte ich, worauf ich keine Antwort bekam.

Meine Füße patschten auf dem Holzfußboden, als ich in mein Zimmer ging und die Sachen durchwühlte, die ich mehr zufällig in den linken Teil meines Schranks gestopft hatte. Bei der dritten rissigen und verbeulten Schachtel fand ich, was ich gesucht hatte: meine alte Arzttasche von der Schule.

Grinsend ging ich zurück ins Wohnzimmer und blieb stehen, um an die Wand bei der Flurlampe anzuklopfen. Lauren öffnete verwirrt die Augen und starrte mich an, sie hatte sich keinen Zentimeter auf der Couch gerührt.

„Ms. Decker, sind Sie soweit?"

Sie runzelte die Stirn und betrachtete mich von oben bis unten. Ich stand da mit einem Stethoskop um den Hals, einem Arztkoffer in der Hand und nichts als Boxershorts am Leib.

„Was genau tust du da?", fragte sie langsam.

„Darf ich hereinkommen?"

Sie setzte sich auf, und ich musste lächeln, weil sie so niedlich aussah in meinem Sweatshirt, und weil eine Seite ihrer Haare ganz zerzaust war.

„Ich verstehe nicht, was du vorhast", sagte sie.

„Wunderbar." Ich ignorierte sie. „Ich bin Dr. Castle, und ich werde Sie heute untersuchen."

„Mich untersuchen?" Eine Sekunde, nachdem die Worte aus ihrem Mund gekommen waren, dämmerte es ihr, und ihre Lippen verzogen sich zu einem Lächeln.

Perfekt.

„Ja, ja. Es ist offensichtlich, dass etwas ganz Furchtbares nicht mit Ihnen stimmt. Ich bin froh, dass ich so schnell habe kommen können. Es hätte sonst tödlich enden können. Tödlich."

Ich setzte mich vor dem Sofa auf den Couchtisch und

öffnete meine Tasche neben ihr.

„Ryan—"

„Dr. Castle. Nun, wie fühlen Sie sich im Moment, Ms. Decker?"

Sie biss sich auf die Lippe. „Du willst wissen, wie ich mich gerade fühle?"

Ich nickte.

„Um ehrlich zu sein, habe ich mich nicht sehr gut gefühlt. Doch seit einer Minute fange ich…" Sie lächelte leicht. „… an, mich besser zu fühlen."

„So? Na, das ist gut. Sehr gut. Doch ich meine, wir sollten trotzdem mit der Untersuchung fortfahren, nur um ganz sicher zu sein. Fangen wir mit der Temperatur an", sagte ich und hielt zwei Thermometer hoch. „Was ist dir lieber?"

Jetzt musste sie tatsächlich lachen, und bei dem Laut wollte auch ich lachen. Gott, es fühlte sich so gut an, hier mit ihr zu sein, zu wissen, dass, selbst wenn sie gestresst und übellaunig war – auch wenn ich nicht wusste, weshalb – ich etwas Licht in ihr Leben bringen konnte.

„Du wirst nicht in die Nähe meines Hinterns kommen", sagte sie.

„Dann also oral." Ich hielt das Thermometer an ihren Mund. „Ich selbst mag das besonders gern und du auch, soweit ich weiß." Ich legte meinen Handrücken an ihre Stirn. „Und jetzt Mund auf."

Sie öffnete den Mund und streckte die Zunge heraus. Ich schob das Thermometer hinein und tippte ihr Kinn an, damit sie den Mund wieder schloss. Sie beobachtete mich, als ich zurückging und meine Tasche durchsuchte.

„So, wenn du mir einfach erzählt hättest, was los ist, dann müsste ich das alles nicht machen", sagte ich und schaute sie an, während ich den Reflexhammer nahm.

„Nichts ist los", murmelte sie um das Thermometer herum.

Ich stellte mich so, dass meine Knie links und rechts ihrer Beine waren und klopfte mit dem Hämmerchen vorsichtig gegen ihr Knie. Ihr Fuß zuckte vor, und ich nickte, als wäre dies wirklich eine Untersuchung und als freute ich mich, dass die Reflexe des Patienten in Ordnung waren. Ich wiederholte dies am anderen Knie mit dem gleichen Ergebnis.

„Alles gut soweit", sagte ich und legte den Reflexhammer beiseite. Ich zog das Thermometer aus ihrem Mund, legte auch das beiseite, dann legte ich meine Hand auf ihren Schenkel und knetete ihr Fleisch mit dem Daumen.

„Folge meinem Finger", sagte ich mit leiser Stimme. Sie legte ihre Hand auf meine und folgte meinem Finger mit den Augen, hoch, runter, zur Seite, im Kreis.

Hin und her strich ich mit meinem Daumen über die babyweiche Haut an ihrem Innenschenkel, während ich ihr in die Augen leuchtete. Ich spürte, wie sich der verkrampfte Muskel ein winziges bisschen entspannte, als ich auch das andere Auge untersuchte.

Langsam senkte ich das Licht, und wir saßen schweigend nah beieinander.

„Soll ich dein Herz untersuchen?", fragte ich.

Sie zögerte, dann nickte sie.

Ich beugte mich vor, um zwei zahme Küsse auf jede ihrer Wangen zu drücken. Ich nahm das Stethoskop von meinem Hals und hauchte warme Luft darauf, um das kühle Metall anzuwärmen. Ich rieb meine Hand an ihrem Bein, bis ich am Bündchen meines grauen New York Metro Krankenhaus Sweatshirts angekommen war. Ich sah zu Lauren auf.

„Darf ich?"

„Bitte."

Ich spreizte ihre Beine und kniete mich zwischen sie auf den Boden. Dann hob ich das Sweatshirt so weit an, dass das Stethoskop drunter passte.

Ich breitete eine Hand auf ihren Bauch und spürte, wie ihre Muskeln nervös zuckten, als ich meine Knöchel zwischen ihre Brüste schob und das Stethoskop über ihrem Herzen anlegte. Ich steckte meine Finger noch unter das seidige Material ihres Tangas, dann rückte ich die Ohrbügel zurecht.

Lauren beobachtete mich, während ich ihrem Herzschlag lauschte. Als ich den Kopf des Stethoskops bewegte, berührte mein Handgelenk ihren Nippel unter meinem Sweatshirt, und ihr Puls beschleunigte sich daraufhin. Ich strich mit meinem Daumen über dem Stoff über ihrer Pussy, und Lauren wand sich, während ich hörte, wie ihr Herz pochte. Ich schloss meine Augen und lauschte nur auf sie, während ich sie berührte, und bewertete meine Bewegungen nach der Reaktion ihres Herzens. Ich spürte, wie sie unter meinen Fingern feucht wurde, und ich öffnete meine Augen und sah, wie sie sich auf dem Sofa rieb, die Lippe zwischen den Zähnen, die Augen geschlossen.

Ich beobachtete sie und kratzte mit meinen Zähnen über die Innenseite ihres Schenkels, knapp unter ihrer feuchten Pussy, und ihr Rücken bog sich durch. Ich küsste sie an ihrer zitternden Haut entlang und leckte sie neben ihrem nun feuchten Tanga. Ihr Herz donnerte immer schneller, als ich sie durch die Seide, die nass von ihr, nass von mir war, saugte und leckte und küsste.

Ich spürte, wie die Beule in meiner Boxershorts immer größer wurde, und ich legte rasch meine Hand auf meinen Schwanz, um den Druck zu erleichtern. Ich wollte, dass es jetzt nur um Lauren ging, nur um ihre Lust, nur darum, sie zu heilen. Meine Hand lag noch auf dem Kopf des Stethoskops und rutschte wieder unter mein Sweatshirt, das sie trug, und meine Finger glitten an ihrer Seite entlang.

Ihr Nippel war hart und ich biss mein eigenes Stöhnen beiseite, denn ich wusste, er war hart geworden, ohne dass ich ihn überhaupt berührt hatte. Ich rieb das grobe Material meines Sweatshirts hin und her über die spitze Knospe und leckte sie weiter durch ihr Höschen.

Ich konnte Lauren nicht hören, doch ihr Herzschlag sagte alles, und ich war hart, und es kam schon etwas Samen, während ich mit ihren Titten spielte, die ich fühlen, aber nicht sehen konnte.

Ich vermisste gleich das weiche Gefühl ihrer Brüste, als ich meine Hand von ihnen nahm und blind auf dem

Sofa nach Laurens Hand tastete. Ich packte ihr Handgelenk und führte es zum Stethoskop, und sie schien gleich zu verstehen, was ich vorhatte, denn sie hielt den Kopf weiter auf ihrem Herzen.

Mit meiner freien Hand zog ich ihren feuchten Tanga an ihren Beinen hinunter und warf ihn über meine Schulter. Mit ihrer Hand auf dem Herzen beobachtete Lauren mich mit verschleiertem Blick, als ich meinen Kopf wieder zwischen ihre Beine legte. Sie spreizte sie ein wenig weiter, und mein Schwanz zuckte, als ich sah, wie sie ausgebreitet für mich dalag.

Ich schloss meine Augen und ließ mich von dem Pa-dong, pa-dong, pa-dong ihres Herzens treiben, während meine Zunge gegen ihre Klitoris schnalzte. Zu wissen, dass das Laurens Herz war, und zu wissen, dass Laurens Herz schneller schlug als die flatternden Flügel eines kleinen Vogels, törnte mich mehr an, als ich ohne Berührung für möglich gehalten hätte.

Sie hob ihre Hüfte, als ich gnadenlos mit meiner Zunge ihre Klitoris bearbeitete, und ihr Herz machte meine Ohren taub. Es erreichte einen fiebrigen Höhepunkt, und ihre Hand lag in meinen Haaren, zog verzweifelt an ihnen, als sie kam. Ich labte mich an der Feuchtigkeit, während ihr Körper sich verkrampfte und ihr Puls sich nach und nach verlangsamte.

Ich hörte erst auf, als Lauren das Stethoskop losließ und die Geräuschkulisse ihres Herzens verschwand. ich sah zu ihr auf, und sie griff gleich nach dem Saum des Sweatshirts und zog es über ihren Kopf.

Sie rutschte vom Sofa auf meinen Schoß, schob meine Brust zurück, sodass ich flach auf dem Boden lag, parallel zur Couch. Über mir hielt sie mir ihre offene Hand entgegen.

„Lauren, du musst nicht–"

„Gib es mir."

„Das war doch nur für dich, du–"

„Wenn du mein Herz bekommen hast", sagte sie bestimmt, „dann bekomme ich auch deins."

Meine Brust hob und senkte sich, als ich die Lust in ihrer Stimme hörte, ich nahm mir die Ohrbügel heraus und reichte sie ihr. Ich hob meine Hüfte, damit sie meine Boxershorts leichter ausziehen konnte und stöhnte vor Erleichterung, als mein Schwanz befreit heraussprang. Lauren legte nun das Stethoskop an mein Herz, steckte sich die Bügel in die Ohren, und nur ein einziger Blick genügte, und ich hielt es mit meiner Hand dort fest.

Als ich sah, wie sie auf mir saß mit dem Stethoskop, mit nackten Titten, ihre Brust noch gerötet, weil sie gerade erst gekommen war, hätte ich beinahe abgespritzt. Mein Schwanz pochte, als sie ihn ein paarmal schnell streichelte, dann ließ sie sich auf mir nieder.

Überrascht wurden ihre Augen ganz groß, als sie auf mich hinabsah. „Ich kann dich hören", sagte sie und beugte sich vor, um mich zu küssen. Sie küsste mich hinterm Ohr, an meinem Hals. „Ich höre dich", wiederholte sie immer wieder, während sie ihre Hüfte bewegte. „Ich kann dich hören."

Lauren legte ihre Arme rechts und links neben meinen

Kopf und ließ ihre Hüfte sinnlich kreisen. Sie grinste, als meine Hüfte nach oben stieß, und ich stöhnte. Ich bin mir sicher, dass mein Herz raste. Ich bin mir sicher, dass sie es hörte. Ich war nah dran und wusste, dass mein Herz donnerte.

„Fuck, ich komme", keuchte ich.

Doch als ich aufsah waren Laurens Augen geschlossen, als sie sich erneut auf meinen Schwanz senkte. Sie hatte sich vollkommen dem Moment hingegeben, ihrer Bewegung auf meinem Schwanz. Ich wusste, wie sich das anfühlte, im Pochen eines Herzens verloren zu sein, dessen Explosion man selbst verursachte. Ich beobachtete sie, denn sie sah so perfekt aus, sie klang so perfekt, sie fühlte sich so verdammt perfekt an.

Ihre Titten glitten über meine Brust, und sie wurde eng um mich, als sie kam, ihre Beine erbebten um mich herum. Da konnte auch ich es nicht mehr halten, und ich kam mit ihr zusammen, die Finger verschwitzt und zitternd auf dem Kopf des Stethoskops. Ich drückte ein weiteres Mal tief in sie hinein, bevor ich ihn dann herauszog, als sie auf meine Brust fiel und wir zusammen da lagen, während sie immer noch auf mein Herz lauschte.

Überrascht spürte ich, wie eine heiße Träne auf meinen Brustmuskeln landete. Besorgt zog ich die Ohrbügel des Stethoskops von ihren Ohren und hob ihr Gesicht. Sie schniefte und wandte scheu den Blick ab, ihr Herz gerötet, die Augen ein wenig verquollen.

„Lauren", sagte ich und nahm eine Träne von ihrer Wange, die hinunterkullerte, und betete, sie vergieße sie nicht, weil ich etwas falsch gemacht hatte. „Lauren, Baby, was ist los? Bitte, sag mir einfach, was los ist."

Sie schüttelte den Kopf, obwohl ich ihn in meinen Händen hielt, und sie griff nach dem Stethoskop.

„Hey, hey, bitte."

„Lass mich nur noch ein wenig länger lauschen", flehte sie. „Nur ein wenig länger, damit ich mich dran erinnern kann."

Mit einer Hand an ihrem Handgelenk hielt ich sie auf, versuchte sie mit tröstenden Kreisbewegungen um ihre Handgelenkknochen zu beruhigen. „Sprich mit mir", flüsterte ich und senkte mein Kinn, damit ich ihr in die Augen sehen konnte. „Sprich einfach mit mir."

„Ryan", flehte sie.

„Ich bin hier."

Lauren legte ihre Hand über mein Herz und sah auf mich herab.

„Es ist bloß", schluchzte sie und wischte sich mit der Hand unter der Nase entlang, und mein Herz brach für sie. „Es ist bloß, all das, all das mit dir – ich hatte nie gedacht, dass ich jemals so etwas haben würde."

Ich wollte ihr sagen, dass ich genauso empfand, doch ich schwieg und wartete so geduldig ich nur konnte darauf, dass sie weitersprach.

„Und ich habe das Gefühl, dass das, was wir haben, so zerbrechlich ist. Wir haben etwas Wundervolles und Kostbares aufgebaut, doch wir haben auf Stroh und Sand gebaut, und ich habe Angst, dass das alles einstürzen wird."

Ich rieb ihren unteren Rücken und zog sie näher an mich. „Warum denkst du denn das, Baby?"

„Weil", schniefte sie, „ich älter bin, und weil wir im gleichen Krankenhaus arbeiten, und weil ich deine Vorgesetzte bin. Die Leute werden immer über uns urteilen und uns anstarren und Dinge über uns sagen, sogar die, die uns nahe stehen. Wir werden immer allein gegen die Welt stehen, und sind wir stark genug, um dem zu widerstehen?"

Ich lächelte zu ihr auf. „Ich bin das nicht", sagte ich, und sie sah mich leicht verwirrt an. „Und du bist das nicht. Aber zusammen können wir es vielleicht sein, richtig? Zusammen können wir es vielleicht wenigstens versuchen. Aber ich möchte nicht aufgeben, nur weil es vielleicht schwierig werden könnte."

Lauren nickte. „Ich möchte ja auch nicht aufgeben. Ich habe nur Angst, dass wir keine Wahl haben."

Ich seufzte und nahm sie fest in den Arm. Ich wusste, dass das etwas mit dem Anruf vorhin in ihrem Büro zu tun hatte. Ich wollte sie nicht weiter bedrängen. Sie sprach kryptisch, doch ich meinte, die Wurzel dieses Problems zu kennen.

„Schau mal", sagte ich und drückte ihr einen Kuss oben auf den Kopf. „Ich weiß, dass das Krankenhaus die Dinge kompliziert macht. Also werden wir einfach Nägel mit Köpfen machen, okay? Am Montag werden wir mit Marcus reden und ihm sagen, was los ist und wie wir empfinden. Dann werden wir sehen, was zu tun ist, damit es funktioniert, und von da an sehen wir weiter. In

Ordnung?"

Sie nickte an meiner Brust. „In Ordnung."

Ein sorgenvoller Knoten begann sich in meinem Magen zu formen, doch ich schob ihn beiseite, um für Lauren stark zu sein, die ganz klar traurig war.

„Aber wir machen uns wegen Montag keine Sorgen, bevor nicht Montag ist, okay?"

„Okay", murmelte sie.

Sie war dabei einzuschlafen, und ich bewegte mich so, dass ich mich aufsetzen und sie in die Arme schließen konnte. Ich trug sie in mein Schlafzimmer und legte sie unter die Decke. Der Montag würde kommen. Natürlich würde er das. Doch bis dahin würde ich an ihr festhalten und ihr Herz an meiner Brust spüren.

Pa-dong, pa-dong, pa-dong.

KAPITEL FÜNFZEHN

Lauren

Ich fühlte mich am Montagmorgen unweigerlich erleichtert, als ich Marcus' Assistentin Judy anrief, während Ryan an meiner Tischkante lehnte, um sicherzustellen, dass ich mich nicht davor drücken würde, und diese mir mitteilte, dass Dr. Pierre bis Donnerstag bei einer Konferenz in Tucson war.

„Tja, das war's dann wohl", flüsterte ich Ryan schulterzuckend zu. „Danke Judy, ich–"

„Nein, nein", unterbrach Ryan. „Mach einen Termin für Donnerstag aus."

„Das können wir doch spä–"

„Dr. Decker." Seine Stimme war fest.

Ich seufzte, machte einen Gesprächstermin mit Marcus aus und legte auf. „Zufrieden?", fragte ich.

Er lachte, sah nach, dass die Tür auch wirklich geschlossen war, dann massierte er meinen Nacken. „Es wird alles gut werden", beharrte er, obwohl ich eindeutig nicht sicher war. „Das ist kein Vergehen, für das man entlassen werden kann. Wir bekommen vielleicht einen Klaps auf die Hand, weil wir nicht früher von unserer Beziehung erzählt haben, und dann eine Strafarbeit von einem Nachmittag Papierkram für die Personalabteilung erledigen. Das einzige, das wir riskieren, ist, dass wir uns am Papier schneiden."

Er küsste meine Wange und nahm sich seine Tasche. „Ich muss in ein paar Minuten bei einer Simulationsübung bei den Mitarbeitern des OP sein, ich muss also laufen." Auf dem Weg nach draußen lehnte er sich noch einmal kurz zurück in mein Büro. „Es wird alles gut werden, Laur – Dr. Decker."

Ich streckte wenig begeistert meinen Daumen hoch und las halbherzig die Mails vom Wochenende. In dem Moment, in dem wir Marcus' Büro betraten, würde sich alles ändern. Diese Beziehung würde sich verändern von heimlichen Blicken im Flur oder elektrisierenden Berührungen an meinem Tisch, hin zu etwas Realem. Sie wäre nicht mehr heimlich und unsere, sondern öffentlich und ihre. Sie würde alles verlieren, was sie zu der unseren und niemandes sonst gemacht hatte.

Doch als ich so dasaß und zum vierten Mal eine Dankesmail eines ehemaligen Patienten las, wusste ich, dass ich noch aus einem anderen Grund froh war, dass unser Treffen mit Marcus bis Donnerstag warten musste. So sehr ich auch gemeint hatte, ich wäre darüber hinweg, machte es mir doch noch Sorgen, welchen Einfluss es auf meinen Ruf im Krankenhaus haben würde, in der Welt der Medizin, verdammt, auch in der wahren Welt. Es war nicht so, dass ich mich deswegen schämte. Zumindest meinte ich das. Doch es musste einen Grund geben, weswegen ich es weder Bonnie noch Raegan erzählt hatte, dass ich einen Mann gefunden hatte, mit dem ich mir gerade etwas Besonderes aufbaute. Bonnie wusste nur, dass ich mich im Club an einen jüngeren Hottie rangemacht hatte, mit dem ich zusammenarbeitete.

Vielleicht war es bloß, weil ich so hart und so lang daran gearbeitet hatte, mir einen professionellen Ruf aufzubauen, dass die Leute mich respektierten, sodass ich nicht wollte, dass es in einem einzigen Nachmittag einfach zerstört würde. Und ich wusste, dass ich einen größeren Dämpfer zu erwarten hatte als Ryan. Natürlich war er ein hübscher junger Mann. Er würde ein High Five von seinen Kumpeln bekommen und ein Bier ausgegeben in der Bar. Ich würde Bruchstücke von Getratsch in der Damentoilette und im Aufzug darüber hören, dass ich einen so jungen Partner hatte.

Die Leute würden sagen, dass er mich nur fickte, um sich auf guten Fuß mit seiner Vorgesetzten zu stellen. Ich könnte seine Karriere so richtig ankurbeln, aber ich könnte sie auch untergraben. Die Leute würden sagen, er hätte mich mit dem Hintern nicht angesehen, wenn ich nicht diese Macht besäße. Ryan hätte sich irgendeine heiße Fünfundzwanzigjährige gesucht mit einem festeren Arsch und weniger feinen Linien und Fältchen um den Augen.

Das Gerücht würde sich auch in meinem kollegialen

Netzwerk ausbreiten. So groß war die Welt der Kardiologie nicht, und bald würden alle wissen, dass Dr. Decker sich mit ihrem jungen Assistenzarzt traf. Wie jung? Zehn verdammte Jahre jünger. Meine männlichen Kollegen würden auf nicht ein Wort mehr hören, das aus meinem Mund kam. Ich käme für medizinische Auszeichnungen nicht mehr in Frage. Mein Erklimmen der Leiter wäre damit beendet.

Ächzend legte ich meinen Kopf auf den Tisch und sagte mir, dass ich mich hinreißen ließ. Das setzte ich mir alles selbst in den Kopf. Es war nicht real. Keinen interessierte es, mit wem man zusammen war. Ein hart erarbeiteter Ruf war stärker als das. Die Menschen im eigenen Fachbereich respektierten einen viel zu sehr, als dass sie zulassen würden, dass etwas so Dummes eine perfekte Bilanz in Frage stellen könnte.

Ich war einfach nur nervös. Das war's. Ich war nervös davor, mit Marcus reden zu müssen, und meine Gedanken überschlugen sich. Ich atmete tief ein und wiederholte es, bis meine Hände nicht mehr ganz so verschwitzt waren.

Ich konzentrierte mich auf Ryan. Nein, ich konzentrierte mich auf *uns*. Wie er gesagt hatte. Keiner von uns war stark genug, das alleine durchzustehen. Aber zusammen. Zusammen konnten wir es schaffen. Ich begann mir vorzustellen, wie unser gemeinsames Leben aussehen könnte.

Wir arbeiteten beide in diesem schwierigen, anspruchsvollen Beruf, wir würden einander verstehen. Wir würden einander in schwierigen Zeiten unterstützen und in guten Zeiten gemeinsam feiern.

Ich würde ihm Kaffee eingießen, während er unsere Aktentaschen nahm, und dann würden wir gemeinsam zum Krankenhaus fahren. Wir wären da, zusammen. Und das wäre nicht die Art von Zusammen, die Samuel und ich hatten.

Bei ihm war ich schon froh gewesen, wenn wir uns ab und zu mal zufällig in der Ärztelounge begegnet waren. Mit Ryan wäre es anders. Es wäre liebevoll, achtsam und nahe. Es wäre warm. Es wäre alles, was ich mir wünschte. Alles, was ich nie gehabt hatte.

Und auch wenn diese Gedanken ein Lächeln in mein Gesicht zauberten und den Kopfschmerz beruhigten, der nicht aus meiner Stirn weichen wollte, gab es da immer noch diese kleine Stimme, die mir zuflüsterte, dass all das unmöglich war. Es konnte einfach nicht sein.

Ich schüttelte den Kopf und flüsterte. „Es wird so sein. Es *wird* so sein."

„Was wird wie sein?"

Überrascht schaute ich auf und sah Samuel, der sich an den Türrahmen meines Büros lehnte. Er hatte ein verschmitztes Lächeln im Gesicht, und seine Hände waren locker in den Taschen seines Arztkittels vergraben.

„Wer hat dich denn hereingelassen?", fragte ich.

Ich versuchte, mich von meinem Schock zu erholen, und zog meine Schultern zurück. Doch unter dem Tisch waren meine Knie bestimmt knallrot, weil ich meine Hände hineinkrallte.

„Mich hereinlassen?" Samuel grinste und schloss

langsam die Tür hinter sich, dann kam er näher und lehnte sich an meine Tischkante. „Mich kennt hier doch jeder, Lauren. Das solltest du wissen."

„Das ist nicht der Punkt. Du arbeitest hier nicht mehr."

„Nein, das tue ich nicht. Dafür hast du ja gesorgt."

Ich seufzte. „Du hast dich entschieden zu gehen, Samuel. Du sagtest, du wolltest mir die Dinge erleichtern, nachdem du unser Ehegelübde gebrochen hattest, aber es war immer noch *deine* Entscheidung. So wie es deine Entscheidung war, dich für einen Job zu bewerben, der dich hierher zurückbringt."

„Ich hätte erst gar nicht gehen sollen. Ich habe mich von meiner Schuld und deiner Überreaktion hinreißen lassen. Ich hätte um dich kämpfen müssen. Um diesen Job kämpfen müssen. Hier Chefarzt zu werden wird diesen Fehler beheben."

Er hätte mich beinahe drangekriegt, als er sagte, ich habe auf seine Herumhurerei überreagiert. Irgendwie jedoch schaffte ich es, ruhig zu bleiben. Er ist nicht mehr mein Ehemann. Er hat keine Macht mehr über mich, nur die Macht, die ich ihm gebe. „Sieh mal, Samuel, es tut mir leid, aber ich muss arbeiten."

Ich schob meinen Stuhl zurück und wollte aufstehen, doch da lag Samuels Hand auf meinem Oberschenkel, und er drückte mich wieder auf den Stuhl.

„Ich habe einiges über deinen neuen Assistenzarzt gehört", sagte er und ich setzte mich wieder.

„Wie war doch gleich sein Name?", fragte Samuel.

„Robert? Rex?"

Ich starrte Samuel an und hielt mein Gesicht unbewegt. Vielleicht wollte er mich nur ködern. Vielleicht wusste er nicht, was zwischen uns beiden ablief.

„Dr. Ryan Castle ist eine sehr willkommene Ergänzung unseres Teams", sagte ich. „Oder, besser gesagt, das wird er sein, sobald er das Angebot des Graton's akzeptiert hat, hier Oberarzt zu werden."

„Hmm, ja. Ryan. Eine willkommene Ergänzung." Wieder lachte er, als wäre das irgendwie ein Insider, und ich zuckte zusammen. „Wie alt ist er noch mal?"

Mein Herz wurde schwer, als ich das finstere Aufblitzen in Samuels Augen sah. Ich hatte mir etwas vorgemacht. Natürlich wusste er es. Ich drehte mich in meinem Stuhl und klickte auf irgendeine Mail, auch wenn ich kaum geradeaus gucken konnte.

„Das ist keine Information, die du jetzt unbedingt bekommen musst, oder, Samuel?"

Ich spürte seine Hände an meiner Rückenlehne und seinen Atem in meinem Nacken, als er sich vorbeugte, um zu flüstern. „Und wie alt sind Sie, Dr. Decker?"

Ich schob meinen Stuhl zurück, dass er gegen ihn stieß und stand auf. „Du wirst sofort mein Büro verlassen." Ich deutete auf die Tür und rührte mich nicht, während Samuel einfach da stand und mich angrinste.

„Weiß Marcus davon?", fragte er.

„Verschwinde!"

Samuel ging zu meinem Bücherregal und nahm sich eine Auszeichnung, die ich im vorigen Jahr erhalten hatte.

„Ich frage mich, was er wohl über seine Lieblingschirurgin denken wird, wenn er erfährt, dass sie sich mit seinem jungen kommenden Staroberarzt eingelassen hat. Ich frage mich, was er wohl von der Presse hält, die das dem so ehrenhaften Graton's Gift bescheren würde."

Meine Schulter sackten hinunter, und ich fühlte mich, als hätte ich seit Tagen nicht geschlafen. Ich wollte am liebsten das Licht ausschalten, mich unter meinem Schreibtisch zusammenrollen und die Welt fernhalten, bis Ryan zurückkäme und mich fände und hielte.

„Was willst du, Samuel?", fragte ich. „Was könntest du mir noch nehmen wollen, das du mir nicht schon genommen hast?"

Selbst in meinen eigenen Ohren klang ich besiegt.

„Du hast mir letztes Jahr das genommen, was mir am liebsten war, Lauren, Liebes. Du hast meinen Ruf an diesem Krankenhaus genommen. Du hast mir den Respekt meiner Kollegen genommen. Du hast mir genommen, was ich mehr als alles andere geliebt habe…"

Für den Bruchteil einer Sekunde meinte ich, er würde jetzt „dich" sagen. In dem Blitz, bevor mein Verstand einsetzte, erwartete ich, meinen Namen von seinen Lippen zu hören. Von der Illusion kurzzeitig geblendet, überzeugte ich mich selbst, dass ich die eine Sache war, die er über alles geliebt hatte. Das war dumm.

„… meinen Job hier."

Wie wir noch vor einer Minute festgestellt hatten, war es Samuels Entscheidung gewesen, das Graton's zu verlassen. Er hätte nur eine Kleinigkeit sagen müssen, um die Sache zwischen uns ins Lot zu bringen. Doch irgendwie war dieser eine selbstlose Akt, den er vollbracht hatte, nachdem er mich betrogen hatte, nun auf den Kopf gestellt. Irgendwie gab er mir die Schuld. Irgendwie gab er mir an allem die Schuld, darunter die Beschädigung seines Rufs, die ihm widerfahren war, weil er mich betrogen hatte.

Ich sah den Hass in seinem Gesicht, als er weniger als eine Armeslänge von mir entfernt stand. Er dachte doch tatsächlich, dass das, was wegen seiner Affäre geschehen war, meine Schuld war. Er wollte, dass ich zahlte, und er würde, nie, nie einsehen, dass er sich das ganz allein eingebrockt hatte, er, der das Verbrechen begangen hatte, er, der es verdiente, dafür zu zahlen.

Verdammt, er hatte doch diese Schwester gefickt. Doch in seinen Augen war nichts als Hass für mich zu sehen.

„Also", sagte ich leise, denn mir war klar, dass ich es hier mehr mit einem verwundeten Tier als mit einem vernünftigen Menschen zu tun hatte. „Wirst du mir jetzt aus Rache meinen Job wegnehmen?"

Dieser widerwärtige Laut war wieder von seinen Lippen zu hören, und am liebsten hätte ich die Arme ausgestreckt und dieses Lachen aus seiner schwarzen Lunge erwürgt. Doch genau das hätte mir noch gefehlt. Dass ich einen Untergebenen datete würde wahrscheinlich nur ein Stirnrunzeln hervorrufen. Bei körperlicher Gewalt würde ich entlassen werden.

„Nein", sagte Samuel. „Ich werde dir nicht deinen kostbaren Job nehmen."

Verwirrt runzelte ich die Stirn. Er behauptete, ich habe ihm seinen Job genommen. Was könnte er sonst wollen? Wie sonst könnte er mir wehtun?

„Nein", fuhr er fort, ließ sich in meinen Stuhl fallen und legte seine Füße auf meinen Tisch, direkt auf den Stapel Papiere, der unterschrieben werden musste. „Du hast mir genommen, was ich am meisten geliebt habe, und ich werde dir das Gleiche antun."

Er wusste, er genoss meine volle Aufmerksamkeit, und er spielte wie ein Schauspieler auf der Bühne. Samuel war der Schurke in diesem Stück. Das war mir klar, während ich einfach da stand, still, hilflos, bedauernswert.

„Schau mal, ich kenne dich, Lauren. Du denkst vielleicht, ich täte das nicht, doch ich kenne dich. Und ich weiß, dass das, was du am meisten liebst, nicht deine Karriere ist."

Ich starrte ihn an, während ich verarbeitete, was er gerade gesagt hatte.

„Überrascht?", schnaubte er. „Nun, dann sei halt überrascht, denn ich bin mir nicht sicher, ob du das überhaupt selbst gewusst hast. Du dachtest wahrscheinlich, deine Karriere sei alles. Du dachtest, es seien dein Ruf und der Respekt deiner Kollegen und die Anerkennung, die Auszeichnungen und der Applaus bei Vorträgen und die höchste Erfolgsrate bei Operationen unter deinen Kollegen und die aufsteigende Kurve deiner Drittmittel und Fördergelder. Doch ich habe die ganze Zeit über gewusst, dass dem nicht so ist. Ich habe die ganze Zeit gewusst, dass wir verschieden sind, Lauren."

Beinahe spürte ich Trauer in seiner Stimme. Er sah mich an, wie man etwas ansieht, das man niemals haben kann: sehnsuchtsvoll, resigniert, Akzeptanz, all das in einem Blick.

„Seit dem Moment, in dem wir geheiratet haben, Lauren, wusste ich, ich würde dir nicht geben können, was du wirklich wolltest. Denn ich liebte die Arbeit über alles, und du liebtest mich über alles."

Ich öffnete meinen Mund, um zu protestieren, doch es waren keine Worte da. Das Argument, von dem ich immer gedacht hatte, es gäbe es, war nicht da. Ich starrte Samuel an, und in dem Moment wusste ich, dass es stimmte.

„Du willst Liebe. Die konnte ich dir nicht geben, und dafür hast du mich bestraft, indem du mir meine Karriere genommen hast. Oder das zumindest versucht hast. Wenn du mir meinen Fehltritt wenigstens verziehen hättest … wenn du es nicht gleich öffentlich gemacht hättest…"

Wie ehrlich, offen und menschlich der Moment auch immer gewesen sein mag, den wir geteilt hatten, er war mit einem schauderhaften Lachen zerbrochen, und dann war der hasserfüllte, herablassende, bittere Mann wieder auf meinem Stuhl.

„Bevor Marcus die Stadt verlassen hat, hat er mir gesagt, ich habe die Chefarztstelle so gut wie in der Tasche, Lauren."

Ich trat einen Schritt zurück und stieß gegen mein Regal, sodass eine gerahmte Auszeichnung herunterfiel und am Boden zerbarst.

„Du hast versucht, mir meinen Job zu nehmen, und ich habe einen besseren bekommen. Und sobald ich hier anfange, werde ich dir dein neuestes kleines, und ich meine kleines, Spielzeug nehmen."

„Es ist schon fest geplant, Ryan einzustellen. Du kannst ihn nicht ohne Grund hinausschmeißen", sagte ich und versuchte, die Verzweiflung aus meiner Stimme zu halten. „Selbst, wenn du Chefarzt bist, kannst du ihn nicht einfach loswerden, bloß weil du es gerne möchtest."

Samuel zuckte die Schultern. „Ich werde einen Grund finden", sagte er.

Mein Mund stand noch offen, als Samuel locker aufstand, seine Aktentasche nahm und zur Tür meines Büros ging.

„Du weißt, was zu tun ist, Lauren", sagte er. Er tippte sich an die Nase. „Du weißt es."

Er ließ die Tür offen, und ich hörte, wie er sich fröhlich von den Schwestern und den Büroangestellten verabschiedete.

„Ich sehe Sie alle bald", hörte ich ihn noch sagen, als der Aufzug dingte.

KAPITEL SECHZEHN

Ryan

Ich lehnte mich nach der Arbeit auf dem Parkplatz an die Kühlerhaube meines Autos und sah erneut auf mein Handy. Ich schob es in meine Hosentasche, als ich wieder feststellte, dass auf dem Bildschirm keine Nachrichten angezeigt wurden. Wie schon vor dreißig Sekunden.

Die Sonne blendete mich, und ich bedeckte meine Augen, während ich den Eingang zum Krankenhaus suchte. Ich entdeckte kein im Sonnenlicht glänzendes schwarzes Haar, kein freundliches Lächeln, weil sie mich auf sie warten sah, kein beschleunigtes Gehen, während sie auf mich zukam. Es war schon beinahe zwanzig Minuten nach dem heute Morgen vereinbarten Treffpunkt nach dem Ende unserer Schicht. Ich hätte wahrscheinlich genau sagen können, wie spät es war, doch ich wollte mir gegenüber nicht eingestehen, wie verrückt ich nach dieser Frau war.

Seufzend fischte ich mein Handy aus der Tasche und überprüfte noch einmal, dass es auf volle Lautstärke gestellt war – das war es. Ich hatte schon einmal nachgesehen. Nur um sicher zu gehen stellte ich auch noch Vibrieren ein.

Ich hatte Lauren an diesem Tag kaum gesehen. Ich hatte viel zu tun gehabt, und ich bin mir sicher, sie auch. Doch als ich so auf dem Parkplatz saß, fragte ich mich, ob da noch etwas anderes dahinter steckte. Als ich mir sicher war, dass mein tippender Fuß gleich ein Loch in den Asphalt hauen würde, zog ich mein Handy ein weiteres Mal heraus und wählte Laurens Nummer. Es klingelte und klingelte, und ich wusste, dass sie den Anruf nicht annehmen würde, bis das letzte Klingeln von ihrer Stimme unterbrochen wurde.

„Hey, sorry, ich brauche noch eine Weile."

Sie war sehr kurz angebunden, und ich dachte mir, dass sie gerade mit etwas sehr Wichtigem beschäftigt war. „Ich kann warten. Ich muss nicht–"

„Nein, nein", sagte sie. „Ich möchte nicht, dass du wartest. Es kann wirklich noch dauern. Können wir für heute Abend nicht einfach absagen?"

„Klar. Kann ich dann später zu dir kommen? Eine Flasche Wein und Essen mitbringen?"

Lauren war einen Moment ruhig, und ich sah nach, ob die Verbindung vielleicht unterbrochen worden war. „Ich bin einfach irgendwie müde", sagte sie endlich. „Ich glaube, ich sehe zu, dass ich hier irgendwie fertig werde, und gehe dann einfach schlafen."

Das passte gar nicht zu ihr. „Ist alles in Ordnung, Lauren?"

„Ja, ja", sagte sie hastig. „Hör mal, ich muss los. Hab einen schönen Abend."

Damit legte sie auf, und ich stand einfach da mit meinem Handy noch am Ohr. Ich lauschte länger auf die Stille, als ich sollte. Vielleicht hoffte ich, sie würde sich noch mal melden und rufen: „Reingelegt, bin auf dem Weg nach draußen!" Doch es blieb still.

Sie wollte nur mal einen Tag für sich, sagte ich mir. Solche Tage haben wir schließlich alle mal. Das war alles. Morgen wäre alles wieder beim Alten zwischen uns, versicherte ich mir, während ich in mein Auto stieg und ein letztes Mal zum Krankenhauseingang schaute, bevor ich davonfuhr.

Doch am nächsten Tag war gar nicht alles beim Alten zwischen uns. Es war nur schlimmer zwischen uns.

Immer wenn ich ihr Büro betrat und Anstalten machte, die Tür hinter mir zu schließen, schnappte sie sich einen Stapel Papiere und drückte sich an mir vorbei nach draußen.

„Sorry, ich muss die hier abliefern, die warten schon seit halb zehn darauf."

„Marcus hat angerufen – er braucht ein Update zu Mr. Pritchett für seine Akte. Ich muss laufen."

„Ich muss schon seit heute Mittag auf Toilette, das ist jetzt das einzige Mal, dass ich gehen kann bis nach der OP um vier Uhr. Schreib mir einfach auf, was du brauchst."

„Aufschreiben?", fragte ich, nachdem sie ohne einen

Blick an mir vorbeigeschossen war.

„Ja, ja!", rief sie mir über ihre Schulter zu, „auf meinem Schreibtisch liegen Post-Its."

Bei unserer Morgenbesprechung streckte ich meinen Fuß zu ihrem aus, wie ich es auch sonst getan hatte, und anstatt mich kurz anzugrinsen und mit ihrem Absatz mein Bein hinaufzustreichen, zog sie ihr Bein weg und legte ihre Beine von mir weg übereinander.

Das einzige Mal, dass ich neben ihr am Schwesternzimmer stand, versuchte ich mit meiner Hand über ihre zu streichen, doch sie ignorierte es.

„Dr. Castle", sagte sie, „könnten Sie bitte nach Mr. Levin sehen? Er sollte auf die OP vorbereitet werden, und ich wollte nur sicher gehen, dass er keine weiteren Fragen hat."

„Kümmern sich nicht sonst die Schwestern um so etwas?"

Lauren drehte sich endlich zu mir um, und das war das erste Mal an jenem Tag, dass sie mir wirklich in die Augen sah. Doch in ihren blauen Iriden war keine Spur von Flirten zu sehen. Kein Licht für mich in ihnen. Es gab keine tiefere Verbindung zwischen meinen und ihren, die mich hätte erahnen lassen, dass sie nur auf eine Gelegenheit allein wartete, um mir in die Arme zu fallen. Es waren die Augen eines Chefs. Es waren die Augen eines Chefs, der gerade einem Untergebenen aufgetragen hatte, etwas zu tun, und herausgefordert worden war.

„Ich habe aber *Sie* gebeten, Dr. Castle", sagte sie. „Ist das ein Problem?"

„Nein, Dr. Decker. Natürlich nicht." Wütend ging ich davon. Ich war so verdammt verwirrt.

Den Rest des Nachmittags hatte ich zu viel zu tun damit, im OP zu assistieren, um ernsthaft darüber nachzudenken, was eigentlich los war. Doch als Lauren meine Papiere unterschrieb, sah ich mich um, ob wir wirklich allein waren, und packte ihr Handgelenk, als sie mir meinen Stift zurückgeben wollte.

„Ich muss mit dir sprechen", sagte ich leise. „Jetzt."

Sie sah zu mir auf und seufzte. „Na schön."

Wir schlüpften ins Westtreppenhaus, wo es am unwahrscheinlichsten war, dass man uns sehen oder hören konnte, und ich verschränkte meine Arme, bevor ich mich an eine Ecke lehnte. Lauren saß auf den Stufen und schob sich die Haare aus dem Gesicht, während sie scheinbar etwas furchtbar Interessantes auf dem Beton zu ihren Füßen entdeckt hatte.

„Was ist los?", fragte ich, nachdem ich ein paar Minuten schweigend dagestanden hatte.

„Nichts ist los."

„Lauren."

Sie zuckte die Schultern. „Wir hatten Spaß", sagte sie. „Hatten wir wirklich. Und ich hatte ein wenig Spaß gebraucht. Aber wir können uns keinen weiteren Spaß mehr leisten."

Ich verstand nicht, was sie da sagte.

„Das also bin ich für dich?", fragte ich. „Spaß?"

Sie biss sich auf die Lippe und sah zu mir auf. „Was möchtest du denn hören, Ryan?"

Frustriert warf ich meine Hände in die Luft. „Ich weiß nicht, Lauren. Die verdammte Wahrheit?"

„Du möchtest die Wahrheit?"

„Ja."

Sie stand auf und stellte sich direkt vor mich. „Die Wahrheit ist, dass wir dumm waren, als wir dachten, wir könnten unsere Jobs behalten und eine Beziehung miteinander haben. Die Leute werden uns nicht lassen."

„Welche Leute? Marcus?"

Sie schüttelte den Kopf, ging aber nicht weiter drauf ein.

„Wer dann? Die Krankenhausangestellten? Andere Assistenzärzte. Andere Ärzte?"

„Ja, die alle. Und noch andere."

„Wer, Lauren?"

„Samuel! Samuel wird uns nicht lassen!"

„Spielt das eine Rolle? Ich dachte, du wärst über ihn hinweg. Ich dachte, du hättest dich für mich entschieden."

„Ich bin über ihn hinweg. Und ich habe mich für dich entschieden! Aber er – er weiß von uns, Ryan, und er sagte, er sei schon mit einem Fuß auf der Chefarztposition."

„Und das hast du ihm geglaubt? Der ist doch ein verlogener Bastard, Lauren."

„Wie dem auch sei, aber wenn er Marcus' Stelle bekommt, kann er uns das Leben zur Hölle machen. Er kann dafür sorgen, dass du keine Stelle in diesem Krankenhaus bekommst, Ryan."

„Das ist ein Risiko, dass ich einzugehen bereit bin."

Die Worte kamen schnell. Selbstbewusst. Einen Moment lang hatte ich mich selbst damit überrascht, doch was ich sagte war die Wahrheit. Wenn es hart auf hart kam und ich meinen Job am Graton's aufgeben musste, um Lauren zu behalten, dann würde ich es tun. Aber nicht kampflos.

„Ich nicht", flüsterte sie.

Mein Kopf schoss in die Höhe. „Was?"

„Ich bin nicht, bereit, dieses Risiko für dich einzugehen, und ich bin nicht bereit, dieses Risiko für mich einzugehen. Ich habe – ich habe hart dafür arbeiten müssen hierherzukommen, Ryan, und möchte nicht wieder gegen Samuel kämpfen müssen. Während alle uns zusehen. Partei ergreifen. Sogar *Wetten* abschließen. Das war schon einmal unangenehm, und jetzt mit dir wird es noch unangenehmer werden."

„So unangenehm, dass du das, was wir haben, wegwerfen möchtest?"

Sie sah verloren aus. Traurig. Doch ich sah noch etwas anderes dort. Entschlossenheit. Sie wollte nicht nur, dass ich glaubte, was sie sagte; sie glaubte es selbst.

Sie fand nicht, dass es sich lohnte, für das zu kämpfen, was wir hatten.

Ich hatte diese ganze Zeit über gewusst, dass sie Angst hatte. Angst, weil ich jünger war. Angst, weil wir zusammen arbeiteten. Ich hatte versucht, ihr Sicherheit zu geben. Ihr es zu beweisen, um ihr zu zeigen, dass ich ein Risiko war, das es sich lohnte einzugehen. Und doch deutete sie erneut an, dass ich das nicht war.

„Ich kann es nicht fassen", war alles, was ich

rausbrachte.

Da glätteten sich ihre Züge, und sie hob einen Arm, um mich zu berühren, doch dann zog sie ihn verschämt in der letzten Sekunde wieder zurück und steckte ihre Hand in die Tasche.

„Schau", sagte sie. „Du brauchst jemanden in deinem Alter. Jemanden, der dir geben kann, was du willst."

„Aber ich will dich."

„Und ich will dich nicht. Nicht zu dem Preis, den wir dafür zahlen müssen."

Diese Worte schmerzten, mehr als alles, was sie bislang gesagt hatte. Ich war nur froh, dass der Beton in meinem Rücken mich stützte.

„Hör zu", sagte ich und packte ihren Arm, „lass uns das nicht jetzt entscheiden. Wir blasen das mit Marcus ab, und wir gehen es langsamer an, okay? Wir gehen es langsamer an. Wir werden erst einmal sehen, ob Samuel wirklich die Chefarztposition–"

Lauren zog ihren Arm frei. „Du verstehst das nicht", sagte sie mit harter Stimme. „Ich habe mich schon entschieden."

„Aber wir hatten doch etwas. *Haben* doch etwas."

„Es tut mir leid", sagte sie, und ihre Stimme versagte. Doch sie schaffte es, weiter zu sprechen. „Es hat Spaß gemacht, so zu tun, als wäre ich jemand anders, zumindest für eine Weile, aber ich gehe nicht gerne Risiken ein."

Sie ging um die Ecke, ging rasch die Treppe hinunter, und ich ließ sie gehen. Ich rief nicht ihren Namen und flehte sie nicht an stehenzubleiben, zurückzukommen, nur noch ein paar Minuten mit mir zu sprechen, ein paar kostbare Sekunden mehr. Ich wollte nicht sehen, wie sie ging. Ich stand einfach da, geschockt und taub, und ich zuckte kaum zusammen, als die Tür der Etage unter mir hinter ihr ins Schloss fiel.

Dieses Geräusch hatte sonst so ganz andere Gefühle hervorgerufen. Noch vor ein paar Tagen wäre das Schließen der Treppenhaustür von dem Geräusch meiner Schuhe auf dem Zement begleitet gewesen und meinem Herzschlag, während ich zu ihr lief. Wir trafen uns in der Mitte, unsere Hände waren auf dem Körper des anderen und unsere Lippen auf den Lippen des anderen, es war verzweifelt, sehnsuchtsvoll, gierig. Es dauerte nur Sekunden, bis wir uns dann wieder wortlos im Flur begegneten und Dr. Decker und Dr. Castle waren, Oberärztin und Assistenzarzt. Doch diese wenigen Sekunden brachten mich immer über den Tag, bis die Treppenhaustür das nächste Mal ins Schloss fiel und ich zu ihr lief.

Doch diese Erinnerungen, die mir vor ein paar Minuten noch so kostbar gewesen waren, waren nun anders gemalt. Es gab eine Bühne und Stufen aus Bohlen, und Lauren folgte ihren Regieanweisungen, sagte ihre Zeilen auf, trat für das Publikum auf, das schweigend zusah, nicht zu sehen neben den leuchtenden Scheinwerfern.

Und ich war komplett verloren.

Ich dachte nun nicht mehr, dass das der erste Mensch war, auf den ich mich verlassen konnte, zu dem ich zur

Unterstützung aufsehen konnte, sondern das war nur wieder ein Mensch, der mich benutzt und verlassen hatte. Ich war so vorsichtig gewesen, nach Callies Scheiß keinem mehr diese Macht über mich zu geben, nachdem mein Vater meine Mom und mich verlassen hatte, aus genau diesem Grund: dem Schmerz, den es bringt, wenn jemand einen fallen lässt. Doch Lauren war anders. Irgendwie hatte sie sich an meinen Schutzvorkehrungen vorbeigeschlichen, war unter meinen Mauern hindurchgetaucht und hatte mich ungeschützt gefunden. Sie hatte mich zum Narren gehalten. Sie hatte, bekommen, was sie brauchte und jetzt stand ich hier in diesem Treppenhaus, verwirrt, allein und betrogen.

Es fühlte sich an, als bewegte ich mich durch Wasser, als ich die halbe Etage zum vierten Flur hinauf ging. In meinen Ohren rauschte es, und meine Gliedmaßen hingen schwer und hilflos an den Seiten hinab.

„Dr. Castle?"

Ich erschrak, als eine Hand meinen Arm berührte und ich hinabsah und Rebeccah Sanchez mit einem Klemmbrett neben mir stehen sah.

„Entschuldigen Sie bitte, dass ich Sie erschreckt habe. Mist, ich dachte, Sie hätten mich gehört."

Ich schüttelte den Kopf und zwang mich zu lächeln.

„Nein, nein", beharrte ich. „Ist nicht Ihre Schuld. Ich war nur in Gedanken."

Sie kicherte und schob eine Haarsträhne hinters Ohr.

„Ich weiß, was Sie meinen." Sie trat unbehaglich von einem Fuß auf den anderen. „Manchmal steige ich ins

Auto und fahre nach Hause und kann mich nicht einmal an die Fahrt erinnern."

„Richtig", sagte er mit halbherzigem Nicken.

Gerade da kam Lauren aus ihrem Büro, und die Erkenntnis, dass ich diese Frau nun Tag für Tag sehen müsste, traf mich.

„Gute Nacht, Dr. Decker", rief Rebeccah fröhlich neben mir über den Flur.

Lauren drehte sich um, um zu winken, hielt aber inne, als sie mich sah. Ich sah, wie ihre Wangen rot wurden, und sie senkte den Kopf auf ihrem Weg zum Aufzug. Ich sah zu Rebeccah hinunter. Vielleicht war es bloß, weil ich nun offensichtlich wieder Single war und sie eine niedliche, kleine Blondine, die mich zu mögen schien und ein hübsches Paar Titten hatte. Vielleicht war ich auch verletzt und wollte jemanden, irgend jemanden, der mich tröstete. Vielleicht wollte ich Rebeccah benutzen, wie Lauren mich benutzt hatte. Verdammt, vielleicht war es eine Racheaktion. Fuck, es war definitiv eine Racheaktion.

„Hey, Rebeccah", sagte ich und streichelte mit meiner Hand über ihren Arm. „Ich habe gehört, es gibt ein tolles neues Restaurant in LoDo. Wenn Sie heute Abend nichts vorhaben, würde ich Sie gerne einladen."

Ich sah zum Aufzug hinüber, wo Lauren immer noch wartete, während Rebeccah grinste und begeistert zustimmte. Lauren sah zwischen uns beiden hin und her, und eine Sekunde lang meinte ich, sie sähe verletzt aus, doch dann öffneten sich die Aufzugstüren, sie ging hinein und dann waren die Türen zu. Ein Teil von mir freute sich, sie verletzt zu sehen, denn genauso ging es mir auch. Doch ein anderer Teil von mir sah das gerade an ihr gar nicht gern. Den Teil schob ich beiseite und lächelte zu Rebeccah hinunter.

„Ich hoffe, Sie mögen Tequila."

KAPITEL SIEBZEHN

Lauren

Das Schlimmste stand mir noch bevor. Ich spürte das drohende Unheil wie eine schwere Last auf meiner Brust, auch wenn ich versuchte so zu tun, als wäre alles in Ordnung.

Wenn man einen Teekessel zu lange auf dem Herd stehen lässt, fängt er an zu kreischen. Wenn du zu viele Zigaretten in der Nähe von Benzin anzündest, wird es eines Tages Boom machen. Und wenn man sich weiter und weiter auf knackendes Eis vorwagt, wird man unweigerlich im eiskalten See landen.

Noch Tage, nachdem ich mich von Ryan getrennt hatte, war der Herd noch an, die Zigarette brannte noch, wir standen beide mitten auf dem Eis.

Ich wartete nur, dass das letzte Beil fiel.

Jeden Tag, jede Stunde, die ich mich danach sehnte, in Ryans Armen zu sein, redete ich mir ein, das Richtige getan zu haben. Nach Samuels Drohungen konnte ich Ryans Karriere nicht aufs Spiel setzen, vor allem, wenn ich an die Krankheit seiner Mutter dachte und daran, dass insbesondere er sich um sie kümmerte. Ich durfte nicht der Grund sein, dass er eben jenen Job verlor, dessentwegen er überhaupt nach Denver gekommen war.

Ich hatte es für Ryan getan. Ich hatte es in seinem Interesse getan. Ich hatte es getan, weil mir etwas an ihm lag. Das sagte ich mir, und das wollte ich glauben, besonders weil unser Arbeitsklima immer schlechter wurde.

„Dr. Castle, können Sie bitte die Röntgenbilder von Station neun holen?"

„Ich muss grad etwas mit Schwester Sanchez besprechen."

Ich holte die Röntgenaufnahmen selbst.

„Dr. Castle, wir waren vor zehn Minuten zu einer Besprechung verabredet."

„Sorry, Doc. Das Mittagessen hat etwas länger gedauert. Hab die Schwestern ausgeführt. Das hatten sie sich verdient, meinen Sie nicht?"

Ich grinste und nickte, dabei biss ich mir auf die Zunge.

„Dr. Castle. Ich sagte Ihnen bereits, dass wir hier anders mit ambulanten Patienten umgehen. Wir sind hier nicht am New York Metro."

„Nun, Dr. Decker, Ihr Umgang mit ambulanten Patienten ist ja auch veraltet."

Ich biss die Zähne zusammen und knallte meine

Bürotür zu, als die Schwestern draußen kicherten.

Immer wenn wir miteinander zu tun hatten, troff es nur so vor Feindseligkeit. Selbst aus schlichten Unterhaltungen bei der Kaffeemaschine in der Pause wurden scheinbar immer Konfrontationen. Am Ende standen wir einander immer mit verschränkten Armen gegenüber, atmeten schwer, unsere Blicke verfinstert, und alles nur wegen der Frage, ob der Kaffeesatz in den Restmüll gehörte oder nicht. Ich bin mir sicher, dass die anderen Angestellten mitbekamen, wie aus uns plötzlich Feinde geworden waren. Doch ich bin mir nicht sicher, ob das einen von uns beiden in dem Moment interessierte.

Er war wütend auf mich, weil ich die Sache beendet hatte. Weil ich nicht für das hatte kämpfen wollen, was wir hatten. Und ich wurde immer wütender auf ihn, wegen seines Verhaltens, das für mich eine kindische Racheaktion war.

Es bewies, dass diese winzige, nie verstummende Stimme in meinem Kopf recht hatte, die darauf bestand, dass er zu jung war, zu unreif, zu unerfahren. Der Zweifel, der geblieben war, selbst als ich mich, Herz voran, in Ryans Arme geworfen hatte, blieb aus gutem Grund bestehen.

Meine Zeit mit Ryan hatte Spaß gemacht. Sie war wie ein Urlaub gewesen. Eine Fantasie. Jetzt hieß es: zurück ins wahre Leben. Und das wahre Leben war nervtötend.

Denn selbst wenn mein Blut kochte und ich mit den Zähnen knirschte und ich meine Nägel in meine Fäuste stieß, sehnte sich mein Herz immer noch. Mein Herz schmerzte immer noch, mein Herz rief immer noch nur einen Namen.

Am vorletzten Tag von Ryans einmonatiger Hospitation simulierten wir gerade ein neues, kompliziertes Operationsverfahren. Ich sah zu, wie Ryan einen Schnitt setzte.

„Ryan", sagte ich, „Es ist gefährlich, diesen Schnitt zu setzen, bevor sich nicht der Puls des Patienten normalisiert hat. Wenn du so unvorsichtig bist, wirst du einen Herzstillstand riskieren."

Ryan schnitt weiter. „Da bin ich anderer Meinung."

Die OP-Schwester sah nervös zwischen uns beiden hin und her und hielt zögernd das Tablett hin, von dem Ryan sich ein weiteres Instrument nahm. Ich spürte, wie Frust sich in meiner Brust ausbreitete.

„Es ist nicht deine Aufgabe, anderer Meinung zu sein", sagte ich und versuchte sicher und autoritär zu klingen. „Es ist dein Job, meinen Anweisungen zu folgen."

„Du bist zu vorsichtig."

Ich schaute auf den Monitor und sah, wie der Puls der Puppe, wie ich vorausgesagt hatte, ein Maximum erreichte.

„Vorsicht heißt, dass der Patient es überlebt, Dr. Castle", sagte ich, als der Monitor in dem ansonsten ruhigen Raum laut zu piepen begann. „Dr. Castle."

„Kann man wirklich leben, wenn man ständig vorsichtig ist?"

Ryan sah mich über den Rand seiner Brille an. Da war mir klar, dass das nichts mehr mit der Operation zu tun hatte, nichts mit unseren verschiedenen Meinungen, was das richtige OP-Verfahren anging, nichts mit Skalpellen und Überwachungsmonitoren und den Anweisungen eines Vorgesetzten. Das hier hatte mit uns zu tun.

„Dr. Castle, geben Sie Schwester Sanchez augenblicklich das Skalpell."

Er schüttelte den Kopf. „Ich bin bereits drin", sagte er. „Ich kann jetzt nicht einfach alles stehen und liegen lassen."

Er wollte, dass es mich traf, und es traf mich tatsächlich. Der Ausschlag auf dem Monitor wurde immer höher, und die Maschine piepte immer lauter.

„Dr. Castle, ich befehle Ihnen aufzuhören!"

„Kann ich nicht."

„Dr. Castle."

Die Maschine kreischte, und dann verflachte sich die Herzlinie zu einer geraden, unbeweglichen roten Linie über den ganzen Bildschirm.

„Du bringst ihn ja um!", schrie ich und schnappte mir wütend sein Skalpell.

Ryan starrte mich von der anderen Seite des OP-Tischs an, und beide standen wir unbeweglich da, während das lange laute Piepen anhielt. Er riss sich grob die Handschuhe von den Händen, öffnete seine Maske und warf beides über die Öffnung im Dummy.

Er verließ den Raum, und ich sah ihm wie erstarrt hinterher. Wie konnte er es wagen? Wie konnte er es verdammt noch mal wagen?

Er war neben der Spur. So verdammt weit neben der

Spur, dass der Horizont nicht zu sehen war. Er wollte mich provozieren, und das war ihm auf jede erdenkliche Art gelungen. Er hatte mich so wütend gemacht, wie ich seit langer Zeit nicht wütend gewesen war. Er war unvorsichtig und impulsiv, und er hatte mich wie einen Idioten dastehen lassen.

„Stellen Sie den verdammten Monitor ab, Sanchez!"

Ich riss mir den OP-Kittel herunter und folgte Ryan, unsere Schritte hallten im Flur wider.

„Dr. Castle!", rief ich hinter ihm her, „Sie kommen sofort in mein Büro!"

„Ich muss einen Bericht schreiben."

„Jetzt!"

Er drehte sich um, und ich deutete auf meine Bürotür. Ich ging an ihm vorbei und stieß meine Tür auf.

„Jetzt!"

Ich war überrascht, als er seine Hände in die Kitteltaschen stopfte und in mein Büro schlurfte. Der Türrahmen bebte, als ich in meinem Zorn die Tür zuknallte.

„Was zum Teufel sollte das?", fragte ich so wütend, dass meine Stimme zitterte.

Ryan verschränkte die Arme und sah mich an.

„Ich bin deine Vorgesetzte", sagte ich und ignorierte den wahren Grund. „Du wirst mir nie wieder den Gehorsam verweigern."

Meine Brust hob und senkte sich, und meine Wangen glühten.

„Bist du das, Lauren, meine Vorgesetzte?", fragte

Ryan.

„Ja. Ich bin deine gottverdammte Vorgesetzte."

Er kam auf mich zu, seine dunklen Augen blickten lodernd in meine. Mir stockte der Atem.

„Du bist meine Vorgesetzte", sagte er.

Seine Stimme war leise und kehlig. Er war mir nun ganz nah. Nur einen Schritt entfernt, vielleicht zwei. Ich sah, wie die smaragdgrünen Flecken in seinen Augen blitzten. Ich konnte sehen, wie ihm die Härchen an den Armen zu Berge standen, als wären sie von einem Magneten angezogen. ich konnte ihn riechen.

Das brachte mich an die Wand in seinem Appartement zurück. Als seine Hände meine Handgelenke über meinen Kopf gehalten hatten. Als seine Finger sich in das Fleisch an meinem Schenkel gegraben hatten. Sein heißer Atem an meinem Hals.

„Ich habe die Kontrolle", flüsterte er.

Ich war nicht in meinem Büro. Das war kein Teppich unter meinen Füßen. Die Leuchtstoffröhren flackerten nicht über mir. Es waren Sterne und der Mond. Das waren kühle Tiefen und warmer Hauch und Lider mit winzigen Wassertropfen. Es war seine Hand an meinem Hals und unsere nackten Körper, die sich gemeinsam bewegten und Sand an meinem Rücken, als er mich am Ufer fickte.

„Ich bin schwach."

Wir waren so nah man nur sein konnte, ohne einander zu berühren. Es war der schmerzhafteste Splitter, die herausforderndste Haaresbreite, der frustrierendste Millimeter. Es war nah genug, um sich an seine Haut zu erinnern, die Hitze, den Schweiß, die Kraft, ohne sie zu spüren. Es war nah genug, um sich daran zu erinnern, wie seine Lippen sich auf meinen bewegt hatten, seine Hand an meinem Haar gezogen hatte, sein harter Schwanz gegen meinen Bauch gedrückt hatte. Nah genug, um den Geschmack auf der Zungenspitze zu haben, doch fern genug, dass mir das Wasser im Mund zusammenlief und ich nicht dagegen ankonnte.

„Ich komme nicht von dir los."

Ich fühlte jedes Wort, als hätte er jeden Buchstaben über meine Brust geschrieben. Ich konnte mich nicht beherrschen. Da wurde es mir bewusst. Er war so nah, und ich musste nur zugreifen, und ich wusste, ich würde zugreifen. Ich wollte ihn. Ich wollte seinen Körper, sein Herz, seine Seele. Ich wollte ihn auf mir, ich wollte ihn unter mir, ich wollte ihn um mich.

Ich hatte versucht, ihn wegzustoßen. Das habe ich. Das habe ich wirklich. Doch ich sah ihn, wenn ich meine Augen schloss, wenn ich träumte, wenn ich durch eine Menge ging, wenn ich die letzten Strahlen der Sonne über den dunkelpurpurnen Bergen betrachtete. Ich hatte es versucht.

Ryan neigte seinen Kopf, sodass seine Lippen meine berührten, als er das nächste Mal sprach.

„Ich bin hilflos", sagte er, und ich wusste, damit war er nicht allein.

Mit heftigem Atem stieß ich ihn gegen mein Bücherregal und presste meinen Körper an ihn. Unsere Lippen lagen auf denen des andern, während meine

Auszeichnungen von den Regalen fielen und die Bücher neben uns hinuntersegelten. Es war heißer, als ich es in Erinnerung hatte, näher als ich für möglich gehalten hätte, verzweifelter als irgendein Mensch sich jemals nach einem anderen sehnen sollte.

Seine Hände krallten sich in meinen Rücken und meine Hände griffen in seine Haare – da wurde plötzlich an die Tür geklopft.

Ich löste mich stolpernd von Ryan, und wir sahen einander nervös an.

„Bin am Telefon!", rief ich.

Ich hoffte, es wäre bloß eine Schwester, die sich für den Abend verabschieden wollte, oder die Putzfrau, die wischen wollte, oder ein Bote, der eine Unterschrift brauchte.

„Lauren!" Mein Herz zog sich zusammen, als ich erkannte, dass es Marcus war. „Ich möchte Sie und Dr. Castle oben sehen."

„Bin gleich da", sagte ich und betete, er werde gehen, als ich die Unordnung auf dem Boden vorm Regal bemerkte. „Ich bringe Dr. Castle mit."

„Vielen Dank!", sagte Marcus. „So schnell wie möglich bitte."

„Ja, Sir."

Als der Aufzug dingte, ließ ich mich auf den Boden gleiten und lehnte meinen Kopf gegen den Tisch. Ryan nahm eine schwere Marmorauszeichnung und stellte sie zurück ins Regal.

„Wir sollten besser gehen", sagte er ruhig.

Ich sah ihn an und entdeckte roten Lippenstift an seiner Wange. Seufzend stand ich auf und nahm sein Kinn. Unsere Blicke begegneten sich scheu, als ich ihn so gut ich konnte mit meinem Daumen wegwischte.

„Wir haben ganz schönen Mist gebaut", flüsterte ich

„Tut mir leid", sagte er, „ich hätte dich in Ruhe lassen sollen. Aber ich…"

Ich sah zu ihm auf und nickte. „Ich weiß."

Er strich eine Strähne meines Haars glatt, und ich spürte, wie seine Hand für einen Atemzug an meiner Wange verharrte. Meine Hand lag noch an seiner.

„Es darf nicht sein", sagte ich. „Es würde nicht funktionieren, und das hätten wir früher oder später festgestellt. Später wäre es einfach noch schmerzhafter. Schmerzhafter für uns beide."

„Es geht nicht, dass ich dich sehe und nicht berühren darf, Lauren", sagte er. „Ich weiß einfach nicht mehr wie."

Meine Augen wichen der Intensität seines Blickes aus, und ich ließ meine Hand von seiner erhitzten Haut sinken. Ich räusperte mich verschämt und glättete meinen Kittel, dann hob ich ein medizinisches Fachbuch vom Boden auf.

„Es ist besser so. Du hast eine strahlende Karriere vor dir, du musst dich um deine Mutter kümmern, es gibt so viele Mädchen, die dafür töten würden, um mit dir zusammen sein zu können. Mädchen, mit denen es weniger kompliziert ist. Und das hast du verdient."

Er wollte protestieren, doch ich unterbrach ihn mit einer Hand auf seiner Brust. Ich hätte sie am liebsten dort liegen gelassen. Doch ich drehte mich zur Tür und seufzte.

„Marcus wartet."

Wir gingen gemeinsam zur Tür hinaus und warteten nebeneinander auf den Aufzug und unsere Schritte hallten gleichzeitig von den Wänden wider, als wir uns Marcus' Büro näherten, doch nie hatte ich mich einsamer gefühlt. Er war noch nah, doch ich wusste, das war eine Lüge.

Er war weiter entfernt, als er jemals gewesen war. Und das war meine Schuld.

KAPITEL ACHTZEHN

Ryan

Es bedeutet nie etwas Gutes, wenn einem jemand von der Personalabteilung mit einem Klemmbrett gegenübersitzt und mit dem Finger auf besagtes Klemmbrett tippt. Als ich also neben Lauren in Marcus' Büro saß, wartete ich darauf, dass der Hammer fiel.

„Ich habe Maria von der Personalabteilung dazu gebeten", hob Marcus an, und ich widerstand dem Drang, zu Lauren hinüberzusehen.

Ich sah, wie ihr Knie wippte, und ihre Finger waren weiß, weil sie so krampfhaft versuchte, es davon abzuhalten. Ich nickte der älteren Frau mir gegenüber mit schwachem Lächeln zu, doch sie erwiderte mein Lächeln nicht.

„Ich bin darüber informiert worden, dass die Beziehung zwischen Ihnen beiden keine rein berufliche ist", sagte Marcus und wählte seine Worte offensichtlich mit Bedacht. „Ist das korrekt?"

Ich schwieg, um Lauren die Möglichkeit zu geben, als erste das zu sagen, was sie sagen wollte. Ich würde ihr folgen, sagte ich mir. Auf kindische Weise dachte ich sogar, dass, wenn wir beide schwiegen, das Problem irgendwie verschwinden würde und wir gehen könnten.

„Von wem haben Sie diese ‚Information'?", fragte Lauren endlich mit finsterem Tonfall.

„Das ist vertraulich", antwortete Maria von der Personalabteilung automatisch, als hätte sie diese Frage bereits erwartet. „Und tut nichts zur Sache."

„Ich weiß ohnehin, dass es Samuel war", sagte Lauren und rutschte an ihre Stuhlkante vor, um sich an Marcus' Tisch festzuhalten. „Er wollte, dass ich ihm noch eine Chance gebe, und seitdem ich ihm einen Korb gegeben habe, hat er sich vorgenommen, mich zu verleumden. Sie kennen ihn, Marcus. Sie wissen, wie er ist."

Marcus rieb sich die Schläfen und seufzte. „Das ist unerheblich", sagte er und klang dabei müde und niedergeschlagen. „Ich muss wissen, in welcher Beziehung Sie zu Dr. Castle stehen."

Lauren setzte sich zurück und verschränkte die Arme.

„Und wenn es eine Liebesbeziehung zwischen uns gäbe?", fragte sie. „Mir will nicht in den Kopf, warum die Personalabteilung sich in das Privatleben der Krankenhausangestellten einmischt. Was geht es Sie an, was wir außerhalb dieser Mauern tun?"

Ich bin mir sicher, dass Lauren in fremden Ohren durchaus selbstbewusst und sicher klang, doch ich wusste es besser. Ich hörte ihre Furcht. Sie konnten ein leichtes Zittern in ihrer Stimme hören. Ich sah, wie ihre Finger an einem losen Faden zogen, als wäre es ein Rettungsseil.

Ich wusste, was dieser Job ihr bedeutete. Sie hatte sich über die Jahre einen Ruf erarbeitet, und ich wusste, dass das nicht einfach war, besonders für eine Frau. Ihre Patienten und ihre Mitarbeiter lagen ihr am Herzen, und ich wusste, wie niederschmetternd es für sie wäre, das alles zu verlieren.

Marcus deutete auf Maria, und wir beide wandten uns ihr zu.

„Nun, wir wären zwar nicht erfreut über eine Beziehung zwischen einer Chirurgin und ihrem Oberarzt, auch wenn wir dem genau genommen noch keine Stelle angeboten haben", hob Maria an und deutete auf ihr erschreckendes Klemmbrett, „doch Sie haben insofern recht, als wir nicht berechtigt sind, uns in das einzumischen, was außerhalb dieser Mauern passiert, wie Sie es formuliert haben. Innerhalb dieser Mauern jedoch ist es etwas völlig anderes."

Jemand sollte mal nach der Klimaanlage schauen, denn plötzlich senkte sich eine bittere Kälte über das Büro. Lauren rutschte neben mir auf ihrem Sitz unbehaglich hin und her. Auch sie merkte wohl, wie es kälter wurde.

„Ich wiederhole, dass ich den Namen unseres Informanten nicht preisgeben darf", sagte Maria mit Roboterstimme, „doch uns wurde mitgeteilt, dass Sie beide sich auf dem Gelände des Graton's Gift ungebührlich verhalten haben. Und ein solches Verhalten, Dr. Decker, ist ein Kündigungsgrund."

Das Wort wirkte wie eine Peitsche.

„Es hieß, es sei im Krankenhaus zu sexuellen Akten gekommen, wenn ich offen sprechen darf", fügte Maria hinzu.

„Und Sie nehmen die Aussage Ihres ‚Informanten' für bare Münze?", fragte Lauren.

Maria hob ihre Hand gegen die Wut, die eindeutig in Laurens Worte gedrungen war.

„Natürlich nicht, Dr. Decker. Wir wissen ja, dass Sie schon sehr lange hier arbeiten und eine nahezu blütenreine Personalakte haben und–"

„Nahezu?", unterbrach Lauren sie.

Maria sah wieder auf ihr Klemmbrett und tippte mit ihrem Kugelschreiber darauf.

„Nun ja, da war vor einem Jahr dieser Vorfall mit Ihrem geschiedenen Ehemann, Samuel Decker."

„Ja, ist mir zu Ohren gekommen", sagte Lauren sarkastisch. „Und was zum Teufel hat das mit mir zu tun?"

„Bitte, Dr. Decker", sagte Maria im gleichen Tonfall wie zuvor. „Wir wollen doch sachlich bleiben. Uns ist nur aufgefallen, dass Ihr Privatleben nicht zum ersten Mal mit Ihrem beruflichen ins Gehege gekommen ist."

Lauren lachte und lehnte sich in ihrem Stuhl zurück, da sie offensichtlich die Worte nicht fassen konnte, die sie gerade hörte. Ganz ehrlich, ich auch nicht.

„Marcus", sagte Lauren, „können wir jetzt einfach zu dem Punkt kommen, um den es bei diesem lustigen kleinen Treffen geht? Ich hab zu tun."

Sie warf Maria einen vielsagenden Blick zu. Marcus öffnete einen Ordner auf seinem Tisch, und ich reckte meinen Hals, um zu sehen, was darin war.

„Was ist heute Nachmittag bei dem Simulationstraining passiert, Dr. Castle?"

Er sah mich an, und ich schluckte, ich fühlte mich wie ein Schuljunge im Büro des Direktors.

„Dr. Decker und ich waren uns uneins, wie die Operation durchzuführen war. Die Debatte wurde etwas hitziger, als ich beabsichtigt hatte."

Marcus nickte. „Lauren?"

„Ich ermutige meine Assistenzärzte, sich Herausforderungen zu stellen. Dr. Castle möchte gerne etwas erneuern, und er hat sich für einen Moment vergessen. Das ist alles."

Ich sah zu Lauren hinüber. Ihr Knie wippte immer noch wie wild.

„Ich würde gerne glauben, dass es so war, wirklich", sagte Marcus.

Ich bemerkte ein anderes Stück Papier unter dem mit der Simulation, mit dem er herumspielte. Ich konnte nicht erkennen, was es war.

„Genau aus dem Grund sind wir nicht dafür, dass es unter den Kollegen Beziehungen gibt. Das hier war nur eine Puppe. Was, wenn es ein richtiger Patient gewesen wäre?" Marcus schüttelte den Kopf. „Das ist inakzeptabel."

„Ganz genau", sagte Maria. „Für die Sicherheit unserer Patienten haben wir daher, seitdem wir diese unerfreuliche Information erhalten haben, die Möglichkeit überprüft, ob Sie beide sich irgendwelcher Vergehen schuldig gemacht haben."

Scheiße.

„Sie haben uns überprüft?", fragte Lauren.

„Und bei unseren Überprüfungen haben wir festgestellt, dass Dr. Castle unerfreulicherweise nicht bereit ist, Dienstanweisungen anzunehmen. Wenn man das zu der feindseligen und gescheiterten Simulation von heute addiert, wäre das schon verwerflich genug", sagte Maria. „Doch wir haben auch das hier gefunden."

Ich hielt meinen Atem an, als Maria ein Blatt Papier aus der Klemme nahm und es über den Tisch zu Lauren und mir schob. Ich versuchte, meine Schultern nicht sichtbar hängen zu lassen, als ich sah, dass es eine Nachricht war, die ich geschrieben und für Lauren in eine Patientenakte gelegt hatte.

Ich erinnerte mich daran, wie ich sie geschrieben hatte, als wäre die Tinte nicht einmal getrocknet. Das war, als Lauren und ich uns immer mehr ineinander verliebt hatten und wir die Finger nicht voneinander lassen konnten, uns einfach ansehen mussten, beißen, lecken, schmecken. Wir nahmen alles, was wir kriegen konnten. Wir waren gierig. Wir waren gierig und nachlässig.

Meine Nachricht war also gefunden worden. Nur nicht von Lauren.

„Ist das Ihre Handschrift, Dr. Castle?", fragte Maria, und es hätte mich nicht überrascht, wenn sie mich das schon zum zweiten oder dritten Mal gefragt hätte.

Meine Ohren waren wie mit Watte verstopft, als ich auf das zerrissene Stück Papier mit der unauslöschlichen schwarzen Tinte starrte.

„Ja", sagte ich, unsicher, ob ich das Wort wirklich laut ausgesprochen hatte, oder ob es nur in meinem Kopf widerhallte. „Ja, das habe ich geschrieben."

„Und Sie haben das an Dr. Decker geschrieben?"

Ich nickte.

„Können Sie es mir bitte laut vorlesen?"

Ich zog das Papier näher an mich und räusperte mich.

„Dr. Castle, bitte."

Ich nickte und schob mir die Haare aus der Stirn.

„Hier steht: Ich habe letzte Nacht von Dir geträumt – Du lagst nackt auf Deinem Schreibtisch, trugst nur Deinen Arztkittel."

Als ich es las, zuckte ich innerlich zusammen. Das war in der Tat verwerflich. Wir hatten nie Sex bei der Arbeit gehabt. Das war bloß eine Fantasie gewesen. Aber ich bezweifelte, dass es etwas gebracht hätte, das der Frau vom Personaldienst zu erklären.

„Und das haben Sie an Dr. Decker geschrieben?", fragte Marcus erneut.

„Ja."

Ich hörte Marcus seufzen. „Dr. Castle, Sie wissen sicherlich, wie sehr das Krankenhaus daran interessiert ist, Sie dauerhaft als Oberarzt bei uns zu engagieren. Und Lauren, Sie wissen, wie viel ich von Ihnen halte, persönlich und beruflich. Aber wir können nicht–"

Ich machte mir nicht die Mühe abzuwarten, was er als

nächstes sagen wollte. Ich wusste nur, dass Laurens Ruf als Medizinerin meinetwegen Schaden litt. Weil ich mich so unreif verhalten hatte, nachdem sie Schluss gemacht hatte. Sie hatte die ganze Zeit über die Dinge zwischen uns auf einer rein beruflichen Ebene halten wollen. Um ihre Karriere zu schützen. Und ich hatte das Letzte getan, das ich hatte tun wollen: ihr wehtun.

Ich hatte der Frau wehgetan, die ich liebte.

Verdammt, genau deswegen hatte ihr Schlussstrich mich ja zum Durchdrehen gebracht.

Ich liebte Dr. Lauren Decker.

„Dr. Decker hat mich zurückgewiesen", platzte es aus mir heraus, bevor ich überhaupt Zeit hatte, darüber nachzudenken, was das für Konsequenzen haben würde.

Marcus sah mich verwirrt an, und Maria riss ihren Kopf in einer Weise herum, die zu ihrem ganzen roboterhaften Gehabe passte, doch ich hatte nur Augen für Lauren, die ihr dunkles Haar hinter das Ohr schob und ihren Kopf leicht schüttelte.

„Dr. Castle?", fragte Marcus.

Meine Gedanken rasten, und ich wischte meine Hände an meiner Hose ab. „Ich – ich, ähm, ich habe für Dr. Decker geschwärmt, wie ich es nicht erwartet hatte, ich habe sie darum gebeten, mit mir auszugehen, und sie hat mich zurückgewiesen."

„Ryan, du–"

„Nein, nein", sagte ich und fand meine Sprache wieder, als ich Laurens Worte vernahm. „Das ist sehr nett von Ihnen, Dr. Decker. Doch es ist alles meine Schuld."

Ich sah zu Marcus und Maria auf. „Dr. Decker möchte nicht, dass ich alles auf mich nehme, aber es ist nun mal alles meine Schuld. Ich habe diese Abweisung nicht so gut aufgenommen, deswegen habe ich auch keine Anweisungen mehr entgegen genommen. Ich habe unreif gehandelt, weil ich mit ihr zusammen sein wollte, und sie hat wegen ihrer Professionalität abgelehnt. Ich habe neben mir gestanden und war völlig ohne Kontrolle. Dr. Decker hat jeden meiner Annäherungsversuche abgewiesen."

Maria sah Lauren an. „Dr. Decker, stimmt das?"

„Ja", antwortete ich für Lauren, doch Maria hob ihre Hand, um mich zum Schweigen zu bringen. „Dr. Decker?"

Lauren zögerte, als die Aufmerksamkeit jedes einzelnen auf ihr ruhte. Sie sah zu mir, und ich sah ihr deutlich an, wie hin- und hergerissen sie war: sollte sie die Schuld mit mir teilen oder ihre Karriere retten, ihren Ruf, ihren Job.

Trotz der Art, wie wir auseinandergegangen waren, wollte ich nur das Beste für sie. Ich wollte nur Gutes für ihr Leben. Ich wollte, dass sie glücklich war.

Ich lächelte sie an und sagte sanft: „Ist schon in Ordnung."

Ich sah den Schmerz in ihren Augen, bevor sie sich Maria zuwandte. Zehn Sekunden vergingen. Zwanzig. Sie öffnete ihren Mund, um etwas zu sagen, doch da meldete sich Laurens Handy mit einer eingehenden Nachricht.

Sie sah auf ihr Handy.

Und wurde augenblicklich blass.

Mit geweiteten Augen stand sie auf. „Mein Gott. Es ist Samuel. Er hatte einen Herzinfarkt."

KAPITEL NEUNZEHN

Lauren

Ich spürte bereits, wie die Schuld mich erdrückte.

Es war, als bewegten die Wände des Aufzugs sich auf mich zu, und die Decke sank herab, und der Boden ließ meine Knie sich krümmen unter seiner Aufwärtsbewegung. Ich hätte es fast getan. Ich hätte beinahe gelogen und Ryan Recht gegeben. Ich hatte gespürt, wie ich einknickte, brach, zerschmetterte, doch dann hatte ich den kranken Drang verspürt, etwas ganz anderes zu sagen. Zu sagen: „Wir waren zusammen, und ich bereue keine Sekunde davon. Durch ihn habe ich mich wieder gewollt gefühlt. Er hat meine Haut kribbeln lassen und mein Herz pochen, und ich möchte nicht, dass das aufhört. Er gehört zu mir, und ich möchte zu ihm gehören. Maria, *fick* dich und dein Klemmbrett."

Doch ich hatte es nicht gesagt.

Mir lagen die Worte auf der Zunge, und doch hatte ich

sie mir verbissen und sie zurückgehalten, weil ich ein Feigling bin. Und die Scham zerriss mich noch, als ich von Samuel erfuhr.

Mein Geliebter, mit dem ich zehn Jahre lang verheiratet gewesen war. Er hatte mich verletzt. Hatte mich betrogen. Und ich hatte aufgehört ihn zu lieben, so sehr, dass ich eher das Risiko mit Ryan eingehen würde, als zu ihm zurückzukehren.

Doch auch wenn ich Samuel nicht mehr liebte, wusste ich jetzt, dass ein Teil von mir ihn immer für das lieben würde, was wir waren. Und, Gott, ich wollte nicht, dass er stirbt.

Ich stand unruhig im Aufzug und sah zu, wie die Zahlen kleiner, kleiner, kleiner wurden.

Ich konnte Ryan nicht ansehen, sonst wäre ich dort sicher zerbrochen. Doch da öffneten sich die Türen, und die ganze Sache mit Ryan verschwand, wie durch eine Falltür. Bevor ich den Aufzug jedoch verlassen konnte, packte Marcus meinen Arm.

„Sie halten sich von diesem OP fern, Dr. Decker", sagte er bestimmend. Ich starrte ihn an, und er schüttelte den Kopf. „Sie sind eindeutig zu sehr betroffen, als dass sie neutrale Entscheidungen treffen könnten. Und versuchen Sie erst gar nicht, mit mir darüber zu diskutieren. Lassen Sie es Dr. Castle tun."

Ich suchte nach irgendeinem Argument, irgendeinem, auch wenn er mir das verboten hatte, doch mir fiel nichts ein. Hauptsächlich, weil er recht hatte. Und auch, weil ich Ryans Fähigkeiten vollkommen vertraute, selbst bei

Samuel.

„Ich kann das, Lauren", sagte er ruhig.

„Ich weiß, dass du das kannst."

„Gut", sagte Marcus. „Waschen Sie sich, ich werde Ihnen assistieren. Lauren, gehen Sie zu Ihrer Freundin."

„Danke", sagte ich. Dann berührte ich Ryans Arm. „Vielen Dank, Ryan."

„Es wird alles gut werden, Lauren. Vertrau mir."

„Das tue ich.

Und damit liefen er und Marcus den Flur hinunter. Ich rief gleich meine Freundin Bonnie an und erzählte ihr, was passiert war. Sie war in weniger als dreißig Minuten da.

Sie fand mich im Wartezimmer, wie ich auf und ab ging. Ich hasste diese Seite einer OP. Im OP selbst hatte ich wenigstens eine gewisse Kontrolle. Hier draußen war ich hilflos. Das gefiel mir gar nicht.

„Er wird schon wieder", sagte sie leise, nachdem sie meine Hand genommen hatte und wir uns gesetzt hatten.

Ich nickte.

„Wer operiert ihn?"

„Dr. Ryan Castle."

„Der Assistenzarzt? Der, den du…?"

Ich hatte ganz vergessen, dass ich ihr von jenem Abend in der Bar erzählt hatte. Ich nickte und drehte mich wieder zu der Schwungtür um, als könnte ich mit reiner Willenskraft dafür sorgen, dass Ryan hindurchtrat, um mir zu sagen, dass die Operation gut verlaufen war und es Samuel gut ging.

„Genau der", sagte ich.

„Ist er gut?"

„Er ist sehr gut."

Doch ich wusste, dass er mehr als gut war. Er war der Beste.

Und er bewies es ein weiteres Mal, als Becka Mueller, eine OP-Schwester, auf seine Anweisung hin herauskam, um mir zu sagen, dass Samuel stabil war. Das hieß nicht, dass er schon aus allem raus war, doch dieser Zwischenstand half mir, mich zu beruhigen.

Während ich da so mit Bonnie saß, tauchten Erinnerungen an bessere Zeiten mit Samuel in meinem Kopf auf. Die frühen Tage an der medizinischen Hochschule, wie er mir in schwierigen Zeiten geholfen hatte, ob es nun beim Studium war, oder indem er darauf bestand, dass ich ausging und mal eine Pause machte, wenn ich sie nötig hatte. Die Woche, die wir zu unserem zweiten Jahrestag auf Hawaii verbrachten, als wir nur am Strand spazieren gegangen sind, getanzt, gegessen und uns geliebt haben, den ganzen Tag und die ganze Nacht. Die Zeiten, in denen er mich mit Blumen überrascht oder mir ein schickes rotes Cabrio zum Geburtstag gekauft hatte (das ich Monate, bevor unsere Scheidung amtlich geworden war, verkauft hatte).

Es erinnerte mich daran, dass, auch wenn er immer ein Ego gehabt hatte, er nicht immer ein egoistisches Arschloch gewesen war. Es hatte eine Zeit gegeben, in der wir gut zusammen gewesen waren, und Samuel hatte eine gute Seite.

Wir waren einfach nicht füreinander bestimmt

gewesen. Wir passten nicht mehr zueinander.

Nicht so wie Ryan und ich.

Bei dem Gedanken zuckte ich zusammen.

Es war ganz egal, dass er jünger war als ich, oder dass ich seine Vorgesetzte war. Er hatte mich besser als jeder andere Mann in meinem Leben behandelt, und ich hatte ihn wie Dreck behandelt. Ich hatte mir etwas vorgemacht und gesagt, ich handle selbstlos, doch in Wirklichkeit war jede meiner Handlungen selbstsüchtig gewesen. Ich hatte mir mehr Sorgen um meinen Ruf als um seine Liebe gemacht. Ich hatte mir mehr Sorgen darum gemacht, wie die Leute mich ansehen würden, als wie er mich ansah. Ich hatte mich mehr auf mich als auf ihn konzentriert. Und ich wusste das.

„Wer ist denn jetzt beim Baby?", fragte ich Bonnie, während wir gemeinsam warteten, jede Bewegung des Minutenzeigers schien ewig zu brauchen.

Sie lehnte sich ein wenig bei mir an. „Meine Tante ist bei ihm."

„Gut, das ist gut." Ich biss mir auf die Lippe, blinzelte meine Tränen beiseite, dann flüsterte ich: „Ich habe Samuel bereits verloren, doch jetzt könnte ich ihn vielleicht auf eine andere Weise verlieren." Meine Stimme versagte. „Und ich habe auch Ryan verloren."

„Was meinst du damit? Ich dachte, ihr hattet nur im Club etwas miteinander?"

„Da ist mehr", sagte ich. „Viel mehr."

„Erzähl!"

Und ich erzählte ihr alles, auch dass ich mir mit einem

Typen zwei Tage bevor Ryan angefangen hatte über diese verdammte Dating-App gesextet hatte.

Ich sah, wie die Stücke in ihrem Kopf an ihren Platz fielen, dann bekam sie große Augen.

„Oh verdammt", flüsterte sie und sah über meine Schulter. „*Das* war er?"

„In der nächsten Woche kam er dann in mein Büro, perfektes Lächeln, perfekte Brustmuskeln, perfektes Haar, einfach alles."

„Shit."

Ich erzählte ihr, wie ich versucht hatte, Grenzen zwischen uns festzulegen. Ich erzählte ihr, wie ich versucht hatte, unsere Beziehung ausschließlich auf beruflicher Ebene zu halten. Ich erzählte ihr, wie ich es versucht hatte, wirklich, wirklich versucht.

Und ich sagte ihr, wie ich gescheitert war.

„Du?", fragte sie.

Ich schluchzte. „Ich." Ich erzählte ihr vom Nacktbaden im See des State Parks. Ich erzählte ihr, wie ich seine Mutter kennengelernt und gesehen hatte, wie er sich um sie sorgte, und daran erkannt hatte, dass er kein typischer Achtundzwanzigjähriger war. Ich erzählte ihr, wie mutig und tapfer und neu ich mich durch ihn gefühlt hatte. Ich erzählte ihr, wie er mir die Kraft gegeben hatte, endlich festzustellen, dass ich Samuel nicht brauchte und niemals gebraucht habe.

„Das hört sich alles richtig gut an", sagte Bonnie vorsichtig.

„Ich weiß."

Und wie ich das wusste.

Ich erzählte ihr von Samuels Drohungen. Ich erzählte ihr von meinem schrecklichen Schlussstrich im Treppenhaus. Ich erzählte ihr, was oben in Marcus' Büro vorgefallen war.

„Er hat euer beider Schuld auf sich genommen?", fragte sie.

Ich nickte.

„Das hat er für dich getan."

Ich nickte, obwohl ich wusste, dass das keine Frage gewesen war. „Bonnie, ich hab so lange Angst gehabt", sagte ich, als sie meine Hände nahm und ihre darum legte. „Darüber, ob es die richtige Entscheidung war, sich von Samuel scheiden zu lassen. Dass ich ihm nicht genügte und nie für irgendeinen Mann genug sein würde. Dass ich nicht zulassen durfte, dass mich je wieder ein Mann beschämt. Mich wieder verletzt."

Sie waren warm und tröstend, und gleich fühlte ich mich schuldig, dass ich dies fühlte, während mein geschiedener Ehemann von meinem ehemaligen Geliebten operiert wurde.

„So einfach kommst du mir nicht davon." Sie senkte ihr Gesicht, sodass sie meine Augen mit einem Lächeln erreichen konnte. „Sprich mit mir."

Ich räusperte mich, als ich merkte, wie die Furcht, die ich so lange tief hinuntergeschluckt hatte, mich zu ersticken drohte.

„Ich möchte nicht mehr diese Person sein. Eine, die zulässt, dass die Angst ihr Leben bestimmt. Aber ich …

ich weiß nicht. Ich bin einfach nicht stark genug."

Die aufkommenden Tränen brannten in meinen Augen. Im OP hatte ich Nerven wie Drahtseile. Ich war immer die ruhigste Person in jenen vier Wänden. Mit dem Skalpell war ich präzise, sicher und ruhig. Hier draußen war ich wie Brei, wie verdammter Brei eines Typen wegen.

Na ja, wegen zweier Typen, wenn man bedachte, dass ich noch Angst um Samuel hatte.

Bonnie löste sich von mir, und das nächste, was ich mitbekam, war, dass sie mir mit einem Tuch die überquellenden Augen abtupfte.

„Wegen meiner Angst habe ich Ryans Chance, hier am Graton's eine Daueranstellung zu bekommen, gefährdet. Ich hatte Gelegenheit, ihm zu zeigen, dass er mir wichtiger war als mein Job und meine Karriere und mein Ruf bei meinen Kollegen, und ich hab es vermasselt. Ich hab es richtig, richtig vermasselt."

Bonnie holte ein neues Taschentuch heraus, als ich das bisschen Kontrolle, das ich noch über meine Tränen hatte, auch noch verlor. Ich stammelte, und die Tränen kullerten, und ich konnte nicht sagen, wann ich zu dieser Person geworden war.

„Ich bin ein Häufchen Elend", ächzte ich.

Sie schmunzelte leicht. „Ja, das bist du", sagte sie. „Die Liebe macht einen zu einem Häufchen Elend."

Ich sah sie mit gehobenen Brauen an.

„Hör zu", sagte Bonnie. „Die Liebe verändert einen, und das ist wunderbar und schön, aber, Lauren, hör zu.

Hörst du mir auch zu?"

Ich schniefte und nickte.

Sie seufzte. „Mann, es ist auch ganz schön hart."

Ich schluchzte, und sie gab mir noch ein Tuch.

„Als ich Jason bekam, wusste ich von dem Moment an, als er in meine Arme gelegt wurde, dass ich ihn liebe. Ich musste Opfer eingehen und lernen geduldiger zu sein und zum ersten Mal die Bedürfnisse eines anderen Menschen in den Vordergrund zu stellen. Und ich verändere mich. Doch manchmal tut das weh, und manchmal bin ich müde, und manchmal bin ich wieder mein altes egoistisches Ich."

Sie nahm mich an der Wange, und ich lächelte sie an. Bonnie fuhr fort: „Wenn du gedacht hast, du könntest deine Angst nach einem himmlischen Fick einfach über Bord werfen, dann warst du ganz schön verrückt, Mädchen."

Ich schaffte es zu lächeln, als sie mich in ihre Arme zog. „Ich liebe dich, und ich glaube keine Sekunde, dass du Ryan die Schuld allein hättest tragen lassen. Du hättest Marcus die Wahrheit gesagt. Und wenn Ryan dich liebt – und ich bin mir verdammt sicher, dass er das tut, nach dem, was du mir erzählt hast – dann weiß auch er das."

„Aber ich habe ihm weh getan. Ich habe ihm so sehr weh getan."

„Dann versuch es noch mal", sagte sie. „Und wenn du das auch vergeigst, dann versuchst du es wieder. Und wieder und wieder."

Ich kaute auf meiner Lippe, während ich über ihre

Worte nachdachte, doch Bonnie schnippste gegen meine Lippe. Ich zuckte bei dem kleinen Schmerz zusammen, und sie lachte, als ich meine Hände in die Höhe warf.

„Sorry, ich bin jetzt eine Mutter. Ich kann nicht anders."

Ich schüttelte den Kopf und zuckte die Schultern. „Das steht dir", sagte ich.

„Ich glaube, Ryan steht dir."

„Meinst du?", fragte ich.

Sie nickte.

„Das glaube ich auch", sagte ich, hauptsächlich zu mir selbst. „Das glaube ich auch."

Da öffneten sich die Schwungtüren zum OP-Trakt, und Marcus kam in OP-Kleidung heraus. ich stand auf, als er auf uns zukam. Ich seufzte, als er die Hände hob und lächelte.

„Kein Grund zur Sorge", sagte er. „Samuel muss sich jetzt ausruhen, wir haben ihn auf die Intensivstation gebracht."

Erleichtert umarmten Bonnie und ich einander, während Marcus fortfuhr. „Dr. Castle hat perfekt operiert. Einfach perfekt."

Ich lächelte, denn ich hatte gewusst, er würde tun, was zu tun war. Und ich lächelte, denn ich wusste, dass auch ich tun würde, was zu tun war.

„Dr. Pierre, ich würde Samuel gerne so schnell wie möglich sehen. Doch könnte ich wohl vorher noch mit Ihnen sprechen, bevor Sie gehen?", fragte ich. „Ich muss Ihnen etwas sagen."

KAPITEL ZWANZIG

Ryan

Meine Hände zitterten, als ich sie unter dem fließenden warmen Wasser im Waschraum wusch, und sie wollten einfach nicht aufhören.

Ich wusste, das war das Adrenalin, und doch sah ich, wie sie sich unkontrolliert bewegten, und ich dachte unweigerlich, auch mein Leben verliefe unkontrolliert.

Ich hatte gerade meine erste Operation als erster Operateur durchgeführt, das Leben eines Patienten hatte in meinen Händen gelegen, allein in meinen Händen, und anstatt mich zu freuen und ein Gefühl der Genugtuung zu haben, wie ich es immer gehofft hatte, versank ich in Kummer und Sorge und Angst vor dem Unbekannten. Denn das war meine erste Operation am offenen Herzen am Graton's gewesen.

Doch es war gleichzeitig meine letzte.

Eine Sekunde lang sagte ich mir, dass es ein Fehler

gewesen war, sich überhaupt mit Lauren einzulassen. Ich hätte sie niemals ficken dürfen. Oder ich hätte sie ficken und dann weiterziehen sollen.

Doch das war alles gequirlte Kacke.

Selbst wenn das meine Oberarztposition kostete – sie war es wert gewesen.

Unsere gemeinsame Zeit war kurz gewesen, doch ich würde nie wieder der alte sein, und das war es wert gewesen. Es bereitete mir Schmerzen, doch ich trat mit offenem Herzen in die Welt hinaus nach einem Leben hinter verschlossenen und verriegelten Türen, und das war es wert. Wir waren eine brennende Flamme, und mit einem Atemzug war die Welt wieder kalt, doch ich wusste, wenn ich das Risiko nie eingegangen wäre, wäre ich immer allein gewesen, immer isoliert, immer kalt.

Und so holte ich meine Sachen und öffnete die Eingangstür des Krankenhauses mit einem tiefen Atemzug und bereit für alles, was mich erwartete.

In einer Million Jahre hätte ich nicht erwartet, Dr. Lauren Decker dort vor mir stehen zu sehen. Und doch war sie da, saß auf der Kühlerhaube meines Autos auf dem dunklen Parkplatz mit einer Schachtel in den Armen.

Nach einem kurzen Moment des Schreckens ging ich zu ihr und dem Licht, in das die Lampe des Parkplatzes sie getaucht hatte. Ihr Arztkittel hing über der Kiste, und sie trug Jeans und einen meiner Hoodies, den ich wohl bei ihr vergessen hatte. Sie winkte schüchtern, während ich immer noch versuchte zu verstehen, was hier gerade geschah.

„Das hier hast du vergessen", sagte sie, als ich vor der Stoßstange meines Autos stehen blieb.

Sie holte das Operationsspiel, mit dem wir vor Wochen bei einer gemeinsamen Nachtschicht gespielt hatten, heraus. Sie hielt es mir hin, und ich beugte mich vor, um es zu nehmen.

„Danke", sagte ich schwächlich.

„Das kleine Plastikherz ist immer noch kaputt", sagte sie.

Ich nickte.

„Aber, ähm, ich dachte, vielleicht könnte ich versuchen, es zu reparieren, ein wenig zumindest?"

„Was?"

Lauren kam zu mir und legte ihre Hand auf meinen Arm. „Es tut mir leid, dass ich in Marcus' Büro gezögert habe. Als die mich gefragt haben, ob das stimmt."

„Lauren—"

„Ich hatte die Wahl zwischen dir und meinem Job. Ich habe mich falsch entschieden."

„Ich kann nicht von dir verlangen, dass du deine Karriere für mich opferst", sagte ich.

Ich wusste, ich konnte das nicht. Lauren lächelte und legte ihre Hand auf meine, wo ich das Operationsspiel hielt.

„Das weiß ich", sagte sie. „Und du weißt, du kannst mich nicht davon abhalten, meine Karriere für dich zu opfern. Denn das möchte ich. Ich möchte das für dich, Ryan."

Ich wollte protestieren, doch sie zuckte die Schultern

und fügte hinzu: „Plus, es ist eh zu spät, mich aufhalten zu wollen, selbst wenn du denkst, du könntest das. Ich habe bereits mit Marcus gesprochen."

Ich wusste nicht, was ich sagen sollte. Ich starrte weiter auf das alberne Gesicht des Typen von dem Operationsspiel und sah mich auf dem Parkplatz um, als wäre ich gerade in irgendeinen merkwürdigen Traum gefallen und wartete darauf aufzuwachen.

„Ich habe Marcus erzählt, dass wir beide zusammen waren, doch das die Anschuldigungen, wir hätten im Krankenhaus Sex mit einander gehabt, eine Lüge sind. Es war Samuel. Natürlich war es Samuel."

„Was – was hat er gesagt?"

„Er glaubt mir. Und er sagte, er wird uns gegen die Personalabteilung den Rücken stärken. Marcus möchte dich nicht verlieren. Er war sehr beeindruckt von deinen Fähigkeiten, und das hat sich bei der Operation vorhin nur noch verdoppelt. Und noch mehr hat ihn beeindruckt, was du für mich getan hast. Er möchte wissen, welche Art Mensch in seinem Krankenhaus ist, bevor er in den Ruhestand geht."

„Aber die Überprüfung?"

„Sie werden kein Vergehen finden können, und wir lassen uns was einfallen, wie wir mit unserer Beziehung und dem Krankenhaus weitermachen, sobald alle Anschuldigungen fallen gelassen wurden." Lauren hielt inne und trat gegen ein Kieselsteinchen auf dem Asphalt. „Das heißt, natürlich nur, wenn du noch an einer Beziehung mit mir interessiert bist."

Wir schwiegen, während ich versuchte, alles zu verarbeiten, was sie gerade gesagt hatte. Ich hatte gedacht, ich würde jetzt einfach nach Hause fahren und in eine Flasche Whiskey schluchzen. Das hatten die Karten scheinbar nicht so für mich vorgesehen. Scheinbar hatte Lauren sie neu gemischt.

„Also, ich kann schon vollkommen verstehen, wenn du das nicht möchtest", fügte sie rasch hinzu, nachdem ich ein wenig zu lang geschwiegen hatte. „Und du solltest auch wissen, dass es noch nicht in trockenen Tüchern ist, wie Samuel mich hat glauben lassen wollen. – und das ist auch der einzige Grund, warum ich mit dir Schluss gemacht habe, Ryan, das musst du mir glauben. Ich wollte dich vor seinem Rachefeldzug schützen – doch Samuel ist noch nicht aus dem Rennen als Chefarzt. Es sind jetzt noch drei Bewerber. Und wenn man sich für ihn entscheidet … Na ja, dann wird es unangenehm, um es mal vorsichtig auszudrücken."

„Wir haben ganz schönes Chaos angerichtet", sagte ich und sah zu ihr hinab, während sie auf ihrer Lippe herumkaute.

„Ein schlimmeres Chaos habe ich nie gesehen", stimmte sie mir zu und lächelte mich ein wenig an.

„Alle werden über uns sprechen."

Sie nickte langsam. „Unser Ruf wird absolut angegriffen sein", sagte sie.

„Angeknackst."

„Ruiniert."

„Dann gäbe es nur noch dich und mich", sagte ich.

Ich bewegte meinen Daumen, dass er sich um ihren Finger legte. „Du und ich – das gefällt mir", sagte sie, ihre Stimme kaum mehr als ein Flüstern.

Ihre Augen funkelten ein wenig, als sie zu mir aufsah, nur diese verdammte Schachtel trennte uns. Eine Parkplatzleuchte schien auf sie hinab, nicht das Mondlicht, doch es erinnerte mich an jenen gemeinsamen Moment. Ihr Haar war trocken und doch bewegte es sich in der leichten Sommerbrise wie unter Wasser. Es war mein Hoodie um ihre Schultern, nicht das seidige schwarze Seewasser, doch sie sah mich genau so an. Lange Wimpern, dunkle Augen, eine spürbare Verbindung zu meinen eigenen, die Funken sprühten und vibrierten und mich immer näher zu ihr zogen.

„Ich werde erst einmal diese Schachtel abstellen", flüsterte ich über diese kleine Distanz, die uns noch voneinander trennte.

Sie nickte.

„Und dann werde ich eine Hand unten an deinen Rücken legen, in Ordnung?"

Sie nickte wieder.

„Die andere Hand werde ich an deinen Nacken legen."

Ein zittriges ‚Okay' kam von ihren Lippen.

„Und dann lege ich meine Lippen auf deine und küsse dich, wie du nie geküsst worden bist. Ist das für Sie in Ordnung, Dr. Decker?"

Ein Laut irgendwo zwischen einem Seufzen und einem Wimmern füllte die Lücke zwischen uns, und ich war mir nicht ganz sicher, ob er von ihr oder von mir gekommen war. Ich wollte das Operationsspiel langsam auf den Asphalt stellen, langsam meine Hände an ihren Körper legen, langsam, ganz langsam meine Lippen auf ihre legen. Doch langsam war genau das Gegenteil von dem, was dann geschah.

Ich ließ das Spiel zu Boden fallen, als wäre es plötzlich aus Feuer. Meine Hände rieben ihren Brustkorb, so eilig hatte ich es, sie an mich zu ziehen, und meine Finger legten sich in den dicken Sweatshirtstoff, mein Sweatshirt, unten an ihrem Rücken. Meine Hand lag in ihrem Nacken, bevor sie zu Ende nach Luft schnappen konnte, und ich spürte, wie ihre Härchen sich unter meiner Hand aufrichteten. Ich streichelte nicht erst sacht ihre Wange oder schob eine Strähne hinter ihr Ohr, bevor ich sie an meine Brust zog, sondern, so wie sie ihre Hände um meine Hüfte legte und verzweifelt meinen Rücken packte, sagte mir, dass auch sie das jetzt nicht brauchte.

Unsere Lippen bewegten sich auf denen des anderen, als wären wir Liebhaber, die seit einem Jahrtausend getrennt voneinander waren. Und wenn schon ein Zeitraum von nur wenigen Tagen sich anfühlte wie ein Jahrtausend getrennt sein von der Weichheit ihrer Lippen, der Fülle ihrer Lippen, der Süße ihrer Lippen, konnte ich mir kaum ausmalen, wie sich ein Monat anfühlen sollte. Ich konnte mir einen nicht vorstellen, geschweige denn zwei. Ich küsste sie und wusste, ich könnte es nicht ertragen, wenn wir ein halbes Jahr getrennt voneinander wären, von der Wärme ihrer Berührung, ihrer Haut, ihrem

Lächeln. Sie seufzte an mir, ließ sich gegen meine Brust fallen, stolperte über meine Füße bei dem Versuch, mir noch näher zu sein, und ich wusste, dass ich nie wieder von ihr losgerissen sein wollte, weder für ein Jahrtausend, noch für ein Jahrhundert, ein Jahrzehnt, ein Jahr, einen Monat oder eine Woche.

Ich löste mich von ihr, einerseits, um ihr Gesicht sehen zu können, andererseits, um atmen zu können. Auch sie atmete einmal kräftig ein, und ich ließ sie gerade mal wieder ausatmen, dann senkte ich mein Gesicht wieder zu ihr hinab. Während wir uns küssten, drückte sie gegen mich, bis meine Füße rückwärts gingen. Ich ließ sie mich rückwärts führen. Verdammt, so wie ihre Zunge um meine kreiste, hätte sie mich von jeder Klippe führen dürfen, jeder Gebäudekante, jeder Bergspitze dieser Welt.

Mein Rücken stieß an etwas Metallenes, und mein Schwanz zuckte, als ich spürte, wie Laurens Hand zu meinem Schritt hinabrutschte. Doch sie hielt an meiner Hosentasche, und unweigerlich bewegte ich meine Hüfte gegen sie, während sie herumtastete. Sie zog meine Schlüssel heraus, und erst dann zog diesmal sie ihre Lippen von meinen und war nun auf teuflische Weise gerade außer meiner Reichweite.

Lauren hob meine Schlüssel zwischen uns in die Höhe und ließ sie hin und her baumeln. Ich war wie eine Katze, die einem Spielzeug folgte, wie hypnotisiert.

„Lass uns etwas Verrücktes tun", flüsterte sie, ihre Stimme troff vor Lust und Liebe.

Ich hob eine Braue. „Ich kenne da einen See."

Sie grinste und legte schnell ihre Hand an meinen Schwanz, bevor sie mir dann rasch in die Wange kniff. „Mal sehen, ob ich es bis dahin aushalte, Dr. Castle."

EPILOG

Lauren

„Sei brav!", rief ich Ruth zu.

Sie blieb in der offenen Tür ihres Hauses stehen. „Oh, das werde ich. Mach dir deswegen mal keine Sorgen." Sie zwinkerte mir zu.

Sie war immer noch zu dünn, doch ihre Hautfarbe war gut, und langsam nahm sie auch wieder zu. Ihr Haar, das sie sich bei der Chemo abgeschoren hatte, war nun so weit wieder nachgewachsen, dass es ihren Kopf mit Flaum bedeckte. Sie war geschminkt und adrett gekleidet, kurz vor einem Date mit einem Mann, den sie im Studio kennengelernt hatte.

Ryan hatte immer noch nicht mit seinem Vater gesprochen. Ich wusste nicht, ob er das jemals tun würde.

Vielleicht eines Tages, aber nicht jetzt, denn er war zu sehr mit seiner Karriere beschäftigt, mit seiner Mutter und unserer Beziehung, um sich darum jetzt auch noch kümmern zu wollen.

Nach einer anstrengenden Therapie hatte Ruth den Krebs besiegt und war auf dem Weg der Besserung. Ich hatte ihr geholfen, diesen Punkt zu erreichen, hatte die letzten sechs Monat eine Auszeit genommen, sodass ich Zeit mit ihr hatte verbringen können, doch, was noch wichtiger war, ich hatte sie besser als die Mutter meines Freundes und nicht als Patientin kennenlernen können. Sie war jetzt meine Familie, so sehr wie auch Ryan, und das einzige, das ich an der Tatsache bedauerte, dass ich ab nächster Woche wieder ins Graton's musste, war, dass wir dann viel weniger Zeit für einander haben würden.

„Sei du auch brav. Aber nicht zu brav. Ryan mag, dass du auch eine böse Seite hast, wie du weißt", schnurrte Ruth, dann schloss sie die Tür hinter sich.

Ich lächelte und schüttelte hingerissen den Kopf.

Nachdem die Untersuchung ergeben hatte, dass keine der Anschuldigungen, die Samuel bei der Personalabteilung gegen Ryan und mich vorgetragen hatte, aufrecht erhalten werden konnte, hatten wir uns mit Marcus und Maria zusammengesetzt und einen Plan ausgearbeitet. Um Probleme aus dem Weg zu gehen, hatte ich vorgeschlagen, in den ersten sechs Monaten von Ryans Oberarztzeit unbezahlten Urlaub zu nehmen. Ryan hatte protestieren wollen, doch mein Entschluss war unumstößlich. Dafür sprach auch die Rastlosigkeit, die ich schon verspürt hatte, bevor ich ihn überhaupt kennengelernt hatte. Der Wunsch, zu pausieren und mich auf andere Dinge zu konzentrieren.

Als ich ihn gebeten habe, mich in der Zeit um die Gesundheit seiner Mutter kümmern zu dürfen, sah ich immer noch ein Zögern in seinen Augen. Wir arbeiteten uns durch unsere eigenen Ängste, und wie Bonnie gesagt hatte, eine Veränderung tritt nicht über Nacht ein. Doch schließlich hatte er genickt, auch wenn seine Kiefermuskeln noch ganz verkrampft waren.

Natürlich verbrachte ich nicht die ganzen sechs Monate damit, mich um Ruth zu kümmern. Ich unterstützte nur Sharon und Ryan. Ich nahm mir auch Zeit für andere Dinge. Lesen, Trainieren. Malunterricht. Dinge, für die ich bei dem Arbeitspensum meines Berufs sonst keine Zeit hatte.

Ich ging sogar ein letztes Mal mit Samuel essen, ungefähr zwei Monate nach seinem Herzinfarkt. Samuel hatte die Stelle nicht bekommen. Stattdessen hatte das Krankenhaus sich entschlossen, zwei gleichberechtigte Chefärzte zu engagieren. Der eine war meine Freundin Reagan. Samuel hatte die Ablehnung tatsächlich gelassen genommen. Der Herzinfarkt hatte ihm einen solchen Schrecken eingejagt, dass er seine Prioritäten nun wohl anders betrachtete. Am Tag nach seiner Operation hatte er Ryan die Hand geschüttelt und ihm dafür gedankt, dass er ihm das Leben gerettet hatte. Und als wir uns zum Mittagessen trafen, hatte er eine Ruhe und Freundlichkeit ausgestrahlt, die mich daran erinnert hatte, wie er in den ersten Jahren unserer Beziehung gewesen war. Er hatte sich sogar noch einmal bei mir entschuldigt – dieses Mal, weil er Ryan und mich bei der Personalabteilung angeschwärzt hatte, und auch wenn damit noch nicht alles vergeben und vergessen war, war ich doch froh, dass wir einen großen Fortschritt gemacht hatten. Letzte Woche war er aus Denver fortgezogen, um eine Stelle in einer Kleinstadt in Nordkalifornien anzutreten, und ich wünschte ihm viel Glück.

Friedlich mit Samuel auseinandergegangen zu sein, war nur eine Sache, die mir half, meine Auszeit zu genießen, und ich wusste, die Pause würde mich nach meiner Rückkehr in meinem Beruf nur noch besser machen.

Am ersten Arbeitstag als offizieller Oberarzt rief Ryan mich beinahe alle fünf Minuten an, bis ich ihm sagte, es sei jetzt gut, und auflegte. Später am Abend hörte ich den Wagen vorm Haus vorfahren und Ryan rannte atemlos herein und fand Ruth und mich ruhig zusammen in der Küchenecke sitzen und medizinische Fachzeitschriften lesen.

Auch für mich war es nicht immer leicht. Ich musste mit den merkwürdigen Blicken von Freunden und Kollegen umgehen, wenn ich ihnen erzählte, was ich vorhatte.

„Wird das nicht deine Karriere zurückwerfen", fragten sie.

„Du kommst dieses Jahr nicht zu der Konferenz? Das wird aber auffallen", sagten sie.

„Er ist wie alt?", fragten sie alle, nachdem sie ihre Kinnladen wieder vom Boden aufgesammelt hatten.

Ich verzog dann immer das Gesicht und dachte dann

an das, was wichtiger als alles andere war: Ryan. Und es wurde immer leichter.

Doch jetzt war Ryan so richtig an seinem Oberarztposten im Graton's angekommen, unter der Aufsicht eines anderen dienstälteren Kardiologen. Und ich war bereit, zu meiner Arbeit zurückzukehren, scheiß doch drauf, was die Leute sagten.

Ich stellte Ruths Pillendöschen in den Schrank zurück, als ich draußen den Wagen vorfahren hörte und auf die Uhr sah. Er war früh dran.

Ich lief in das Zimmer, das wir uns auf der anderen Seite des Hauses teilten, und schloss die Tür. Als sie noch gegen ihren Krebs gekämpft hatte, hatte Ruth Ryans Wunsch, näher bei ihr zu sein, nachgegeben, doch wir würden in mein Haus zurückziehen, sobald ich wieder zu arbeiten anfing. Ich zog mein T-Shirt aus, schlüpfte aus meiner Hose und schnappte mir das Krankenschwesternkostüm, das ich hinten im Schrank versteckt hatte.

Beinahe hätte ich es gelassen, als ich dieses verführerische weiße Kleidchen halb anhatte. Ich sah lächerlich aus, um einiges zu alt für solche Rollenspiele. Doch dann richtete ich mich auf, schob meine Titten in das enge Bustier und zerzauste meine Haare ein wenig. Nein, ich sah verdammt heiß aus. Ich sah sexy und selbstbewusst aus, und ich wusste, genau so würde Ryan mich auch sehen.

Wie Ruth so richtig festgestellt hatte, Ryan mochte mich brav, doch er mochte mich noch mehr, wenn ich böse

DR. MED. BAD BOY

war.

Die Haustür fiel ins Schloss, und ich sprang aufs Bett, nutzte die letzten paar Sekunde, bevor er da war, um mich verführerisch in Position zu bringen.

„Hey, Babe, bist du hi–"

Ryan blieb mitten in der Tür stehen, erstarrt, als er mich erblickte.

„Hallo, Dr. Castle", sagte ich mit verschlagenem Lächeln.

Er hob eine Braue.

„Schwester Decker", sagte er, während er seinen Mantel auszog und auf den Boden fallen ließ, wobei er näher an die Bettkante kam, „was machen Sie denn hier?"

Ich hielt den Atem an, als ich seine nackte Brust sah, nachdem sein Hemd den gleichen Weg wie sein Mantel gegangen war.

„Soll ich besser gehen?", flüsterte ich.

Er krabbelte aufs Bett und sah auf mich herab. Ihm fiel das Haar in die Augen, und ich berührte seine Wange.

„Niemals", sagte er. „Das hier ist was Dauerhaftes, Decker, vergessen Sie das nicht."

Das würde ich nicht. Niemals.

Ich würde nirgendwo hingehen.

* * *

Danke, dass Sie *Dr. med. Bad Boy* gelesen haben. Wenn Ihnen die Charaktere gefallen haben, dann lesen Sie auch meine bald erscheinende Geschichte über Reagan. Sehen

Sie sich auch Virnas andere sexy Romane an. Hier ein Ausschnitt aus *Gelbe Karte für die Liebe*.

Ein Newsletter speziell für meine deutschen LeserInnen. Erfahren Sie alles über Neuerscheinungen und Geschenkaktionen!

http://virnadepaul.com/deutsch-newsletter/

Schließen Sie sich unserer Facebookgruppe "Deutscher Buch-Harem" in der wir über Bücher und die Charaktere darin diskutieren. Außerdem gibt es tolle Geschenke!

GELBE KARTE FÜR DIE LIEBE

Liebe Am Spielfeldrand Band 1

PROLOG

Footballspieler besitzen die ideale Kombination aus Kraft und Ausdauer.

Und sie haben von allen Sportlern den besten Hintern.

Zumindest hat das Sheila, Camille Pollerts beste Freundin, mal behauptet. Sheilas Cousine Mindy dagegen hatte Sheila für verrückt erklärt. Sie bestand darauf, dass an Attraktivität niemand Fußballspieler toppen könnte.

Doch als sie so ungeniert ihren Blick auf den Hintern von Nummer 24 heftete, gab Camille den Punkt eindeutig an Sheila.

Allerdings, da Camille schon seit dem Anfang der Highschool in den Typen, der das Trikot mit der Nummer

24 trug, verknallt war, musste sie annehmen, dass sie wohl etwas voreingenommen war.

Einige Footballspieler grunzten und gingen sich gegenseitig an, und der schrille Laut einer Pfeife erfüllte die Luft. Schnell machte sie ein paar Fotos, dann ging sie am Spielfeldrand entlang. Unentwegt war sie auf der Suche nach dem perfekten Foto, daher nahm sie die Schreie und Rufe der Schüler auf der Tribüne kaum wahr, auch nicht das schiefe Plärren der Marschkapelle.

Als Senior der Highschool war sie bereits seit dem neunten Schuljahr Mitherausgeberin des Jahrbuchs, doch das hier war ihr erster großer Auftrag. Aber sie nahm nicht *nur* Bilder für das Jahrbuch auf. Einige Fotos machte sie nur für sich, die wollte sie in ihrer Fotokiste aufbewahren, sie zeigten ihren Schwarm, den beliebtesten Jungen der Schule: Heath Dawson, der Spieler mit der Nummer 24.

Camille hörte, wie einer der Trainer dem Schiedsrichter etwas zubrüllte, und der Schiedsrichter ermahnte ihn, sich zusammenzureißen. Was er nicht tat. Sie ging zu der langen Bank hinüber, auf der einige der Heimspieler saßen, alle sahen zu, wie der Coach und der Schiedsrichter sich stritten. Sie machte ein Foto, denn ihr gefiel, wie das Foto die Nervosität wiedergab, die sie in Wellen von den Spielern kommen spürte.

Schließlich entschied der Schiedsrichter auf Abseits gegen die Besucher und verhängte eine 5 Yardstrafe. Die Spieler auf der Bank jubelten, und die Spieler auf dem Feld drängten sich für die nächste Runde zusammen. Camille blieb bei der Bank stehen und schoss Fotos.

Plötzlich sprang Heath in die Luft, um einen Ball zu fangen. Er drehte sich in Richtung gegnerisches Tor und Endzone, schwang sich geschickt um den Cornerback. Plötzlich tauchte der Free Safety wie aus dem Nichts auf, senkte seinen Schulterpanzer und traf Heath mitten in die Brust, so dass der den Ball fallen ließ.

Der Cornerback der Verteidigung drängelte und stürzte sich auf den Ball und eroberte ihn für die Verteidigung.

Das wütende Schrillen der Pfeife ertönte.

Camille stockte der Atem, als Heath reglos auf dem Boden lag. Doch dann, endlich, schüttelte er sich und stand auf. Er sah wütend und niedergeschlagen aus, während er zur Ersatzbank lief.

Sie wurde rot, ihr Herz fing an zu rasen, als ihr klar wurde, dass er direkt auf sie zugelaufen kam, zum Wassertisch, neben dem sie stand. Als er nur noch wenige Meter entfernt war, nahm er seinen Helm ab. Er schüttelte den Kopf, strich sich seine verschwitzten dunklen Locken aus der Stirn und lächelte spielerisch, als ihm ein Teamkollege auf die Schulter klopfte. Doch seine Miene verfinsterte sich, als er hinauf auf die Tribüne zu einem älteren Mann sah – Camille hatte sie oft genug zusammen gesehen, um zu wissen, dass das sein Vater war – der finster dreinblickend etwas brüllte, das sie nicht verstehen konnte.

Heath ging geradewegs an ihr vorbei, ohne sie überhaupt wahrzunehmen, was leider nichts Neues war.

Obwohl Camilles Vater Heath trainiert hatte, als er

mit dem Football anfing, hatte sie ihn bis zum neunten Schuljahr nie wirklich getroffen. Doch jener Tag hatte sich für immer in ihr Gedächtnis eingebrannt. Ihre Spinde standen nebeneinander, und als sie versucht hatte, ihre Bücher ganz oben hineinzulegen, war Heath gekommen und hatte ihr geholfen. „Probleme?", hatte er sie mit einem Grinsen gefragt. Seine Hand hatte ihre gestreift, und rot glühend war sie beiseite gesprungen. Er hatte sie von oben bis unten begutachtet, als versuchte er, sie irgendwie einzuordnen, doch als sie sich dann nicht traute, irgendetwas zu sagen, hatte er die Achseln gezuckt und sich wieder der Unterhaltung mit einem seiner Kumpel gewidmet.

Ihr Herz hatte so gerast, als Heath sie anlächelte und ihr half, dass es sie überraschte, nicht einfach umgekippt zu sein. Nicht vielen Mädchen war es vergönnt, ihm so nah zu kommen, und ihre Dankbarkeit für seine Hilfe wuchs sich zu einer waschechten Schwärmerei aus. Sie machte immer wieder Fotos von ihm in der Schule, träumte davon, dass er sie um ein Date bat und ihr sagte, dass er sie liebte, und jedes Mal, wenn sie sein lautes Lachen im Flur hörte, wurde sie rot. Da ihre Spinde benachbart waren, konnte sie ihn beinahe jeden Tag sehen, obwohl sie nie den Mut aufbrachte, mit ihm zu sprechen. Ihm nahe zu sein, hatte ihr gereicht.

Leider standen ihre Spinde im nächsten Jahr nicht mehr nebeneinander, doch sie hatte immer nach ihm Ausschau gehalten. Sie hatte sein Lächeln sehen und sein Lachen hören wollen, selbst wenn er nicht einmal wusste, dass es sie gab.

Sie war so damit beschäftigt, über die Geschichte mit Heath nachzudenken, dass sie gar nicht bemerkt hatte, dass er direkt neben ihr stand, bis er ihr einen Wasserbecher in die Hand drückte. „Gibst du mir noch was, Kumpel?", fragte er mit Blick auf das Spielfeld.

Camille starrte verblüfft den Becher an, bevor sie zu stammeln begann: „Ich bin nicht der Wasserjunge." Sie warf den Becher zurück in Heaths Richtung.

Ruckartig wandte er ihr seinen Blick zu, und einen Moment lang sah er verwirrt aus, bevor er zu grinsen begann. „Mein Fehler. Du bist definitiv *kein* Wasserjunge."

Eher amüsiert als beleidigt sah Camille an sich hinab – Jeans und ein zu großes Footballtrikot, dazu fleckige Tennisschuhe – und zuckte mit den Schultern. „Ich weiß schon, warum du das gedacht hast." Sie wollte sich nicht dafür entschuldigen, dass sie so jungenhaft aussah, oder dafür, wie sie sich kleidete.

Heath blinzelte ihr zu. „Nein, es sind nicht deine Klamotten. Es sind die Haare. Die sind zu kurz. Du solltest mal darüber nachdenken, sie wachsen zu lassen." Er sah wieder auf das Spielfeld zurück und winkte einem Teamkollegen zu, bevor er sich wieder ihr zuwandte. „Sind wir uns schon mal begegnet? Wie heißt du?"

Sie war nicht überrascht, dass er sie nicht als seine stille Spindnachbarin aus der Neunten erkannte, und fasste sich in ihre Haare. Sie hatte sie immer kurz getragen – im Moment war es kinnlang – weil sie sich mit Frisuren und

Makeup nicht wirklich gut auskannte. Ihre Mutter war gestorben als sie fünf war, und ihr alleinerziehender Vater hatte nicht viel für Mode übrig. Außerdem war Camilles naturgewelltes Haar so widerspenstig. Aber vielleicht hatte Heath recht. Vielleicht sah sie wirklich mit so kurzem Haar zu sehr wie ein Junge aus. Dann sträubte sie sich innerlich und war wütend darüber, dass sie überhaupt über seinen Vorschlag nachdachte. Was für ein Recht nahm er sich eigentlich heraus, ihr Stylingtipps zu geben? Als er sie jedoch wieder ansah, eine Braue gehoben, errötete sie und stotterte: „Ich bin Camille."

„Also. Camille, Mädchen, du solltest mehr essen." Nachdem er sie von oben bis unten betrachtet hatte, fügte Heath hinzu: „Du bist viel zu dünn. Mit ein paar Kurven könntest du toll aussehen." Sein Blick landete auf ihren Brüsten – oder besser gesagt, ihrem nicht vorhandenen Busen. Sie wusste, dass sie flach und dürr war und nicht gerade wie die Mädchen aussah, mit denen Heath ausging – kurvig, blond und gebräunt – doch sie konnte nicht glauben, dass er solch ein Arsch war.

Er hatte kein Recht, so mit ihr zu sprechen. Er kannte sie ja nicht einmal! Welcher Typ sagte einem Mädchen schon, dass es zu dünn war und mehr essen sollte? Camille aß so viel, wie andere auch.

Heath sah sie immer noch an, und sein Ausdruck war finsterer geworden.

Camille war nicht schnell wütend, doch wenn sie richtig angepisst war, wussten ihre Freunde und ihre Familie, dass sie dafür bitter bezahlen müssten. Sie hatte ihren Mund bereits geöffnet, um ihm zu sagen, er solle sich zum Teufel scheren, als eine barsche Stimme hinter ihr ihm etwas entgegenbellte, so dass sie beide erschraken.

„Könntest du bitte deine Unterhaltung mit dem Wasserjungen beenden und dich ein einziges Mal konzentrieren?", brüllte ein Mann.

Camille wirbelte herum und sah, wie Heaths Vater auf sie zu gestapft kam. Er sah so wütend aus, dass sie sofort einen Schritt zurück machte und dabei in Heath stieß.

Er legte seine Hand auf ihre Schulter und schob sie sanft hinter seinen Rücken, als wollte er sie tatsächlich vor seinem Vater beschützen.

„Was zum Teufel war das eben?", tobte Heaths Vater. „Wann geht das endlich in deinen dicken Schädel, dass du ohne Stipendium nirgendwohin gehst?"

Heath warf ihr einen Blick zu, Sorge und noch etwas Düstereres legte sich über seine ohnehin schon finstere Miene. Ein Teil von Camille wäre ihm gerne zu Hilfe geeilt und hätte seinem hasserfüllten Vater am liebsten gesagt, dass Heath der beste Wide-Receiver des Landes war, doch sie war zu gekränkt, weil sein Vater sie, wie Heath, für einen Jungen gehalten hatte.

Wie einen Schild presste sie die Kamera an ihren Körper. Heath sagte etwas, das sie nicht verstand, und sein Dad antwortete: „Du bist ein *Mädchen*?"

Das war einfach zu viel. Sie schlitterte zum Spielfeld, und obwohl sie meinte, jemand habe ihren Namen gerufen, hielt sie nicht an. Den Rest des Quarters über versteckte sie sich unter den Tribünen, froh darüber, dass man sie in

Ruhe ließ, während die Tränen ihr Gesicht hinab strömten. Sie kam sich dumm vor, weil es ihr so nahe ging, was Heath und sein Vater gesagt hatten, doch manchmal war ihr der Spott über ihr Aussehen einfach zu viel.

Nachdem die Tränen getrocknet waren, folgte Wut der Beschämung. Der Hass, den sie nun für Heath empfand, schaltete sämtliche positiven Gefühle, die sie für ihn gehabt hatte, aus, und ihre Schwärmerei endete beinahe so schnell, wie sie begonnen hatte. Was machte es schon, dass er ihr das eine einzige Mal geholfen hatte und sie angelächelt hatte? Was machte es schon, dass er der süßeste Junge der Schule war und ihr Herz höher schlagen ließ? Sie hatte kein Interesse daran, in einen Typen verliebt zu sein, der ein Arschloch war, und wenn sie gewusst hätte, dass er so schrecklich war, hätte sie sich überhaupt nicht ihn verguckt. Er war der Star-Footballspieler gewesen, unerreichbar, gutaussehend und beliebt, und sie hatte ihn von dem Moment an, als sie ihn zum ersten Mal gesehen hatte, vergöttert.

Jetzt jedoch wollte sie nur nach Hause gehen und ihre Hefte zerreißen, in denen sie seinen und ihren Namen auf unzähligen Seiten in Herzchen gekritzelt hatte. Sie wollte das MASH-Spiel verbrennen, in dem ihr vorausgesagt worden war, dass sie Heath heiraten und hundert Kinder mit ihm haben würde und mit ihm in einem Herrensitz leben würde. Und auch die Fotos, die sie von ihm überall in der Schule gemacht hatte, würden im Müll landen. Alles. Mit Heath Dawson war sie durch.

„Hey, was machst du denn da unten?" Camille drehte

sich um und sah ihre beste Freundin Sheila zu ihr klettern, unverkennbar an ihrem leuchtend roten Haar. „Ich dachte, du müsstest heute Abend Fotos machen?"

Camille wischte die letzten Spuren von Tränen fort und hoffte, dass Sheila nicht bemerken würde, dass sie geweint hatte. „War ich ja. Hab ich ja. Ich mache bloß eine Pause."

„Unter der Tribüne, direkt unter der Marschkapelle?" Sheila sah nach oben, als einer der Trommler seinen Stab verlor und fluchte.

„Der Platz ist so gut wie jeder andere auch."

„Ah ja. Ich soll dir also glauben, dass du im letzten Quarter eine Pause einlegst, obwohl du diese Aufgabe unbedingt wolltest, seitdem du dem Jahrbuchteam beigetreten bist?"

Camille warf Sheila einen wütenden Blick zu, doch ihre Freundin lächelte bloß. Seufzend verdrehte Camille die Augen. „Schön. Ich verstecke mich. Glücklich?"

„Nicht, bevor du nicht noch ein paar Details darüber ausspuckst, wer, was, wann, wo, warum und wie sehr."

„Heath Dawson ist ein Vollidiot."

Sheilas Brauen gingen so hoch, dass sie unter ihrem Pony verschwanden. „Hat er etwas zu dir gesagt?"

Camille wollte wirklich nicht darüber sprechen, doch sie wusste auch, dass Sheila sie sonst nicht in Ruhe lassen würde. Sie gab also klein bei und erzählte, was Heath und sein Vater über sie gesagt hatten, und bei dem Gedanken daran fühlte sie erneut, wie die heiße Wut gegen ihre Brust drückte. „Wer sagt denn so etwas?", fragte sie schnaubend.

„Vollidioten wie Heath Dawson beispielsweise und vierfach Vollidioten wie sein Vater. Der Typ ist so streng zu seinem Sohn, dass er mir fast leid tut. Aber ich habe dir schon immer gesagt, dass Heath deine Zeit nicht verdient hat. Aber wolltest du auf mich hören? Neeeeein." Sheila gestikulierte in Camilles Richtung. „Und jetzt sieh dich an. Mit gebrochenem Herzen, ausrangiert, ein Schatten deines früheren Selbst."

Camille schubste ihre Freundin leicht an und lächelte zum ersten Mal. „Du bist doof. Und ich werde nicht zulassen, dass mich das hier zerstört. Das ist er nicht wert."

„Das ist mein Mädchen! Also, wirst du jetzt ein paar Fotos schießen?"

Camille nahm ihre Kamera und fing an, die Fotos durchzusehen, um zu schauen, ob sie vielleicht schon genug beisammen hatte, die sie Trevor morgen für das Jahrbuch hätte geben können, oder ob sie wirklich nochmal da raus und noch weitere machen musste. Die meisten Bilder waren mittelmäßig, obwohl Camille eine Handvoll fand, die sicherlich gut genug waren, um im Jahrbuch abgedruckt zu werden. Und als sie dann zu denen kam, die sie gemacht hatte, bevor Heath sie beleidigt hatte, brach sie in Lachen aus.

„Was ist los?" Sheila eilte an Camilles Seite und johlte dann selbst vor Lachen. „Oh, mein Gott, ist das Heath? Was macht Jason in Heaths Schritt?"

Es war eine Actionaufnahme, und Camille hatte irgendwie dieses Foto gemacht, auf dem es so aussah, als hätte Jason sein Gesicht in Heaths Schritt vergraben. Camille und Sheila sahen sich das Bild aus allen Richtungen an, bis sie vor lauter Lachen ganz rot im Gesicht waren und beinahe husten mussten. „Das ist das Beste, was ich je gesehen habe", meinte Camille zwischen ihren Lachattacken. Sie sah zurück auf das Foto, und der Lachkrampf begann von vorn.

Sheila schnappte plötzlich nach Luft. „Das musst du im Jahrbuch veröffentlichen."

„Was? Nein! Das würde Mr. Andros niemals erlauben."

„Und wenn schon! Du kannst es gegen ein anderes Foto austauschen, dann wird er es nie erfahren. Du hilfst doch beim Layout der Seiten und schickst es zum Drucken."

Camille biss sich auf die Lippe. Die Versuchung war zu groß: Die Rache an Heath wäre zuckersüß, wenn sie dieses spezielle Foto veröffentlichte. Doch Camille war nicht ganz so mutig wie Sheila, und sie wusste, dass es Heath beschämen würde, wenn sie dieses Foto einfügte.

„Ich weiß nicht, was, wenn ich Ärger dafür bekomme?"

Sheila meinte spöttisch: „Wofür denn? Für ein Foto, das du beim Footballspiel dieser Saison aufgenommen hast? Soweit ich weiß, wird man für so etwas nicht gleich der Schule verwiesen."

„Schon, aber trotzdem."

„Du bist einfach zu nett. Heath hat dich heute beleidigt, und du machst dir Sorgen um seine Gefühle?

Nun komm schon. Er verdient es und noch viel Schlimmeres."

Camille sah sich das Foto noch einmal an. Sheila hatte recht: Heath hatte es verdient, auf seinen Platz verwiesen zu werden, und er hatte kein Recht, so mit ihr zu sprechen. Heath tat grundsätzlich so, als wäre er das Größte seit der Erfindung der Bratkartoffel, und es wäre eine süße Rache, wenn sie dafür sorgte, dass die Leute über ihn lachten. Außerdem konnte er nie sicher wissen, wer das Foto gemacht und ins Jahrbuch gesetzt hatte.

„Ich werde es tun", sagte Camille und schickte sich das Foto per Email, um auch sicher eine Kopie davon zu haben. „Ich werde es ins Jahrbuch setzen, und Heath Dawson wird sich wünschen, er wäre nie geboren."

KAPITEL EINS

10 Jahre später ...

„Du fotografierst bitte schön *wen*?"

Camille hielt ihr Handy ans Ohr, während sie weiter packte. „Die Savannah Bootleggers", antwortete sie Sheila. „Das Team und die Cheerleader. Für einen Wohltätigkeitskalender. Ein paar Fotos in Savannah, ein Vorsaisonspiel in South Carolina, dann ein weiteres Spiel in Savannah. Emma bleibt bei Rich, sie freut sich wahnsinnig, dass sie etwas mehr Zeit bei ihm verbringen darf, bevor die Schule wieder losgeht."

„Sie ist hier nicht die einzige, die sich freut. Heilige Scheiße, Camille! Wie bist du denn da rangekommen?"

„Einer der Teamfotografen hat unerwartet gekündigt, und sie suchen einen Ersatz. Sie hatten meine Bewerbung von letztem Jahr noch und dachten, sie sollten mir eine Chance geben. Ich mache diesen Job jetzt erst einmal als freie Mitarbeiterin, aber wenn ihnen meine Arbeit gefällt

..."

„Oh mein Gott, oh mein Gott, das ist fantastisch! Aber die Savannah Bootleggers? Heath Dawson ist der Wide Receiver des Teams!"

Natürlich musste Sheila ihn genau in dem Moment aufs Tapet bringen, in dem sie ihre Unterwäscheschublade aufgezogen hatte. Jetzt starrte sie auf eine Mischung aus praktischer Baumwolle und Seide und Spitze, während Bilder von Heath Dawson ihren Kopf fluteten. „Ich kenne seine Position, und ich weiß auch, für welches Team er spielt, Sheila. Er ist Emmas Lieblingsspieler."

„Richtig." Sheila schnaubte. „Als wäre das der *einzige* Grund, warum du weißt, für welches Team er spielt. Weil deine *Tochter* ihn mag. Nicht etwa, weil er jetzt doppelt so heiß ist wie damals in der Highschool und du den besten Orgasmus hast, wenn du dabei an ihn denkst."

„Das habe ich an einem Abend erzählt, als ich zu viel getrunken hatte."

Ach, wie sehr wünschte sie sich, sie hätte diese delikate Kleinigkeit Sheila nicht erzählt. Und noch mehr wünschte sie sich, es wäre sonst ein Team, das sie fotografieren sollte. Das war eine große Gelegenheit für sie, doch ihre Aufregung war gleich etwas gedämpft worden, weil sie wusste, dass ihr Wide Receiver kein Geringerer war, als ihr Erzfeind Heath Dawson, der Peachtree vor zehn Jahren verlassen hatte, um an die UCLA zu gehen. Dann hatte er für ein Team an der Westküste gespielt und war vor zwei Jahren zu den Bootleggers gewechselt.

Es war schon schlimm genug, dass ihre Tochter für ihn schwärmte, und das hauptsächlich, weil er jedes Mal einen lächerlichen Tanz aufführte, wenn sein Team einen Punkt landete. Deshalb musste Camille es ertragen, dass Emma kein Spiel verpasste, dass Emma pausenlos über ihn sprach, und dass Emma Poster von ihm in ihrem Zimmer aufhängte.

Der blanke Horror!

„Oh, mein Gott! Jetzt wirst du doch noch mit ihm schlafen!"

„Wie bitte? Spinnst du? Ich habe den Typen seit zehn Jahren nicht gesehen, und als wir das letzte Mal miteinander gesprochen haben, hat er mich für einen Jungen gehalten! Ganz zu schweigen davon, dass du ihn immer für einen Idioten gehalten hast. Natürlich werde ich nicht mit ihm schlafen." Ihre Hand schwebte einen Moment über ihrer Wäsche und nahm dann doch einige ihrer schönsten Höschen; nicht, dass irgendwer, und schon gar nicht Heath Dawson, sie zu sehen bekäme, doch wenn sie Heath nun schon bald gegenüber stand, wollte sie sich wenigstens gut fühlen; nicht wie das magere burschikose Mädchen, das er vor so vielen Jahren verletzt hatte. Natürlich sah sie jetzt alles andere als burschikos aus, doch innerlich würde sie sich immer so fühlen, zumindest, wenn es um Heath ging.

„Sag niemals nie", ärgerte Sheila sie.

„Und ob ich niemals sage", schoss Camille zurück. „Heath war damals schon ein aufgeblasener Idiot, und was ich so der ganzen Presse um ihn entnehme, ist er auch heute noch ein aufgeblasener Vollidiot." Naja, zumindest aufgeblasen; die Presse scheute keine Mühe, immer wieder zu betonen, dass er selbst als Wide Receiver äußerst beliebt bei jedem war, besonders aber bei den Damen.

„Wen interessiert schon, ob alles bloß Luft ist, solange er seine Rolle gut spielt. Und das tut er definitiv. Außerdem, das sagst du zwar jetzt, aber warte mal ab, bis du ihn so richtig siehst und er *dich* so richtig sieht, und ... Uiuiuih, kann ich mitkommen?"

„Ganz sicher nicht!"

„Na gut. Aber ich will Details, wenn du zurückkommst."

„Es wird keine Details geben, die dich interessieren könnten. Aber ich sollte jetzt besser Schluss machen. Rich holt Emma in einer Stunde, und ich muss noch zu Ende packen."

„Pack was Verführerisches ein!"

„Mach's gut, Sheila, hab dich lieb!" Camille legte auf und fing dann an, Blusen und Hosen in ihren Koffer zu falten. Sollte sie die weiße Bluse oder die rote mitnehmen? Die weiße war langweilig, aber klassisch, aber die rote unterstrich das Grün ihrer Augen ... und überhaupt, beide waren angemessene, schlichte Blusen.

Sie hatte sich gerade für die rote entschieden, als ihre siebenjährige Tochter Emma den Raum betrat und sich aufs Bett setzte

„Kannst du ihn um ein Autogramm für mich bitten?", fragte sie, und ihr Gesicht strahlte vor Aufregung. „Du weißt doch, dass ich ihn am liebsten mag!"

„Ich werd's versuchen, Süße. Aber er hat viel m die Ohren."

Emma schob ihre Unterlippe vor, und Camille musste ein Lächeln verbergen. Sie sah so sehr wie ihr Ex aus, dass es schon fast beunruhigend war. Camille fragte sich, ob Emma überhaupt irgendwelche Gene von ihr abbekommen hatte oder ob sie nur ein Klon ihres Vaters war. Gott sei Dank waren Camille und Rich im Guten auseinander gegangen (naja, so gut es eben ging, wenn man bedachte, dass Rich sie betrogen hatte), und jetzt erzogen sie Emma gemeinsam und eckten nur manchmal gegenseitig an – zwei menschliche Wesen, die versuchten, ein anderes, kleineres menschliches Wesen zu erziehen. Sie musste zugeben, die Tatsache, dass Rich so viel Zeit mit Emma verbrachte, wenn er nicht gerade unterwegs war, hatte sehr dazu beigetragen, alte Wunden heilen zu lassen.

Camille stupste die schmollende Unterlippe an. „Ich sagte doch, dass ich's versuche. Aber du weißt, dass ich auch arbeiten muss, das ist also nicht das erste, was ich tue, okay?"

„Aber du wirst es *versuchen*?"

Camilles Lächeln wurde breiter – ihre Sturheit hatte Emma zumindest von ihr. „Ja, ich werde es versuchen."

Emma quietschte und hüpfte auf dem Bett herum, doch als ihr Hüpfen beinahe den Koffer vom Bett hüpfen ließ, warf Camille ihrer Tochter *den Blick* zu. Emma war schlau genug, um zu wissen, was das bedeutete, und beruhigte sich – so weit eine Siebenjährige sich überhaupt beruhigen konnte – und hüpfte nur noch ganz vorsichtig, während Camille zu Ende packte.

Dummerweise konnte sie nicht aufhören, an das letzte Mal zu denken, als sie mit Heath gesprochen hatte. Vor Sheila hatte sie es verborgen, doch jetzt, da sie ihm nach über einem Jahrzehnt begegnen würde, war sie zum Teil ängstlich und ... aufgeregt? Nein, sagte sie sich, rollte ihre Höschen zusammen und verstaute sie ordentlich im Koffer, sie wollte nur kein unangenehmes Gespräch über die Highschool und die Jahrbuchfotos und Wasserjungen ...

Sie zuckte innerlich zusammen und sagte sich, dass das nun schon eine lange Zeit her war, und doch nicht lange genug, damit die Erinnerung nicht ab und zu noch ihre grässliche Fratze zeigte und sie die Beschämung erneut spüren ließ. Wenigstens hatte sie ihre Rache bekommen.

Nach diesem schrecklichen Abend war sie Heath das restliche Schuljahr über aus dem Weg gegangen. Sie hatte sich die größte Mühe gegeben, nicht näher als zehn Meter an ihn ranzukommen, und es war ihr ganz egal, wenn das bedeutete, dass sie zu spät zum Unterricht kam und Nachsitzen musste, weil sie Mathe zusammen hatten und drei weitere Fächer in Nachbarräumen. Sie kam regelmäßig zu spät zu Mathe und stürzte dann gleich an Sheilas Seite, die ihr immer einen Platz auf der anderen Seite des Raums von Heath aus gesehen reservierte. Sie blieb dann etwas länger, um noch mit den Lehrern zu sprechen, oder ging einen Umweg, um ihm nicht zu begegnen. Das Ergebnis war, dass ihre Noten schlechter wurden, doch das hatte sie nicht davon abgehalten.

Sie hatte sogar ihren Plan, das Foto von Heath zu veröffentlichen, durchgezogen. Sheila hatte sie nicht in Ruhe gelassen. Als Camille das Jahrbuch zum ersten Mal aufschlug und das Foto sah, hatte sie nicht aufhören können zu lachen. Und sie lachte noch mehr, als die ganze Schule mit ihr über den Footballstar Heath Dawson lachte und ihm und Jason einen neuen Spitznamen gab – „Schrittbrüder". Zu ihrer Überraschung stand Heath über der Sache, obwohl sie mehr als einmal meinte, er hätte sie leicht wütend angesehen. Jason hatte es nicht ganz so leicht genommen und versuchte, das Jahrbuch neu drucken zu lassen, doch dafür war es zu spät. Trevor, der Herausgeber des Jahrbuches, hatte versucht, herauszubekommen, von wem das Foto stammte, doch Camille hatte nichts ausgespuckt. Bei der Jahresabschlussfeier jedoch hatte sie Heath mit entschlossenem Ausdruck direkt auf sich zukommen sehen und buchstäblich die Flucht ergriffen.

„Glaubst du, seine Freundin wird da sein?" Emma hatte nun aufgehört zu hüpfen und versuchte, ihr beim Falten zu helfen.

„Wessen Freundin?"

Emma schnaubte, als wäre Camille die dümmste Person, die man sich nur vorstellen konnte. „Na, Heaths. Der blonde Cheerleader, erinnerst du dich?"

Ach, richtig. Der *neueste* blonde Cheerleader, der ziemlich genauso aussah, wie der mit dem Heath letzten Monat fotografiert worden war. Und wie der vor sechs

Monaten. Blond, groß, schlank, durchtrainiert und umwerfend. Jemand, den man ganz sicher niemals für einen Jungen halten würde, ob sie nun ein altes Trikot und Jeans trug oder nicht.

„Süße, ich glaube, alle Cheerleader sind blond." Camille ging ins Bad und kramte ihre Waschsachen zusammen. Sie sammelte alles ein, was sie gebrauchen könnte – Shampoo, Lotion, Gesichtsreiniger, Lösung für Kontaktlinsen – dann legte sie ihren Kulturbeutel auf eine Seite des Koffers, die Kosmetiktasche auf eine andere. Sollte sie ihren Fön mitnehmen, oder würde der im Hotel wohl funktionieren? Sie grübelte ein wenig darüber nach, denn ihr eigener konnte ihre langen Haare schneller trocknen als die meisten anderen. Allerdings würde sie bei der Arbeit ihre Haare eh hochstecken.

„Glaubst du, er liebt sie?", fragte Emma plötzlich mit einer Unschuld, wie nur kleine Kinder sie besaßen.

„Du meinst: Liebt Heath seine Freundin?" Camille wollte eine unverbindliche Antwort geben, doch als sie die Hoffnung in Emmas Gesicht sah, wurde sie weich. „Da bin ich mir sicher, Süße. Er scheint ein netter Mann zu sein, trotz dieser albernen Tanzerei."

Emma hatte sie in letzter Zeit mehrfach gefragt, ob bestimmte Paare einander liebten – liebten Bill und Sandra einander? Liebten Tim und Felix einander? Liebte Daddy Michelle? Oder Bettina? Oder irgendeine der anderen Frauen, mit denen er sich im Laufe der Jahre getroffen hatte – und Camille konnte nicht umhin, sich zu fragen, ob Emma versuchte, zu verstehen, warum ihre eigenen Eltern einander nicht mehr liebten.

Die Sache war einfach, Camille hatte Rich nie geliebt, und er hatte sie nicht geliebt. Am Anfang hatten sie viel Spaß miteinander gehabt, aber Emma war eine Überraschung gewesen, die sie im Sommer nach ihrem ersten Jahr im College entdeckten, kurz nachdem Camilles Vater gestorben war. Er hatte sofort angeboten, sie zu heiraten, und sie hatte zu viel Angst davor gehabt, das alleine durchzustehen, um abzulehnen. Irgendwie hatten sie es mit der Hilfe von Richs Eltern geschafft, das College zu beenden, und sie hatte ihr Möglichstes getan, eine gute Mutter und Ehefrau zu sein, eine, die Richs Traum, professioneller Hockeyspieler zu sein, unterstützte. Und obwohl Rich seinen Traum wahr gemacht hatte, hatte die raue Wirklichkeit, mit einem Profisportler verheiratet zu sein, der so viel reiste, schnell ihre Ehe ruiniert. Dass Rich sie betrog hatte sie nicht niedergeschmettert, doch es war eine bittere Lektion. Oder, besser gesagt, es hatte die Lektion *vertieft*, die sie sich schon zu Herzen hätte nehmen müssen, nachdem sie vor so langer Zeit den Zusammenprall mit Heath gehabt hatte: Sie durfte sich einfach nicht zu Sportlern hingezogen fühlen und musste sich auf sich selbst konzentrieren.

Ihre Karriere. Und Emma. Das waren die einzigen Dinge, die wirklich zählten.

Sie schloss den Reißverschluss ihres Koffers und schielte auf die Uhr. Sie musste noch eine halbe Stunde rumbekommen, bevor Rich Emma abholte. Sie unterhielt sich mit ihrer Tochter und überprüfte noch einmal, ob sie auch wirklich alles für die Woche hatte. Als Rich kam und seinen schicken Sportflitzer an der Ecke abgestellt hatte, winkte sie ihrem Ex zu, dann nahm sie Emma ganz fest in die Arme und gab ihr einen Kuss. „Wir sehen uns nächste Woche, meine Süße, aber wir werden jeden Tag telefonieren. Wir müssen auch noch deinen Kindergeburtstag vorbereiten. Hast du dir schon ein Motto für die Party überlegt?"

„Ich denke noch drüber nach. Tschüss, Mom. Viel Spaß mit Heath!", sagte Emma gerade, als sie sich umwandte, um ihren Vater zu treffen. Nachdem sie weggefahren waren, stand sie noch auf der Frontveranda, um sich zu sammeln und ein wenig Mut zuzusprechen. Sie konnte das. Es würde ihr Spaß machen.

Nicht *mit* Heath Dawson, sondern *trotz* Heath Dawson.

Sie könnte ihre Fotos machen, und die Chancen standen recht gut, dass er niemals herausfinden würde, dass sie der Wasserjunge war, der ihm in seinem letzten Highschooljahr das Leben zur Hölle gemacht hatte.

Dann würde sie nach Hause kommen, ihren Gehaltsscheck kassieren, ihren Traumjob bekommen und hoffentlich nie wieder an ihn denken.

* * *

Zwei Stunden später kam Camille in South Beach auf Tybee Island an, ungefähr dreißig Minuten vom Zentrum Savannahs entfernt. Als sie sich umsah, bemerkte sie einige Spieler der Savannah Bootleggers, die im Sand ein improvisiertes Spiel machten, sich den Ball hin und her warfen, während die Cheerleader zusahen.

„Der fliegt weit!", schrie einer der Männer mit nacktem Oberkörper – Camille erkannte ihn als Kyle Young, den Quarterback der Bootleggers. Er war der Superstar des Teams, trat bei Shows auf, erschien auf Titelblättern und hatte sogar schon bei ein oder zwei Filmen mitgemacht. Kyle war braun gebrannt und muskulös, und Camille konnte nicht anders – sie bestaunte seinen Sixpack selbst auf mehrere Meter Entfernung.

Heath war nirgends zu sehen. Sie runzelte die Stirn und fragte sich, ob er vielleicht mitbekommen hatte, wer die Fotos schießen würde, und ob er sich davor drückte.

„Sind Sie die Fotografin?"

Sie schaute auf und sah Alec LeBrun, Tight End, auf sie zulaufen. Er war groß, hatte breite Schultern und war muskulös, doch sein warmes Lächeln ließ ihn jungenhaft erscheinen. Der Klatschpresse zufolge hatte er sich vor wenigen Wochen erst mit seiner Freundin verlobt.

„Jap, das bin ich", antwortete sie und deutete auf die Kamera um ihren Hals. „Wie sind Sie bloß darauf gekommen?"

Alec lachte, und strahlend weiße Zähne blitzten hervor.

„Okay, okay, dann wollen wir mal alle zusammentrommeln", rief eine hübsche, rothaarige Frau, die ihr Haar zu einem strengen Knoten gebunden trug.

„Heath ist noch nicht hier", sagte Alec.

Die Rothaarige lächelte etwas verkniffen, und obwohl sie in Alecs Richtung schaute, schien sie sich doch auf etwas über seiner Schulter zu konzentrieren, anstatt ihn direkt anzusehen. „Nein, Mr. Dawson muss uns noch mit seiner Anwesenheit beglücken, aber wir warten auf niemanden. Weder Mann noch Frau." Sie wandte sich Camille zu und streckte ihr die Hand entgegen. Sie hatte die strahlendsten blauen Augen, die sie je gesehen hatte. „Ich bin Ruby O'Brien, Publizistin und Streithammel der Footballspieler. Ich werde diese Irren heute im Zaum halten."

Camille warf Alec einen Blick zu, der die Stirn runzelte, bevor er sich abwandte und zu den anderen zurückging. Camille drehte sich wieder zu Ruby um und schüttelte ihre Hand. Sie musste über ihre Bedingungslosigkeit lächeln. „Camille Pollert. Ich würde mich sehr über Ihre Hilfe freuen." Sie wollte gerade vorschlagen, dass sie sich in gemischten Gruppen jeweils zu fünft zusammenfinden sollten, als sie einen Mann und eine Frau herankommen sah. Der Mann war groß und gebräunt, und Camille konnte trotz der Entfernung erkennen, dass er attraktiv war. Doch als sie seine Stimme hörte, wusste sie, wer es war: Heath Dawson.

„Entschuldigt bitte, ich bin etwas spät! Der Verkehr, Ihr wisst ja." Er klopfte seinen Kumpeln auf die Schulter, und sie nahmen ihn ein wenig in die Zange wegen seiner Verspätung. Die Frau an seiner Seite – eine große Blondine mit langen Beinen, wahrscheinlich genau die, von der Emma gesprochen hatte – hing wie eine Klette an seinem Arm. „Hab ich irgendetwas verpasst?", fragte Heath.

Camille biss sich auf die Lippe, und Wut überkam sie. Das war typisch Heath – zu spät zu kommen und sie zu unterbrechen, ohne überhaupt wahrzunehmen, dass sie existierte. Er hatte sich keinen Deut gebessert seit sie in der Highschool gewesen waren. Doch wie sie ihn so beobachtete, als er auf die Gruppe zuging, konnte sie nicht umhin sich einzugestehen, dass sich *doch* ein paar Dinge geändert hatten: er war muskulöser, hatte einen leichten Schatten auf seinen Wangen und einen starken Kiefer. Als Teenager hatte Heath auf jungenhafte Art gut ausgesehen; als Erwachsener war er einfach umwerfend, aber auf eine raue, absolut männliche Art, die dafür sorgte, dass Camille komplett errötete. Sie hatte ihn natürlich im Fernsehen gesehen. Auf Zeitschriften. Emmas Postern. Doch es war einfacher, seiner Anziehung zu widerstehen, wenn er nicht direkt vor ihr stand, sein Lächeln so breit und weiß wie damals, als sie noch jünger gewesen waren, doch jetzt hatte es noch diesen Hauch von Sinnlichkeit. Heath wusste, dass er anziehend auf Frauen wirkte, und er nutzte das zu seinem Vorteil.

Sie ärgerte sich über sich selbst, dass sie zuließ, dass sie sich nach all diesen Jahren wieder von Heath angezogen fühlte, und rief: „Ja, ich wollte gerade alle in Gruppen einteilen!" Sie sah Heath an und fügte hinzu: „Schön, dass Sie es doch noch geschafft haben, zu uns zu stoßen."

Heath wandte ihr mit erhobenen Brauen seine

Aufmerksamkeit zu. Camille fühlte sich plötzlich zu exponiert und verfluchte sich für ihr loses Mundwerk. Das Letzte, was sie wollte, war, die Aufmerksamkeit auf sich zu lenken und Heath vielleicht eine Gelegenheit zu geben, sie zu erkennen.

Doch wie sollte er das können? Sie hatte seit der Highschool an den richtigen und auch einigen weniger günstigen Stellen zugenommen, hauptsächlich durch ihre Schwangerschaft mit Emma. Außerdem hatte sie gelernt, ihr dunkles Haar zu bändigen, so dass es nun lang und glänzend war. Sie trug Makeup und hübsche, feminine Kleidung, auch wenn es nichts Protziges war.

Camille wandte sich von Heath ab, der sie nur noch näher zu studieren schien. „Am Sonntag werde ich bei dem Spiel Actionaufnahmen machen, aber jetzt wollen wir erst einmal eine gute Atmosphäre. Spaß. Wenn Sie sich alle in Gruppen von fünf zusammentun könnten, drei Männer und zwei Frauen, das wäre großartig", meinte sie. Die Gruppe achtete kaum auf sie und sprach und lachte einfach weiter. Ruby stand nun ein paar Meter entfernt und telefonierte.

Als sie gerade ihre Anweisungen noch einmal etwas lauter rufen wollte, überraschte Heath sie damit, dass er seine Hände an den Mund legte und rief: „Hey, ihr Arschlöcher, seid ruhig und hört der netten Dame hier zu, oder ihr bekommt von mir alle Sand in die Hosen geschaufelt!"

Die Gruppe lachte und war augenblicklich still. Camille war unweigerlich tief beeindruckt. Sie trat ein wenig zurück und wiederholte ihre Anweisungen. Manche Männer fassten den Frauen an die Taille, anderen taten so, als würden sie um einen Cheerleader kämpfen, und schließlich hatten sie sich zu passenden Gruppen zusammengefunden. In manchen Gruppen gab es vier Männer mit einer Frau, doch Camille konnte schon damit arbeiten.

„Okay, ich werde mit dieser Gruppe hier anfangen, ein paar Fotos machen und dann so herum weitermachen", sagte Camille und zeigte in die Richtung. „Denken Sie dran, ich möchte Lachen und Lächeln. Keine Modelposen und auch nichts Erotisches."

Die Männer lachten laut auf, manche sagten etwas Schmutziges zu den Cheerleadern.

Camille machte sich an die Arbeit, schoss Fotos und wies die Leute an. Sie wusste genau, was sie tat mit der Kamera vorm Gesicht, dem Geräusch des Verschlusses und dem Spiel der Körper vor der Linse. Sie hatte sich schon als kleines Mädchen in die Fotografie verliebt, und seitdem hatte sich ihr Talent weiter entwickelt. Sie arbeitete freiberuflich, weil sie so einen flexibleren Zeitplan für Emma hatte, doch ihre Tochter ging zur Schule und war ungefähr die halbe Zeit bei Rich, daher hatte sie mehr Zeit für ihre Karriere. Sie hatte immer schon für die NFL fotografieren wollen, und jetzt war der Traum so nah, dass sie ihn geradezu schmecken konnte.

Nach ein paar Minuten machte sie eine Pause und sah sich an, was sie schon hatte. Zufrieden mit dem Ergebnis ging sie zu der Gruppe, in deren Mitte Heath stand.

„Okay, jetzt will ich alle fröhlich sehen! Lächeln und Lachen bitte!" Sie hob ihre Kamera, doch sie bemerkte, dass Heath sie wieder anstarrte. Als sie seinem Blick begegnete, grinste er.

„Ich glaube, ich brauche ein wenig Inspiration. Kennen Sie irgendwelche Witze?", fragte Heath.

„Ich bin nicht wirklich der Typ für Witze", sagte Camille kurz angebunden.

„Zu schade. Sie sehen aus, als könnten Sie ein wenig Auflockerung gebrauchen."

Typisch, jetzt machte er wieder seine unerwünschten Kommentare. Sie stemmte eine Faust in die Hüfte. „Ich schätze, Sie dagegen haben ein ganzes Bündel an Witzen und sterben geradezu, sie mir zu erzählen?"

„Ich bringe Frauen so gerne zum Lachen, wie jeden anderen."

Sie warf ihm ein zusammengekniffenes Lächeln zu, entschlossen, ihn nicht an sich herankommen zu lassen, obwohl sie am liebsten gesagt hätte: *Ja, klar, aber normalerweise lachen sie über dich, nicht mit dir.* Aber das wäre natürlich furchtbar unprofessionell gewesen, daher sagte sie nur: „Versuchen Sie's!"

Es lachten jetzt noch mehr, obwohl die langbeinige Blonde bei Heath nun etwas ärgerlich aussah und ihre Unterlippe vorschob.

Heath hielt seine Hand hoch, um seine Freunde ruhig zu bekommen. Dann betrachtete er Camille von Kopf bis Fuß. Dabei ließ er sich Zeit, worauf sie errötete, bevor er sagte: „Wie machen es Footballspieler?"

Gott, warum hatte sie ihn bloß herausgefordert? Sie sah dem schelmischen Blitzen in seinem Auge an, dass bei dieser Art von Witz die Pointe eine sexuelle Note haben würde, doch sie gab sich schon so lange mit derben Footballspielern ab, dass sie wusste, wenn sie auch nur den leisesten Anflug davon erahnen ließ, verklemmt zu sein, würde das nur schlecht für sie ausgehen. „Also wie?", fragte sie spielerisch.

„Zwei Stunden lang in elf verschiedenen Positionen."

Unfreiwillig musste Camille sich das Lachen unterdrücken. Stattdessen schüttelte sie den Kopf, als hätte er sie gelangweilt und winkte ab. „Okay, wenn das jetzt also geklärt ist, könntet Ihr Typen mir dann jetzt zu den Fotos verhelfen, die ich brauche?"

„Sie haben absichtlich nicht gelacht."

Camille machte ein Foto von ihm, denn ihr gefiel es, wie sich seine Miene verfinsterte, weil sie ihn ignorierte.

Als sie weiter Fotos schoss, ging er auf sie zu und hielt seine Hand vor ihre Linse.

„Kommen Sie, geben Sie es zu. Sie fanden ihn witzig."

Camille seufzte. Vor Jahren hatte er sie links liegen gelassen, und jetzt konnte er das Flirten nicht lassen. Warum nur? Weil sie so anders war als seine blonden Cheerleader? Weil sie eine Herausforderung war für ihn? Das musste es wohl sein. Doch sie würde ihn schon lehren, dass selbst sexy Footballspieler nicht jede Herausforderung gewannen. „Das einzige, was ich zugeben werde, ist, dass Sie sich selbst zu gerne reden hören. Es wundert mich, dass sie es lange genug lassen können, um überhaupt einen Punkt zu machen."

Was sie da lieferten, war ein guter, altmodischer Showdown, und einige der anderen Footballspieler und Cheerleader hatten sich um sie herum versammelt. Kyle Young johlte und gratulierte Camille für ihren Konter. Dann rief Alec: „Sieht so aus, als könntest du heute wohl nicht punkten, Dawson!"

Heath gehörte jedoch nicht zu denen, die so leicht die Flinte ins Korn warfen. „Wie wär's, wenn wir wetten würden?"

Camille runzelte die Stirn. Er wollte sie nur provozieren. Und es gelang ihm: ihre Nippel prickelten bei seinen Worten, und sie hatte das idiotischste Verlangen danach, dass er sie am ganzen Körper berühren würde. So hatte sie sich noch bei keinem Typen gefühlt – nicht einmal bei ihrem Ex-Ehemann – und sie konnte nicht begreifen, warum Heath so viel Macht über sie hatte.

„Also schön, wetten wir", antwortete Camille schließlich. „Ich wette, Sie können Ihren Mund nicht eine ganze Stunde lang halten. Wenn ich gewinne, müssen Sie den restlichen Tag über ruhig sein."

„Und wenn ich gewinne?"

„Das ist unerheblich, denn Sie werden das nicht schaffen." Natürlich nicht, dachte Camille, vollkommen davon überzeugt. Der Typ war süchtig nach Aufmerksamkeit.

„Aber wenn ich *doch* gewinne?"

„Bekommen Sie von mir, was Sie wollen."

Camille bereute ihre Worte im selben Moment, besonders, als sie die Mädchen kichern hörte. Heaths Brauen hoben sich, und sein Blick landete auf ihrem Busen, bevor er dann zu ihren Lippen wanderte. Dann näherte er sich ihr und flüsterte in ihr Ohr. „Dann bekomme ich einen Kuss", sagte er schließlich langsam. Überraschung und Hitze erfüllten jeden Zentimeter von Camille in gleichem Maß. Das war das letzte, das sie von ihm zu hören erwartet hatte, wenn man die große Blondine bedachte, die sich die ganze Zeit an ihn hängte. War sie nicht seine Freundin? Konnte er solch ein Arschloch sein?

Sie warf der Blondine einen Blick zu, die sie hasserfüllt ansah. „Aber–"

„Genevieve flirtet gerne mit mir, aber wir sind nicht zusammen, also können Sie sie nicht als Ausrede nehmen. Also, wie ich sagte, ich bekomme einen Kuss, wann immer ich das möchte", stellte er klar. „Oder macht Ihnen das zu viel Angst?"

Camille kam sich dumm vor, weil sie in seine Falle getappt war. Sie hätte gerne einen Rückzieher gemacht. Ihm gesagt, dass sie das absolut nicht wollte. Doch alle starrten sie an, und sie konnte ihm doch nicht die Genugtuung geben, dass sie klein beigab. „Schön, abgemacht." Sie wusste, sie hörte sich schnippisch an, doch Heath gelang es immer sie zu provozieren, selbst noch ein Jahrzehnt später.

Heath verstummte, und sie setzte ihren Fotoshoot fort. Sie zählte die Minuten und schaute ständig auf ihre Uhr, und jedes Mal, wenn sie das tat, sah Heath sie mit einem

Blick an, der ihr sagte: „Dachten Sie wirklich, ich könnte das nicht?" Camille blitzte ihn nur an, während sie zu der nächsten Gruppe ging.

Die Minuten vergingen, und die ganze Zeit über kontrollierte sie Heath, um zu sehen, ob er sich wirklich an die Wette hielt. Er blieb stumm, lachte nicht und sprach nichtmal, als die langbeinige Blondine ihn anflehte, er solle etwas sagen. Camille musste zugeben, dass der Kerl wirklich stur war.

Als sie mehr als eine Stunde später fertig war, musste Camille feststellen, dass Heath gewonnen hatte. Bei dem Gedanken daran, dass er sie küssen würde, fingerte sie nervös an ihren Haaren herum, während sie die Fotos durchsah.

Heath näherte sich ihr, und Camille schlug das Herz bis zum Hals. Würde er den Kuss jetzt verlangen, während alle dabei waren? Mit zitternden Händen legte sie ihre Kamera ab und wollte ihn gerade schon fragen, was los war, als er belustigt und überrascht fragte: „Bist das etwa du, Wasserjunge?"

BÜCHER VON VIRNA DEPAUL

ÄRZTE ZUM VERLIEBEN
Band 1: Dr. med. Bad Boy

LIEBE AM SPIELFELDRAND
Band 1: Gelbe Karte für die Liebe (Heath)
Band 2: Blaues Blut und tiefe Pässe (Kyle)
Band 3: Ganz tief drin (Alec)

HART WIE STAHL-REIHE
Band 1: Harte Zeiten für Schwere Jungs
Band 2: Harte Fälle für Toughe Anwälte
Band 3: Harte Entscheidungen, Sanfte Liebe
Band 4: Harte Jungs - Zwischen Hammer und Amboss
Band 5: Harte Schale, Weicher Kern

DIE SERIE, ROCK'N'ROLL CANDY
Die Rock'n'Roll Candy Serie handelt von einer Gruppe von Freunden, Schauspieler Bad-Boys und sexy Rock Stars Anfang 20, die jeweils der Frau ihrer Träume begegnen.

Band 1: Sexy wie Rock'n'Roll
Band 2: Stark wie Rock'n'Roll
Band 3: Crazy wie Rock'n'Roll
Band 4: Süß wie Rock'n'Roll
Band 5: Wild wie Rock'n'Roll

KISS TALENTAGENTUR

Band 1: Küss mich für immer (Bastian)
Band 2: Halt den Mund und küss mich (Simon)
Band 3: Küss mich, du sexy Typ (Caleb)
Band 4: Küss mich um den Verstand (Hunter)

DIE SERIE ‚MIT DEN JUNGGESELLEN IM BETT' UMFASST

Band 1: Mit dem falschen Bruder im Bett (Rhys)
Band 2: Mit dem schlimmen Zwilling im Bett (Max)
Band 3: Mit dem Milliardär im Bett (Jamie)
Band 4:Mit dem besten Freund im Bett (Ryan)
Band 5: Mit dem Biker von nebenan im Bett (Cole)
Band 6: Mit dem Bodyguard im Bett (Luke)
Band 7: Mit dem Trauzeugen im Bett (Gabe)
Band 8: Mit dem Boss im Bett (Eric)
Band 9: Mit dem Vater des Babys im Bett (Dante)

DIE SERIE, HEIMKEHR NACH GREEN VALLEY

Band 1: Wozu Liebe in der Lage ist
Band 2: Wohin die Liebe führt
Band 3: Ich will Dich lieben
Band 4: Das Beste meiner Liebe
Band 4.5: Denn du liebst mich

Seal -- ein Leben lang

Verrückt nach dem verkehrten Kerl

ÜBER DIE AUTORIN

Virna DePaul ist eine *New York Times* Bestsellerautorin und steht auch auf der Bestselling-Liste von USA Today für erregende, spannungsvolle Erzählliteratur. Ob es um Vampire, eine Spezialeinheit für paranormale Phänomene, heiße Polizisten oder umwerfende identische Zwillingsbrüder geht, ihre fiktiven Geschichten handeln immer von komplexen Individuen, die gewillt sind, auch die unglaublichsten Schwierigkeiten zu überwinden, um der Liebe den Weg zu bahnen.

Um weitere Informationen zu erhalten und den kostenlosen Newsletter zu abonnieren, besuchen Sie mich bitte auf: www.virnadepaul.com

Website: www.virnadepaul.com
Facebook: www.facebook.com/booksthatrock
Twitter: twitter.com/virnadepaul